1장. 어디 한 번 증명해 봐. · 7

2장. 최근에 깨달았습니다. · 81

3장. 너희들에겐 그럴 능력이 있다. · 129

4장. 그림자가 고개를 들 때 · 179

5장. 어쩌면 가장 사소한 것이 · 227

6장. 제일 성질 더러운 놈이 누군지 아나? · 277

1장. 어디 한 번 증명해 봐.

어디 한 번 증명해 봐.

다음 날.

렉시온은 아렌트를 마주하자마자 얼굴을 와락 일그러뜨렸다.

"……너는 또 꼴이 그게 뭐냐?"

부상에 대해서 말하는 게 아니었다.

지금 렉시온의 눈에 비친 아렌트는 물비린내가 풀풀 풍기는 상태일 테니까.

며칠이나 꿈속에서 네레이스와 대거리를 해댔으니 당연한 일이었다.

"잘생기고 유능한 아렌트 폰 에크하르트죠. 불만 있습니까?"

하지만 아렌트는 팔짱까지 끼고 뻔뻔하게 대답할 뿐이

었다.

렉시온은 그만 할 말을 잃어버렸다. 주변의 기사들과 엘프들도 자연스럽게 표정이 썩을 수밖에 없었다.

터져 나오려는 욕을 꾹꾹 눌러 담으며, 렉시온이 작은 목소리로 으르렁거렸다.

"넌 도대체 내 경고를 어디로 들은 거냐?"

"나더러 뭐 어쩌라고요. 내가 워낙 잘나서 굳이 대화를 나눠 보고 싶다는데."

아렌트가 어깨를 으쓱였다. 뭐라 더 쏘아붙이려던 렉시온은 지켜보는 눈이 많다는 것을 깨닫고는 그냥 한숨을 푹 내쉬고 말았다.

"……넌 나중에 보자."

"넵. 나중에도 내 목이 붙어 있다면 말이죠."

"……."

렉시온은 그냥 제 이마를 짚고 말았다.

드래곤 정도나 되는 존재가 한낱 인간 때문에 편두통이 올라온다는, 그런 말도 안 되는 상황을 몇 번씩이나 경험하고 있었다.

그리고 견습 기사와 정체불명의 검정 일색의 사내가 말다툼을 해대는 것을 고스란히 목격한 루드윈은 다소 당황한 상태였다.

"르웰린. 저자는 누구지?"

연락도 없이 들이닥친 이는 황실 기사단과 제법 친밀한

듯했다. 하지만 복귀한다는 이들 앞에 갑자기 나타났다는 점이 루드윈은 이해가 되지 않는 듯했다.

"그게……."

르웰린이 애매한 미소를 흘렸다.

이들은 짐작이나 할까. 여기저기 붕대 신세가 된 애새끼와 하릴없이 말다툼이나 해대는 렉시온이 무려 드래곤이라는 것을.

게다가 저 망할 견습 기사 놈은 드래곤이나 되는 그를 편리한 이동수단쯤으로 여기는 중이었고.

"뭐어, 칼리온 제국 측에 협력하는 대마법사 정도쯤 되는 사람입니다. 대단하신 분이에요."

일단은 이렇게 둘러대기로 했다. 당장 대외적으로도 그렇게 알려져 있었으니까.

'렉시온 님도 본인이 드래곤이라는 건 별로 알리고 싶어 하지 않으셨으니…….'

전투가 길어지면서 양측 드래곤의 존재가 드러나는 건 어쩔 수 없었지만, 여전히 렉시온은 대마법사로서 신분을 위장 중이었다.

거기까지 생각이 미친 르웰린은 뒤늦게 위화감을 깨달았다.

'잠깐만.'

평소라면 라이오스가 병력을 이끌고 이동하는 척하다 사람들이 보지 않는 곳에서 렉시온과 합류해, 텔레포트를 이용했을 터였다.

하지만 이번에는 무슨 심경의 변화라도 있었는지, 렉시온은 그들에게 막사 앞에 모여 있으라고 말했다.

'어쩐 일이시지?'

잠깐 의문이 들었지만 일단 르웰린은 상념을 털어 버리고 말을 이었다.

"당분간 셰키나 님이 에버란 왕국에 머무실 테니, 혹시 제국 측에 요청하실 것이 있다면 셰키나 님을 통하시면 됩니다."

"알겠다. 그것보다…… 르웰린."

고개를 끄덕인 루드윈이 살짝 목소리를 낮췄다.

"정말로 제국으로 갈 생각이냐?"

"네. 갑니다."

르웰린이 선뜻 대답했다. 평소와 다를 바 없는 어조에 루드윈이 미간을 구겼다.

"물론 네가 아렌트 경을 믿는다는 것은 잘 안다. 무슨 누명이거나, 다른 오해가 생겼겠지. 그를 돕기 위해서 제국으로 가겠다는 것까지는 이해하지만……."

"아닌데요?"

르웰린이 눈을 동그랗게 뜨자 루드윈이 의아하게 물었다.

"아니라고?"

"저, 저 새끼 못 믿습니다. 누명이나 오해는 무슨. 사고

치고도 남을 놈이에요, 저건. 보고도 모르십니까?"

"……."

루드윈이 입을 딱 다물었다.

당연하다는 듯 저리 지껄이는 동생에게 도대체 무슨 말을 해야 할지 감이 잡히지 않기도 했고…….

한편으로는 저지르고도 남을 자라는 말에 차마 부정할 수 없었던 탓이었다.

그때, 르웰린이 덧붙였다.

"그래서 가는 겁니다."

"무슨 말인지 잘 모르겠다만. 그런 거라면 가지 않는 게 맞아. 아렌트 경이 모의를 꾸민 게 확실한데, 네가 섣불리 그의 편을 들었다가는……."

에버란 왕국와 칼리온 제국의 관계에 문제가 생길지 모른다.

왕자로서는 그 말을 먼저 꺼내는 게 옳겠지만, 루드윈은 좀 더 솔직하게 말했다.

"네가 위험해질까 겁난다, 난."

"……."

르웰린이 눈을 깜빡였다. 잠깐 주저하던 루드윈이 말을 이었다.

"어머니 아버지도, 그리고 형님도 같은 의견이시다. 외교적 관계도 중요하지만, 우리는 그저 네가 위험한 일에 휘말릴까 봐 걱정할 뿐이야."

"형님……."

"네가 약한 녀석이 아니라는 걸 안다. 모험심도 충만하고, 자유분방하지. 그러니 더욱 네 뜻대로 살아가길 바랄 뿐이야."

르웰린이 썩 즐기지 않는다는 것을 알면서도, 루드윈은 그에게 귀족 사회에서 살아남는 방법, 왕자로서의 예우를 차리는 법 등을 엄하게 가르쳐 왔다.

하지만 그건 어디까지나 그가 왕자로서 책잡히지 않기를 바랐기 때문이었다.

"전쟁이나 정치적 분란 같은 건 네게 어울리지 않는다. 네가 어째서 아렌트 경을 마음에 들어 하는지는 알겠어. 하지만 그는 지나치게 많은 분란의 중심에 있고……."

루드윈은 마른침을 한 번 삼켰다.

"이번 일을 차치하고서라도, 아렌트 경은 지나치게 주변의 이목을 끌어. 가까이에 두기에는 위험한 자다."

"저도 알아요."

씨익 미소 지은 르웰린이 고개를 끄덕였다.

"그래서 가는 거라니까요? 하도 기상천외한 놈이라, 한 대 쥐어박아 줄 사람은 하나라도 더 필요하거든요."

"난 농담하는 게 아냐."

"저도 농담 아닙니다."

루드윈이 인상을 찌푸리자 르웰린이 쓴웃음을 지었다.

"내버려뒀다가 혼자 어디 가서 죽어 버릴까 봐. 그게

걱정이에요."

"……."

뭐라 대꾸하려던 루드윈이 다시 입을 다물었다.

"독한 놈인데, 이상하게 삶에 미련이 별로 없어 보인단 말이죠……. 이번에도 보셨잖습니까. 매사에 그런 식이에요."

한탄처럼 덧붙인 르웰린이 루드윈을 보았다.

"누구 하나라도 더 살려 보자고 그러는 놈인데, 어쩌겠어요. 휘둘리는 한이 있더라도 옆에 붙어 있어야지. 친구 하자고 매달린 건 저니까요. 그 정도 책임은 져야죠."

한동안 침묵하던 루드윈이 물었다.

"그러니 넌, 반역 건도 아렌트 경에게 다른 뜻이 있다 여기는 거군."

"그렇습니다. 저 녀석과 같이 움직이면서 많은 견문을 쌓기도 했고요."

르웰린이 진지하게 고개를 끄덕였다.

"형님. 다른 말은 하지 않겠습니다. 다만……."

잠깐 뜸을 들이던 그가 덧붙였다.

"한 번쯤 생각해 봐야 할 문제일지도 모릅니다. 태초부터 정해져 있던 정의라는 게 정말로 실존하는 건지."

"뭐?"

"악이 있기에 정의가 있는 겁니다. 라이오스 단장이 성검의 영웅이라고 불리는 까닭도, 악신이라 지칭되는 체르니온 신의 교단이 있기 때문이죠."

르웰린은 여전히 렉시온과 티격태격하는 아렌트를 보며 천천히 말을 이었다.

"체르니온 신은 처음부터 악이었을까요? 루체 신은 그에 맞서기 위해 존재하는 선이고?"

"……."

차마 루드원은 대답할 수 없었다. 그렇게 읊조리는 막내가 어쩐지 다른 사람처럼 보이는 탓이었다.

"대전쟁 이후 잊혀진 신들은 어디로 갔을까요?"

"……르웰린."

"형님."

루드원이 입을 열려 했지만, 그보다 르웰린이 빨랐다. 목소리를 낮춘 르웰린은, 루드원에게만 들리도록 속삭였다.

"그동안 아렌트와 움직이며 모은 자료들을 왕국으로 전해 드릴게요."

은근한 목소리에 루드원이 짧게 숨을 삼켰다. 다시 분위기를 바꿔 장난스레 웃은 르웰린이 그의 어깨를 툭 쳤다.

"판단은 물론 형님들과 어머니, 아버지께 맡길게요. 그러면 제가 무슨 말을 하고 있는지 이해하실 겁니다."

"아니, 잠깐……."

"꽤 머리 아프실 것 같으니, 미리 사과드릴게요. 아니지. 사실 별로 미안하진 않아요. 그동안 저 녀석이랑 같이 개고생해가면서 모은 걸 공짜로 공유해 드리는 거니까."

샐쭉 미소 지은 르웰린이 말했다.

"그러니 꼭 진지하게 검토해 주셨으면 좋겠습니다. 패륜아에 신성모독자라고 욕하셔도 괜찮아요. 저는 어떻게든 저 녀석 짐을 좀 덜어 주고 싶거든요."

"너……."

"형님들이 어떻게 받아들이실지는 잘 모르겠지만, 저는 이미 마음을 굳혔어요."

평소처럼 가볍게 씩 웃으며 고개를 숙인 르웰린은 종종걸음을 쳐 기사단 일행 쪽으로 돌아갔다.

루드윈은 아무런 말도 하지 못하고, 멀어지는 뒷모습을 멍하니 보기만 했다.

그때.

루드윈은 아렌트와 뭐라 대화를 나누던 검정 일색의 사내와 눈을 마주쳤다.

"……?"

싸늘한 시선에 루드윈이 멈칫한 찰나.

갑자기 사내의 등에서 거대한 날개가 뻗어나더니, 지면에 새하얗게 빛나는 거대한 마법진이 피어났다.

"아니 잠깐만, 렉시온 님? 여기서요?"

당황한 르웰린이 뭐라 외치는 순간.

거대한 마력 폭풍이 일행을 한순간에 집어삼켰다.

잠시 후.

빛이 사그라들고 루드윈의 눈앞에 텅 빈 공터가 드러났다. 방금 전까지만 해도 라이오스를 비롯한 황실 기사단이 있던 자리였다.

"……."

루드윈은 이번에야말로 머릿속이 새하얘지고 말았다. 함께 배웅하러 온 기사들과 병사들 역시 마찬가지였다.

"뭐야, 방금……?"

누군가가 얼이 빠진 채 중얼거렸다. 그제야 루드윈은 머릿속에 한 가지 사실을 떠올릴 수 있었다.

루카인 왕국에서 일어났던 반란은, 왕궁 상공에서 드래곤들끼리 전투가 벌어지는 사태까지 벌어졌다.

얼마 전까지만 해도 신화 속 존재 정도로 치부되던 드래곤이었지만 그 사건으로 실존한다는 사실이 대중에게도 확실히 알려진 것이다.

싸움을 벌인 드래곤 중 한쪽은 체르니온 신을 따른다 공공연히 알려진 개체고, 그를 막아선 나머지 하나는…….

"……드래곤?"

루드윈이 넋이 나가 중얼거렸다. 갑작스럽게 고요해진 주변에 왕자의 목소리가 울려 퍼졌다.

르웰린이 애매한 낯으로 대마법사라 둘러대던 얼굴이 떠올랐다.

몇 초 후.

 현장에 있던 이들의 낯빛이 일제히 백지장처럼 새하얗게 질렸다.

* * *

 아찔한 감각과 함께 눈을 뜨니, 그들은 칼리온 제국의 황궁 연무장에 서 있었다. 잠깐 멍하니 있던 아렌트가 렉시온을 보았다.

 "렉시온 님, 실성이라도 했어요?"

 아렌트가 황당하게 물은 말에 렉시온이 까칠한 대꾸를 내어 주었다.

 "살다 살다 인간 애새끼한테 이동수단 취급당하며 지내고 있는데, 맨정신인 쪽인 더 이상하지 않나?"

 "그건 그렇죠……. 오히려 아직까지 아렌트를 살려 두신 게 더 놀랍긴 한데……."

 아서가 신음처럼 중얼거리며 고개를 끄덕였다.

 그래도 설마 루드윈 왕자와 다른 병사들이 보고 있는 와중에 대놓고 텔레포트를 시전할 줄은 몰랐다.

 사실상 칼리온 제국에 드래곤이 함께 하고 있음을 알리는 것과 마찬가지인 일이었으니까.

 렉시온이 어처구니없이 말했다.

 "그렇다고 해서 진짜 돌아 버렸다는 말은 아니다."

감히 드래곤을 향해 제정신이 아니라는 말을 지껄이는 기사들 쪽이 더 황당할 뿐이었다.

그런 와중에도 침착을 잃지 않은 라이오스가 물었다.

"렉시온 님. 정말로 괜찮으시겠습니까?"

"상관없어."

렉시온이 뚱하게 손을 내저었다.

"언제까지 쉬쉬할 수도 없는 일이고. 무엇보다 나도 이제 책임을 지겠다고 말했으니."

뜻 모를 말에 라이오스가 눈썹을 휘려는 찰나, 렉시온이 다시 덧붙였다.

"그리고 잊지 말도록. 난 영웅, 그대나 칼리온 제국에게 협력하고 있는 게 아니야."

"예?"

"다시 한번 확실히 해 둔다만, 내 동맹 상대는 저 애송이뿐이다."

렉시온은 아렌트를 고갯짓으로 가리켰다.

"다른 인간들도 그 점을 혼동하지 않도록, 네 선에서 확실히 해주면 좋겠군."

"……."

그제야 라이오스는 렉시온이 그리 행동한 까닭을 제대로 이해할 수 있었다.

잠깐 뜸을 들이던 라이오스가 대답했다.

"명심하겠습니다."

한 걸음 물러서서 두 사람을 뚱하니 바라보던 아렌트는 이내 짧게 한숨을 내쉬곤 어깨를 으쓱여 버렸다.
 자신과는 전혀 상관없다는 일이라는 듯이.

 * * *

 "아, 돌아오셨군요."
 문득 들려온 익숙한 목소리가 그들의 주의를 끌었다. 막 황태자 전용 연무장에 발을 들인 제레온이 조금 놀란 표정을 짓고 있었다.
 라이오스가 먼저 인사를 건넸다.
 "복귀했습니다, 보좌관님."
 "이번에도 고생하셨습니다, 단장님. 굉장한 성과를 거두셨다 들었습니다."
 단장을 향해 묵례한 제레온은 기사들 속에 섞여 있는 아렌트를 발견하고는 쓴웃음을 지었다.
 "다른 분들도 그렇지만, 아렌트 경께서는 늘 그랬듯이 너덜너덜하시군요."
 "오랜만에 뵙습니다, 보좌관님."
 아렌트는 그에게 삐딱하게 고개를 까닥여 주었다.
 "아는 척도 안 해 주실 거라고 생각했는데, 꽤나 살갑게 대해 주시네요."
 "하하하……. 아렌트 경의 농담은 시간이 지나도 영 익숙해지지가 않는군요."

제레온이 태연하게 대답했다.

"죄의 여부는 황태자 전하께서 가리실 테고, 저는 그저 보좌관으로서 전하를 모실 뿐이니까요. 사적인 감정을 개입할 만한 사안도 아니고요."

"사적으로는 굉장히 유감스럽게 여기고 계신다는 말처럼 들리는데요."

"아렌트 경 덕분에 며칠째 철야 중이라서요. 그 점은 진심으로 유감스러울 수밖에요."

아무렇지도 않게 대답한 제레온이 화제를 돌렸다.

"다들 고생하셨습니다. 피로가 극심하실 테니, 오늘은 우선 생활관으로 복귀하셔서 휴식을 취하시라는 전하의 명령이십니다. 라이오스 단장님도요. 왕자님을 위해서도 따로 객실을 준비해 뒀습니다."

"……"

라이오스가 살며시 얼굴을 굳혔다. 다른 기사들 역시 짧게 마른침을 삼켰다.

잠시 후. 보좌관의 입에서 예상했던 말이 흘러나왔다.

"아렌트 경만 잠깐 저와 함께 가 주시죠. 자세한 보고는 아렌트 경께 들으시겠다 하셨습니다."

"저도 함께 가겠습니다."

"아니요."

라이오스가 입을 열었지만, 제레온이 단호하게 대답했다.

"아렌트 경만 모셔오라고, 전하께서는 그리 명령하셨습니다."

연무장 안에 스산한 침묵이 흘렀다. 눈치를 보던 세일럼이 불안한 듯 아렌트를 보았다. 하지만 아렌트는 평소와 별다를 바 없이 어깨를 으쓱일 뿐이었다.

"가요."

"네. 아렌트 경이 좋아하시는 다과도 준비해 두었습니다."

제레온이 미소 지으며 고개를 끄덕였다. 다정한 목소리에서 어쩐지 싸늘함이 느껴졌다.

* * *

연무장에서 빠져나와 제레온의 뒤를 따라 걷자니, 사방에서 쏟아지는 사람들의 시선이 느껴졌다.

당연히 썩 호의적인 분위기는 아니었다. 제레온이 함께 있지 않았다면 누구 한 명은 달려들고도 남았을 것 같은 기세였으니까.

모두가 자신을 경계하는 이 상황이 별로 낯설지는 않았다.

아렌트 폰 에크하르트는 원래 배신자 역할이었으니까.

그런 생각을 하고 있는데 문득 앞서가던 보좌관이 물어왔다.

"부상은 좀 괜찮으신지요?"

"그럭저럭요. 부러지고 뚫린 건 렉시온 님이 어떻게든 붙여 주셨거든요. 아직 썩 멀쩡하다고는 못하겠지만."

"그래 보이십니다."

제레온은 다리를 조금 저는 아렌트를 위해서 걷는 속도를 조금 늦춰 주었다.

"어떻게 된 건지 여쭤봐도 됩니까?"

"루미엘 대신관님이 따로 병력을 꾸리셨다는 건 아렌트 경께서도 잘 아시겠지요."

"그쪽이 먼저 꼬리를 잡았던 모양이네요."

아렌트가 느긋하게 대답했다.

"하긴, 황실 병력은 싸우느라 정신없었을 테니까요."

"태연하게 말씀하시는 걸 보니, 역시 누명은 아닌 모양이군요."

"이미 그렇게 확신하고 계신 거 아니에요?"

제레온이 자신을 힐끗 보자 아렌트가 어깨를 으쓱였다.

"한바탕 검증도 끝내셨을 테고. 전 전하께서 고작 견습 기사의 수작질 정도도 알아차리지 못하실 정도로 무능한 사람이라곤 생각 안 합니다."

"글쎄요……. 이미 전하께서는 심기가 많이 상하신 듯합니다만."

그런 대화를 나누는 사이, 두 사람은 칸타레스의 집무

실 앞에 섰다.

　제레온은 똑똑, 두어 번 노크하고 손수 문을 열어 주었다.

"보좌관님은 안 들어가십니까?"

"아까도 말씀드렸다시피, 전하께서는 아렌트 경과 단 둘이서만 대화하시길 원하십니다."

　제레온이 미소 지으며 뒤로 물러섰다.

"필요한 것이 생기시면 호출해 주세요. 저는 근처에서 대기하고 있겠습니다."

"……."

　아무래도 칸타레스가 제대로 작정한 것 같았다. 아렌트는 더 묻지 않고 그의 말대로 혼자 집무실 안에 들어갔다.

　탁.

　등 뒤에서 문이 닫히고, 집무실 안에 진득한 침묵이 자리 잡았다.

　평소라면 뭐라도 인사를 건넸을 칸타레스는 그저 의자에 몸을 기댄 채 그를 물끄러미 바라보고 있을 뿐이었다.

"토라지셨습니까?"

　뚱한 한 마디를 꺼내며, 아렌트는 절뚝이며 그에게 다가갔다.

　칸타레스는 책상 앞에 선 견습 기사를 아래위로 훑어보았다.

"또 꼴이 엉망이군."

"그래도 잘생겼죠."

아렌트가 어깨를 으쓱였다. 이런 와중에도 태연히 돌아온 헛소리에 칸타레스가 조금 질린 표정을 지었다.

하지만 그것도 잠시.

"……됐으니, 우선 본론으로 들어가자."

짧게 한숨을 내쉰 칸타레스가 화제를 돌려 버렸다. 대화를 길게 끌기 싫다는 신호였다. 눈만을 살짝 치뜬 칸타레스가 아렌트를 똑바로 보았다.

"너. 도대체 무슨 꿍꿍이지?"

자신을 향한 새파란 눈동자에서, 아렌트는 평소와 다른 감정들을 읽어 낼 수 있었다.

불신과 경계. 그리고 불안함.

덕분에 오히려 마음이 더 편해지는 것 같았다.

"일단 경위나 대충 말씀해 주세요. 대강 어떻게 흘러간 건지."

"자."

툭.

칸타레스가 책상 위에 종이 뭉치를 하나 던졌다. 신관에서 파견한 조사단에서 올린 보고서였다.

아렌트는 별말 없이 그것을 집어 들어 읽기 시작했다.

대략적인 조사 경위를 적어 둔 몇 장을 넘기자 핵심적인 내용이 기록되어 있었다.

칸타레스가 차갑게 말을 이었다.

"루체 신은 자신을 향한 신앙을 굳건히 하기 위해, 악신교가 재차 반란을 일으키는 것을 방치했다."

"……."

"그 결과 이미 대전쟁 때 사멸한 악신 체르니온이 재차 이 땅을 침범하기 시작했고, 루체 신은 자신의 의도대로 신앙을 공고히 다지는 데에 성공했다……."

아렌트는 어디 한 번 계속해 보라는 듯 황태자를 똑바로 마주 보았다.

"사실상 두 신은 합심해서 이 땅에 혼란을 가져왔다는 의미지. 체르니온 신은 다시금 자신의 세력을 늘릴 수 있었고, 루체 신은 땅에 긴장감을 가져오며 절대선이라는 역할을 차지할 수 있었으니까."

"그리고요?"

"하지만 어느 순간부터 체르니온의 세력이 루체 신이 감당할 수 있는 선을 넘어서기 시작했어. 이내 놈들이 걷잡을 수 없이 불어나자, 뒤늦게 악신교를 막기 위해 성검을 내린 것이다."

즉, 지금 전쟁은 두 신의 자작극에서부터 시작되었으며…… 결국 이 전쟁의 원흉은 루체 신의 욕망과 방관에 의해서라는 뜻이었다.

"진실이 곧 밝혀질 테니, 조금만 참고 기다려달라. 심지어 말미에는 발신자가 너라는 걸 암시하는 서명까지 남겨 뒀더군."

"……."

서신은 대부분 황궁과 제법 떨어진 도시의, 사람들이 많이 모이는 여관이나 회관 등등에 전달되었다.

원래도 온갖 물자들이나 서신이 오고 가는 곳들이었다.

그 탓에 서신을 받아 본 사람은 발신자도 제대로 확인하지 않고서 봉인을 뜯어 내용을 확인하게 된 것이다.

"게다가 서신에는 저 의견을 뒷받침할 만한 증거까지 동봉되어 있었고."

무지몽매한 자라도 글자만 읽을 수 있다면 이해할 수 있을 정도로 상세하게 설명되어 있었다.

증거 대부분이 아렌트가 르웰린 왕자를 앞세워서 조사해오던 것들임은 두말할 것도 없었고.

"최초 발신자들을 추적해 봤다만, 전부 너와 안면이 있는 왈패들이더군. 모두가 입을 모아서 네 심부름으로 그것을 정보상에 맡겼다고 증언하던데. 내용물이 뭔지는 전혀 모른다고."

"사실입니다. 설마 벌써 사형에 처하지는 않으셨을 테고. 다들 질 나쁜 놈들이니 당분간은 감옥에 처박아 두시는 것도 괜찮을걸요."

아렌트가 태연하게 대답했다. 그 뻔뻔함에 칸타레스가 헛웃음을 터뜨렸다.

"하, 라이오스 단장은 진정한 영웅이고, 신전과 황실이 그를 이용하고 있다는 말까지 나돌고 있다만."

"그건 유감이네요. 그래도 별로 죄송하지는 않습니다. 썩 틀린 말도 아니니까요."

차분한 목소리에 칸타레스의 눈에 서린 냉기가 더욱 짙어졌다.

"도대체 목적이 뭐야? 진정한 영웅이라는 라이오스 드 윈프리드를 앞세워서, 진짜 반란이라도 일으키고 싶은 건가?"

"제가 그렇게까지 야망 넘치는 놈으로 보이십니까? 왜 이러는지 진짜 몰라서 물으세요?"

아렌트가 비스듬히 고개를 기울였다.

"이 나라의 황태자는 나다. 황제 폐하께서도 건재하시지."

잠깐 입을 다물고 있던 칸타레스가 다시 천천히 운을 뗐다.

"칼리온 제국은 신성이라는 이름 아래에 건국되었고. 우리는 지금껏 루체 님과 초대 황제 폐하, 영웅 칸의 비호 아래에서 성장해 대륙을 아우르는 제국을 자처할 수 있게 되었지."

"그렇죠. 그래서 지금처럼 루체 신의 번견 역할을 하면서 이 나라, 저 나라 참견할 수 있는 거고."

주머니에 손을 푹 넣은 아렌트가 느긋하게 대꾸했다.

"그 서신이 처음부터 끝까지 거짓말이라고, 그리 말씀하실 수 있습니까? 증거는 이미 전하께도 보여 드렸고, 지금껏 몇 번이나 말씀드렸잖아요."

"주인 따르는 개 노릇을 하든 말든, 그걸 정하는 건 나다. 적어도 이런 식으로 내 귀에 들어오게 해서는 안 됐어."

그 한 마디에 칸타레스는 더욱 속이 긁힌 듯했다.

"너를 파면하고 재판에 소환해 처벌해야 한다는 의견이 파다해. 헨리 연합장과 아르크스 부연합장에게도 출두를 명령했지만, 결국 지금까지 얼굴을 비추지 않고 있어."

이미 귀족들 사이에도 소문이 파다하게 퍼졌다.

신전 측에서 먼저 정보를 손에 넣었으니, 칸타레스가 어떻게 수를 쓸 방법도 없었다.

"네가 기어오르는 걸, 내가 언제까지 봐줘야 하지?"

황태자의 목소리에 노기가 서리기 시작했다.

"전시 상황에 분열은 죽음과도 같다는 걸 잘난 네가 모르지도 않을 테고. 내겐 무슨 짓을 해서든 제국을 지켜야 할 의무가 있다."

아렌트는 아무런 대답도 하지 않고 그를 가만히 응시하기만 했다.

"설령 그게 네가 증오해 마지않는 루체 신을 주인으로 모시게 되는 일이라고 하더라도."

이미 칸타레스도 어렴풋이 알고 있었다.

영웅 칸이 굳이 신전과 황실을 분리한 까닭. 그리고 지금껏 아렌트가 홀로 모아와 자신의 앞에 내밀었던 증거들까지.

루체 신은 결코 그저 자비롭고 정의롭기만 한 존재가 아니었다.

하지만 개의치 않았다.

"생존이라는 건 그런 거다. 네 방자함 때문에 모두를 위험에 몰아넣을 셈인가?"

이미 너무 늦어 수습할 수도 없었다.

연일 혼란스러운 전쟁이 이어지는 와중, 민심은 뒤흔들 대로 뒤흔들렸다.

라이오스의 지지도가 날로 높아지는 것에 반해, 루체 신에게서 등을 돌리는 사람들도 속속 등장하고 있었다.

그들을 폭력적으로 탄압할 수도 없었다. 이럴 때 무력을 동원한다는 건 역효과를 낼 뿐이었으니까.

결국 칸타레스가 할 수 있는 것은 그것이 거짓이라 해명하고, 헛소문을 낸 장본인을 앞에 내세워 처벌하는 것뿐이었다.

"……."

그리고 그 범인이라는 놈은 체르니온 교단과 맞서 싸우다 만신창이가 된 채로 자신의 눈앞에 서 있었다.

이번 파견에서는 악신교의 중진인 지클린을 처단하는

공까지 세웠고.

바로 그 점 때문에 칸타레스는 더욱 속이 터질 것 같았다.

쾅!

주먹을 꽉 쥔 칸타레스가 결국 책상을 내리쳤다.

"뭐라고 말이라도 좀 해 봐! 어쩌자는 거야, 지금?"

사납게 외치는 황태자의 앞에서도, 아렌트는 그저 차분하기만 했다.

"잠깐 고민 중이었습니다."

"고민? 지금 내가 농담하는 것 같아?"

칸타레스가 얼굴을 와락 구겼다. 하지만 아렌트에게서 돌아온 건 의외의 대답이었다.

"평소처럼 굴지, 아니면 솔직하게 말씀드릴지……. 아직 결정을 못 한 상태라서요."

"……."

화내던 것도 잠시 잊고 칸타레스는 눈을 조금 크게 떴다.

삐딱하게 선 아렌트는 정말로 고민하듯 눈동자를 아래로 내리깔고 있었다.

"전하께서 골라 보시겠습니까?"

저건 꾸며 낸 행동이 아니다.

어쩐지 그리 직감할 수 있었다.

그 꼴을 보고 있자니 어쩐지 뜨거워졌던 머리가 차분하

게 식는 것 같았다.

책상 위에서 꽉 쥐어졌던 주먹에 힘이 풀렸다.

"……솔직하게, 라."

칸타레스가 짧게 읊조렸다. 아렌트와는 정말로 어울리지 않는 단어였다.

견습 기사의 시선이 다시 자신을 향하자 칸타레스가 차갑게 말했다.

"어디 한번 말해 봐. 얼마나 숨김없을지 궁금하군."

아렌트가 순순히 본심을 말할 것 같지는 않았다. 그가 작정하고 표정을 숨긴다면 알아차리기도 힘들 것이다.

"적어도 이번만큼은 한 치의 거짓이 없어야 할 거다. 내가 더 실망하기 전에."

그러나 칸타레스는 발언을 허락했다.

지금까지 세운 공에 대한 대가로, 발칙한 견습 기사에게 변명할 수 있는 마지막 기회를 주는 거였다.

* * *

솔직하게 말하겠다던 아렌트는 한참 동안이나 침묵했다.

오랫동안 입을 다물고 있다는 것부터가 상당히 그답지 않은 일이라, 칸타레스는 일단 기다리기로 했다.

그러나 그를 향한 경계와 냉담 어린 시선은 여전했다.

한참 만에 아렌트가 입을 열었다.

"누군가는 해야 하는 일이에요. 그 누군가가 공교롭게도 저였을 뿐이고요."

"어째서? 하필 지금?"

"지금이라서요."

칸타레스의 다소 날카로운 질문에 그가 담담히 대답했다.

"새로운 질서가 잡히기 전, 지금이 마지막 기회라고 생각했습니다. 지금은 신을 대신해서 내세울 영웅도 있어요. 마침 그 사람은 저한테 굉장히 호의적이고요."

무표정한 얼굴에서는 자신이 한 짓에 대한 후회 따위는 전혀 없었다.

"루체 신의 손아귀에서 신자들을 빼돌릴 수 있는 기회는 지금밖에 없어요. 무턱대고 진실을 들이밀었다간 그자가 무슨 짓을 할지도 모르겠고, 이 땅에 어떤 영향이 미칠지도 미지수고. 그래서 적당한 시나리오를 만들어서 붙였습니다."

신을 모함했다.

아렌트는 참 당당하게 그리 선언하고 있었다.

신의 이면을 까발리기 위해 증거를 수집하는 것과 차원이 다른 일이었다.

"……그러니까, 굳이 왜 그래야 했냐고."

칸타레스는 분노를 꾹꾹 눌러 담으며 천천히 말했다.

"루체 님의 손아귀에서 벗어날 필요가 있나? 우리는 이미 그분의 보호 아래에서 오랜 세월을 지내 왔는데."

그러나 이어지는 음성에서 묻어나는 노기는 그도 어찌할 수 없는 부분이었다.

"제국의 명운을 왜 네가 결정하지? 네가 감히 신성제국 칼리온의 정체성을 뒤흔들 자격 따위가 있어? 설령 루체 님이 정의롭지 못한 존재라더라도, 우리가 그분을 배신할 명분은 못 돼."

"왜요?"

"지금 당장 우리를 위협하는 건 루체 님이 아니다. 체르니온 교단이지. 그리고 우리는 그분의 은총 덕분에 지금껏 살아남았어. 개도 먹이를 준 주인은 물지 않아."

아렌트의 무심한 물음에 칸타레스가 한 글자씩 새겨 주듯 말을 이었다.

"루체 님의 비호 덕분에 대전쟁에서 살아남아 지금껏 평온하게 살아남았어. 그런데 우리가 감히?"

"아뇨. 먹이를 주며 사육당한 개도 주인을 물 수 있습니다."

아렌트가 싸늘하게 대꾸했다.

"먹이를 잔뜩 먹여서 살을 찌워 놓고 잡아먹겠다는데, 발악이라도 해야 하지 않겠습니까? 그리고 무엇보다, 우린 개가 아닙니다."

황금색 눈동자가 한 치의 흔들림도 없이 칸타레스를 마

주 보았다.

"애초에 개만도 못한 존재죠. 칼리온 제국은 루체 신에게 그저 꼭두각시, 장난감에 불과하니까."

"뭐?"

"울타리에 가둬 두고 키우는 짐승들도 당장은 배불리 먹고 편하게 지낼 수 있어요. 하지만 지금 꼴을 보시라고요."

아렌트가 제 한쪽 손을 감싸 쥐었다. 언젠가 니케포르에게 당한 화상이 남아 있는 자리였다.

"루체 신이 제국을, 영웅 칸을 비호한 이유는 딱 하나입니다. 그들마저 잃어버리면 자신을 받들어 줄 존재가 없어질 테니까요."

지독하게 차분한 목소리가 이어졌다.

"먹어치울 신앙이 필요하니 양 떼를 치듯 살려 뒀다가, 또 때가 되니 악신을 물리치라며 등을 떠밀렸습니다. 성검이요? 그거 좋죠. 지쳐 나가떨어질 때까지 싸우다가, 차라리 숨이 끊어지길 원하는 순간이 찾아오더라도……."

아렌트는 확신할 수 있었다.

'성검의 푸른 기사'의 라이오스는 그랬을 거라고.

자신이 막지 못한 숱한 죽음들 앞에서 차라리 자신이 죽었으면 바랐던 적이 어디 한두 번일까.

"영웅은 다시 일어나 싸울 수 있을 테니까요."

"……."

"그게 구울이나 호문쿨루스랑 다를 바 있어요?"

한없이 차분하기만 하던 아렌트의 음성이 점점 들뜨기 시작했다.

"지금까지 체르니온 교와 싸우다 죽은 목숨들에, 루체 신은 어떤 책임을 졌습니까?"

이것 역시 평소의 아렌트라면 결코 꺼내지 않았을 화제였다.

"신관들의 치유 능력이요? 그조차도 끊임없이 전장에 내세우기 위한 방편일 뿐입니다. 체르니온의 신도들이 두려움을 잃어버리듯, 이쪽은 지쳐 쓰러질 자격조차도 잃어버린 거예요."

입술을 몇 번 달싹이던 칸타레스가 간신히 반박했다.

"왜 그렇게까지 확신하지? 신의 의도는 아무도 알 수 없……."

"알아요."

그러나 아렌트가 그의 말허리를 잘라버렸다.

"당신들은 모르는 걸, 나는 알고 있다고."

이 세계, 이 무대의 이면을 모두 아는 것은 오직 자신뿐이었다.

"렉시온 님보다도 더 잘 압니다. 제가 보고 들었어요. 아직 내가 살아서 입을 놀리고 있는 게 증거에요."

내기를 하자며 웃던 루체의 낯이 아직도 얼굴에 선명했다. 밤에 잠이 들면 일그러진 어둠과 마주할 때도 있었다.

어디 한 번 증명해 봐.

그 모든 순간, 아렌트는 이 세상의 뒷면을 재차 확인할 수밖에 없었다.

"굳이 왜 그래야 했냐고 물으셨죠. 그저 모르는 척, 신의 비호 아래에서 편하게 살 수도 있을 텐데."

아렌트가 습관처럼 자신의 목을 긁기 시작했다.

"당장 목숨을 부지하더라도, 루체가 꾸민 무대 아래에 있는 한 이 전쟁은 끝나지 않을 거예요. 단지 루체 신의 놀잇감 취급을 받으면서."

멍하니 있던 칸타레스는 아렌트의 호흡이 다소 거칠어졌다는 것을 깨달았다.

"야, 너……."

"단장님은 그저 단장님일 뿐입니다. 성검 따위 없어도 제국이 위기에 처하면 얼마든지 앞장서서 싸울 사람이에요. 그런 사람을, 신이라는 작자는 성검의 영웅이라는 이름으로 자신의 손아귀 안에 가둬 버렸어요."

아렌트에게는 칸타레스가 부르는 소리조차도 들리지 않는 것 같았다.

"그냥 평범하게, 행복하게 살 수도 있었을 텐데도. 전하께서도 마찬가집니다. 이런 상황이 아니었다면, 그저 장난기 많은 괴짜 황태자로 지내다 제국을 이어받으셨겠죠. 전쟁의 총사령관 역할을 떠맡는 게 아니라."

"……."

"다른 사람들도 마찬가지예요. 이 전쟁에서 의미 없이

개죽음을 맞이할지도 모르는데, 이대로는 살아남아 봤자 루체 신의 꼭두각시가 되겠죠. 감히 제까짓 게 정의를 자처하면서, 당신들을 계속해서 장난감 취급할 거라고요."

이번에야말로 칸타레스는 얼어붙고 말았다.

"그 새끼 때문에 렉시온 님은 자신이 살아온 시대를 강탈당했고, 영웅 칸은 살아생전 계속 학대당했겠죠."

그리고 자신은 돌아갈 곳을 영영 잃어버렸다.

네레이스와 길게 대화하면서 알 수 있었다.

이수현의 신체는 죽었다.

그가 '이수현'이길 거부한 순간, 병원에서 간신히 숨만 붙어 있던 신체 역시 숨을 거두었다.

지금의 아렌트처럼 '이수현'에게 이식당했던 '아렌트' 역시 함께 목숨을 잃었다.

꾸욱.

손톱이 파고들며 흉터 위에서 피가 스며 나오기 시작했다.

심상찮음을 느낀 칸타레스가 벌떡 자리에서 일어났다.

"야, 너 괜찮은 거냐?"

"다른 사람들을 위험에 몰아넣을 생각도 없었습니다. 사실, 이걸 마지막으로 황궁에서 이탈할 생각이었어요."

하지만 아렌트는 상처가 터졌다는 것도 눈치채지 못한 듯 덤덤하게 말을 이어 갈 뿐이었다.

"전쟁은 라이오스 단장님이랑 전하가 알아서 하실 수

있을 테고. 저는 이미 할 만큼 했으니 슬슬 죽어도 상관없다고 생각했습니다."

개죽음은 사절이다.

입버릇처럼 그가 지껄이던 말이었다.

그런 허울 좋은 말을 지껄이지도 못할 정도로 아렌트는 마모되어 있었다.

"그래서 등이라도 떠밀어 주려고 했습니다. 전하께서는 신성제국의 황태자라는 이름 때문에 함부로 움직이지 못할 테니까. 그리고 루체, 그 새끼가 어떤 짓을 할지도 모르고."

"야."

"그러면 애초에 저주받고 있는 내가 맞서는 게 낫죠. 마음에 안 들면 한 세대를 몰살시켜 버리는 게 그 새끼인데."

칸타레스가 참지 못하고 그를 불렀지만, 아렌트는 여전히 눈치채지 못했다.

"감히 그딴 놈이 당신들을 마음대로 좌지우지하는 꼴이 보기 싫었어요. 죽을 고생을 하는 건 이쪽인데, 그 개새끼가 공을 가로채는 것도 모자라서 생사여탈권을 쥐고 있다니. 그게 말이나 되나요?"

"됐으니까 그만해."

"루체 신에게 가장 처음 맞선 존재는 화톳불에 뛰어든 불나방 꼴이 될 게 분명해요. 애초에 시작도 제가 했으니,

그 정도 책임은 질 생각이었어요."

이곳은 엄연한 현실이니, 모두가 행복해졌다는 해피 엔딩 따위는 찾아오지 않을 터였다.

악신교와의 싸움에서 승리하더라도 몇 세대가 지날 때까지 지지부진한 싸움이 이어지겠지.

"……그래서, 황궁에서 벗어나서 혼자 움직여 보려고 했어요. 아까 말씀하신 대로, 불똥이 엉뚱한 데로 튈지도 모르니까요. 그러다 죽어도 어쩔 수 없는 일이고."

그래서 루체 신으로부터 사람들을 지키기 위해 반역마저도 불사하려 했다.

"그러기 전에 르웰린도 에버란으로 보내 버리려고 했습니다. 여기 있다간 반역자의 친구라고 몰리기 십상일 듯해서. 그럴 바에야 본국에서 적이랑 싸우면서 고생하는 편이 나을 테죠."

어쩐지 목이 타들어 가는 것 같아, 칸타레스는 움직이지 않는 입술을 억지로 뗐다.

"……그만하라고. 안 들리나?"

식은땀 때문에 손이 축축하게 젖어 들었다.

어린놈의 입에서 나온 온갖 말들 때문에 어느 순간부터 심장이 미친 듯이 쿵쾅대고 있었다.

아렌트가 다시 눈동자를 움직여 황태자를 보았다.

먼 곳을 헤매는 것 같던 황금색 눈동자가 그제야 초점을 되찾았다.

잠시 후.

아렌트는 손끝에 피가 묻어난다는 것을 알아차리곤 얼굴을 와락 찌푸렸다.

"……에이, 씨. 또 지랄이야."

자신을 향해 욕설을 내뱉는 어조는, 어느새 칸타레스가 알던 아렌트의 것으로 돌아와 있었다.

대충 손을 주머니에 찔러 넣어 버린 아렌트가 어깨를 으쓱였다.

"원래 배신자였는데, 반역자라는 이름도 꽤 어울리잖아요. 라이오스 단장을 추종하다 못해서 새로운 초대 황제로 내세우려는 애새끼 견습 기사."

아렌트는 언제나와 다를 바 없는 여유를 되찾은 뒤였다.

"그런데 지금은 생각이 좀 바뀌었어요."

잠깐 뜸을 들이던 그가 툭 내뱉었다.

"꼴을 보아하니, 제가 도망치면 지옥 끝까지 따라올 기세더라고요."

주어는 없었지만, 누구를 말하는지 충분히 짐작할 수 있었다.

라이오스를 필두로 한 3기사단. 그리고 렉시온과 르웰린. 그 밖에도 아렌트를 따르는 사람들은 셀 수없이 많았다.

"거기까지는 미처 계획에 없던 일이라. 애초에 잠깐 돌앉던 거죠. 댁들이 뭐가 예쁘다고 내가 목숨까지 내던져요?"

"……."

"그래 봤자 루체 놈만 신날 테고. 이왕이면 체르니온이랑 성녀, 그 새끼들 목도 직접 따고 싶거든요."

평소 같은 장난기가 묻어나는 어조가 뒤따랐다.

"전하께서 절 내치시겠다고 한들, 제겐 황궁 안에 붙어 있을 명분도 충분히 있습니다. 그러니 전하께서는 원하시는 방향을 고르시면 됩니다."

칸타레스와 시선을 마주친 아렌트가 씨익 웃었다.

"계속 생선이라도 던져 주면서 손바닥 위에 두고 감시하실지. 아니면 내치시고 신의 비호를 택하실지."

하지만 칸타레스는 미처 웃을 수 없었다.

"……알았으니까."

관자놀이를 꾹꾹 누르던 칸타레스가 약간 갈라진 목소리로 말했다.

"일단은 꺼져. 가서 잠을 자든 뭘 하든 해. 멀쩡해지면 그때 마저 이야기하지."

"지금도 지극히 멀쩡합니다만."

아렌트가 마음에 안 든다는 듯 퉁하니 대꾸했다.

"아무래도 전하께서도 생각 정리할 시간은 필요하시겠네요. 어떤 선택을 하시든 저야 상관없으니, 실컷 끙끙 앓아 보세요."

삐딱하게 고개를 숙여 인사를 건넨 아렌트가 미련 없이 몸을 돌렸다.

약간 절뚝이는 발소리가 들린 뒤.

쿠웅.

다시 집무실 문이 닫히고 사위가 정적에 잠겼다.

"하아……."

커다란 한숨을 터뜨린 칸타레스가 얼굴을 쓸어내렸다.

머릿속이 복잡하다 못해 터질 것 같았다.

그리고 몇 시간 뒤.

칸타레스는 아렌트가 호되게 앓아누웠다는 보고를 전해 들을 수 있었다.

* * *

시간이 어떻게 가는지도 알 수 없었다.

연기는 고사하고 제정신을 차리기도 힘들었다.

고열에 시달리다가 간신히 눈을 뜨면 속이 역해져서 바로 토악질부터 하기 일쑤였고, 잠깐 잠들었다 싶으면 악몽이 찾아왔다.

속에서부터 올라오는 한기는 이불을 최대한 끌어모아도 버티기 힘들었다.

이따금 누군가가 일으켜 세워 약을 먹이거나 토할 때 등을 두드려 주는 것도 같았다.

하지만 옆에 있는 상대방이 누구인지 확인할 정신도 없었다.

더 이상 게워 낼 것도 없는데도 속을 비우고, 간신히 몸을 가눠 침대로 돌아가면 버리고 온 것들에 대한 꿈을 꿨다.

낡아빠진 극장, 곰팡내 나던 집.

갑자기 쳐들어온 아버지와 얼어붙어 있던 자신, 그리고 자신을 대신해 그를 내쫓아 주던 극단장과 동료들.

'아렌트'로 살아오며 지금껏 애써 외면해 오던 것들이 해일처럼 밀려들었다.

'그놈이 제일 먼저 발견했으려나.'

혼곤한 와중에도 아렌트는 그런 생각을 떠올렸다.

조명에 맞아 쓰러진 이수현을 수습한 건 아마 극단장일 터였다.

자책했을까.

그랬을 게 분명했다.

극단장은 이수현에게 하나라도 더 쥐여 주지 못해 안달 났던 녀석이니까.

'극장도 더 이상 운영할 수 없게 됐겠지.'

낡아빠진 지하 극장에 모여들어 대책 없는 꿈이나 이야기하던 이들은, 이수현의 죽음을 계기로 잔인한 현실을 마주했을 것이다.

재앙과도 같은 신들이 그에게 있어서 현실이 된 것처럼.

'돌아갈 수 없구나.'

자신이 선택한 일이니 괜찮을 거라 생각했다. 하지만 전혀 그렇지 못했다.

뒤늦게 현실을 자각하니, 감당하기 힘들 정도의 거부감이 쏟아졌다.

"렉시온 님의 치료 마법으로도 어떻게 안 되는 겁니까? 저러다 저놈 죽겠습니다!"

"안 됐지만 내 영역 밖이다. 저건 병이나 부상 때문이 아니니까."

머리끝까지 뒤집어쓴 이불 밖에서 아서와 렉시온의 목소리가 아득하게 들려왔다.

죽는다. 죽는다, 라.

'그래도 살아야지.'

무대가 아닌 이곳에서 삶을 이어 가야만 했다.

목숨은 아깝지 않았다.

죽음 뒤에는 분명 신들의 보복이 기다리고 있겠지만, 그조차도 두렵지 않았다.

그러나 자신의 죽음으로 다른 사람들을 불행하게 만들고 싶지 않았다.

'내가 가로챈 이름에도 책임을 져야지.'

그 사실이 지독하게 견디기 힘들었다.

빛이 살갗을 날카롭게 찌르고 어둠은 그를 집어삼키려 하는 이곳에서, 어떻게든 살아남아야 할 의무가 생긴 것이다.

 거기까지 생각이 미칠 때마다 속이 뒤집어져, 결국에는 또 토악질을 반복할 수밖에 없었다.

 피까지 함께 게워 내며 눈물을 몇 방울 떨어뜨린 것 같기도 했다.

 네레이스가 손을 뻗어 오는 것조차 거절하고, 아렌트는 고통을 오롯이 받아들였다.

 그래야만 했다.

 이제부터 살아갈 인생에 있어서 꼭 필요한 과정이었으니까.

 그리고…….

 고통에 몸부림치는 모든 순간, 혼자 있는 게 아니라는 게 느껴졌으니.

 누군가는 등을 쓸어 주고, 몸을 가누지 못하면 침대까지 데려가 눕혀 주었다.

 모두가 교대로 곁을 지키며 꼬박 밤을 지새우기도 했다.

 '아마 앞으로도 안 괜찮겠지만.'

 그래도 어떻게든 괜찮을 수 있을 것 같았다.

* * *

 며칠이 지났을까.

아렌트는 문득 한밤중에 정신을 차렸다. 깨닫고 보니 온몸을 덜덜 떨리게 하던 한기도, 열감도 한결 가신 뒤였다.

이불에 파묻힌 채 멍청하게 눈을 깜빡이고 있자니 익숙한 목소리가 들려왔다.

"깼냐?"

아렌트는 시선만을 들어 목소리의 주인을 확인했다.

커튼 너머에서 쏟아지는 달빛을 등지고, 칸타레스가 침대맡 의자에 걸터앉아 있었다.

"……왜 여기 있는데요? 이 틈에 나 암살하려고?"

힘이라곤 하나도 없는 목소리가 흘러나왔다.

칸타레스가 황당하게 물었다.

"이 상황에 농담이 나오냐, 넌?"

"하려면 빨리해요……. 진짜 죽을 것 같으니까."

웅얼거리면서도 제가 무슨 소리를 지껄이는지 알 수 없었다. 칸타레스 역시 헛소리라는 걸 깨닫고는 한숨을 푹 내쉬었다.

"진짜 골치 아픈 새끼."

비몽사몽 간에 다시 한기가 느껴져, 아렌트는 이불을 끌어모으고 더욱 몸을 웅크렸다.

눈꺼풀이 무거웠다.

"이런 꼴로 반역자는 무슨. 그냥 툭 쳐도 죽게 생겼는데."

칸타레스가 힘 빠진 목소리로 중얼거렸다.

"됐다. 너같이 지랄 맞은 놈을 방생하는 것도 내 죄겠지. 생선이라도 던져 주겠다고 먼저 나선 것도 나고."

"……."

그 말에 아렌트가 억지로 눈꺼풀을 들려고 했다. 하지만 얼마 지나지 않아 다시 시야가 검게 물들었다.

칸타레스가 손으로 그의 눈을 덮어 버린 것이다.

멍한 와중에 황태자의 목소리만 들려왔다.

"이왕 이렇게 됐으니, 네가 옳다는 걸 어디 한번 증명해 봐. 그렇다고 죽지는 말고."

돌아오는 대답은 없었다. 침묵이 길어지자 칸타레스가 조심스레 손을 치웠다.

아니나 다를까, 창백한 얼굴은 다시 곯아떨어진 듯 눈이 감겨 있었다.

다시 한번 한숨을 내쉰 칸타레스는 자리에서 몸을 일으켰다.

막 몸을 돌리려던 그때.

"……."

뭐라 웅얼거리는 것 같은 꽉 잠긴 목소리가 들려왔다.

칸타레스가 조금 눈을 크게 뜨고 뒤를 돌아보았다.

"너 방금 뭐라고……."

하지만 어느새 아렌트는 다시 완전히 잠든 뒤였다.

한참 동안 그 자리에 못 박힌 듯 서 있던 칸타레스가 피식 옅은 웃음을 터뜨렸다.

"살다 살다 별소리를 다 듣는군."

짧게 달싹인 입술은 분명 고맙다는 말을 담고 있었다.

정신이 혼미한 탓에 본인은 미처 자각하지 못했겠지만, 그렇기에 더욱 본심임을 알 수 있었다.

조용히 문을 닫고 나오자, 밖에서 기다리던 제레온이 그를 맞이했다.

"어떻던가요?"

"정신도 제대로 못 차리던데. 그래도 필요한 말은 했으니 괜찮아."

그렇게 대답하는 칸타레스의 어조는 한결 가벼워져 있었다. 제레온이 쓰게 미소 지었다.

"마음은 굳히셨나요?"

"그렇게 됐다. 비난해도 괜찮아. 본가로 돌아가도 좋고. 앞으로는 더 위험해질 테니까."

칸타레스가 밖을 향해 걸음을 옮기자, 제레온 역시 자연스레 뒤를 따랐다.

"농담하시는 거지요? 제 자리는 오직 전하 곁일 뿐입니다."

뒤를 힐끗 본 칸타레스가 씨익 웃었다.

"뭐, 그렇게 말할 거라 생각했어."

로비에서 대기하던 아서가 황태자를 보자마자 몸을 일으켰다.

"들어가십니까?"

칸타레스가 가볍게 고개를 끄덕였다.

"고생해라, 아서 경. 아. 그리고 혹시나 해서 말하는 건데."

갑작스러운 말에 아서가 의아한 표정을 지었다.

"저놈이 완전히 회복하기 전에 누구든 귀찮게 구는 사람은, 이후 나랑 아주 긴 면담을 거쳐야 할 거라고 전해 주도록."

"······예?"

"특히 반역자니 뭐니 하면서 물어뜯으려는 놈들."

멍청히 되묻는 그와 눈을 마주친 칸타레스가 덧붙였다.

"처벌해도 내가 직접 할 거다. 그 전에 불온한 움직임을 보이는 자가 있다면 응징해도 좋다. 내가 허락하지. 라이오스 단장에게도 그리 전하도록."

이번에야말로 아서는 얼이 빠지고 말았다. 그를 휙 지나친 칸타레스가 혀를 쯧 찼다.

"일어나면 뭐든 좀 먹여라. 비쩍 말라선, 아주 못 봐 주겠더군. 간다."

제레온이 아서를 향해 묵례하고, 생활관 문이 닫혔다.

그때까지도 아서는 입을 쩍 벌린 채 그 자리에 못 박힌 듯 굳어 있었다.

"······와, 씨."

한참 만에 아서가 탄성을 터뜨렸다.

쿵쾅쿵쾅.

심장이 바로 귓전에서 뛰는 것 같았다.

얼핏 들으면 별것 아닌 말인 듯했지만, 시사하는 바는 컸다.

아렌트가 황태자의 마음을 움직였다.

결국 저 망나니 견습 기사의 손끝에서, 시대가 변하기 시작한 것이다.

* * *

며칠 뒤.

아렌트는 멀끔한 모습으로 칸타레스의 집무실을 찾았다.

서류를 들여다보던 칸타레스가 슬쩍 시선을 들고 그와 눈을 마주쳤다.

"그래서, 뭐. 고맙다고?"

"……."

아렌트의 눈썹이 꿈틀 움직였다.

"기억 안 납니다만."

"괜찮아. 내가 똑똑히 기억하니까."

싱글싱글 짓궂게 웃는 얼굴이 누가 봐도 놀리고 싶어 하는 표정이었다.

"무려 반역자를 꿈꾸던 견습 기사가 친히 건네준 말인데, 쉽게 잊어버릴 수야 없지. 기록석이라도 가지고 갈

걸 그랬군."

"아파 뒈져 가는 사람 붙잡고 마음대로 지껄인 게 누군데요."

아렌트가 신경질적으로 대꾸했다. 눈을 치뜬 게 진심으로 골이 난 듯했다.

조금만 더 긁었다가는 나중에 배로 돌려받을 게 뻔했기에 칸타레스는 순순히 화제를 돌렸다.

"몸은. 괜찮냐?"

"그럭저럭 살 만합니다. 아직 과하게 움직이지는 말라고 하지만."

애초에 또 검을 압수당한 통에 뭘 해 볼 수도 없었다. 서리 어린 손길까지 라이오스가 숨겨 버린 차였고.

오늘 황태자를 만나러 오기까지도 온갖 우여곡절이 있었다.

"그것보다, 진짜 후회 안 하실 겁니까?"

아렌트가 지극히 마음에 안 든다는 어조로 삐딱하게 물었다.

"어쩌면 이번에야말로 진짜 내전이 벌어질지도 모르는데요."

"괜찮아. 네 깽판에 휘말려서 뒷목 잡는 것보다야, 손 위에 두고 감시하는 편이 훨씬 낫지."

턱을 괸 칸타레스가 투덜거렸다.

"내가 아는 온갖 인간 군상 중에서 제일 상대하기 까다로운 게 너니까. 어지간하면 넌 적으로 두고 싶지 않단 말이지."

"루체 신에게서 등을 돌린다고 하더라도요?"

황태자가 잠깐 입을 다물자, 아렌트가 또박또박 말을 이었다.

"전하의 대에서 이뤄지지 않을지도 몰라요. 우리가 살아가는 동안에도, 그 후대에도 이 싸움의 막은 내리지 않을 수도 있습니다."

은근한 빛을 품은 황금색 눈동자가 황태자를 고스란히 담아내고 있었다.

"고민은 이미 실컷 했어. 그리고 나름대로 결론도 내렸지."

칸타레스는 짐짓 무심한 척 아렌트를 마주 보았다.

지금까지 눈에 들어오지 않던 것들이 하나둘씩 포착됐다.

아무렇지도 않은 낯짝을 하고 있었지만, 아렌트의 안색은 아직도 파리했다.

몸에 꼭 맞던 제복도 조금 헐렁해져 있었다.

서리 어린 손길 없이 드러난 손등과 약간 헐거워진 목 옷깃 아래는 온갖 상처 때문에 엉망이었다.

하지만 굳이 그것들을 지적하는 대신, 칸타레스는 씨익 웃어 보였다.

"네가 좋아하는 무대를 준비해 주지."

"네?"

제대로 알아듣지 못한 아렌트가 눈을 살짝 찌푸렸다.

"네가 세상에서 제일 좋아하는 게 사람들 엿 먹이는 거 잖아."

칸타레스의 눈동자에 노골적인 장난기가 드리웠다.

"마침 적기 아닌가? 사람들의 시선도 모였겠다. 네가 날뛰기는 아주 적합한 듯하다만."

고작 그 정도 말로 때울 수 없을 정도로 제국은 뒤숭숭했다.

아렌트를 아들처럼 아끼던 대신관 루미엘이 그를 표적으로 삼았다.

정치권 역시 아렌트를 변호하려는 이들과, 당장 진실을 밝혀야 한다는 이들로 나뉘어 서로를 헐뜯고 있었다.

지금이 전쟁 중이라는 걸 생각하면 위험하기 짝이 없는 상황이었다.

"적당히 판을 깔아 줄 테니, 네가 제일 잘하는 걸 해 보라고."

하지만 칸타레스는 진지해지지 않기로 했다. 누구 말마따나, 심각해지면 지는 거니까.

몇 차례 눈을 깜빡이던 아렌트기 씨익 미소 지었다.

"그거 듣던 중 반가운 말씀이네요."

새로운 무대가 준비되고 있었다.

아렌트 폰 에크하르트를 주연으로 내세우고, 칸타레스

가 기획한 우스꽝스럽기 짝이 없는 무대가.

"아. 그 전에."

문득 생각났다는 듯 칸타레스가 다시 운을 뗐다.

"체중부터 원상 복구하도록."

"……."

"그 전에 연무장에 드나들거나, 쓸데없이 사고라도 치면 진짜 가둬 버릴 거니 그리 알고. 사람들한테는 아주 중환자라고 알려 뒀으니, 귀찮게 굴지는 않을 거야. 그러니 네가 알아서 처신해."

아렌트의 낯이 순식간에 떨떠름해졌다.

* * *

그 뒤로 한동안 생활관 내에서는 잔뜩 골 난 얼굴로 군것질거리를 입에 넣는 아렌트를 심심찮게 목격할 수 있었다.

"……너 솔직하게 말해. 차마 황태자 전하를 씹어 먹을 수가 없어서 대신 과자라도 씹는 거지?"

맞은편 소파에 앉아 있던 아서가 떨떠름하게 말했다.

"도대체 전하께는 뭐라고 말씀드린 거야? 왜 갑자기 마음을 바꾸셨대?"

"비밀입니다. 댁들은 영원히 알 일 없어요."

아서가 은근슬쩍 물었지만 늘 그렇듯 까칠한 대답이 돌

아올 뿐이었다. 아서도 더 이상 캐묻지 않고 소파에 등을 툭 기댈 뿐이었다.
"에라, 건방진 새끼."
덜컥 겁이 날 정도로 앓았던 것 치고, 아렌트는 빠르게 회복하고 있었다.
"몸 상태는 괜찮냐? 오늘따라 멀쩡하네."
"그렇게까지 자빠져 잤는데 안 멀쩡하면 이상하죠."
무슨 말을 해도 삐딱한 대꾸가 돌아오는 게 아무래도 심기가 단단히 상한 것 같았다.
그래 봤자 지금은 성질부리는 애새끼 정도로밖에 보이지 않지만.
당연한 일이었다.
생활관 밖으로는 한 발짝도 못 나가고, 황태자에게는 체중을 돌려놓기 전에는 아무것도 하지 말라는 엄명까지 들었으니.
'기세만 보면 정말 반역이라도 저지를 것 같은데……'
당장 할 수 있는 것은 생활관에서 매 끼니를 먹어대며, 틈틈이 군것질거리를 입에 처넣는 것밖에 없었다.
아렌트의 성정에는 충분히 골이 날 만 한 일이었다.
"선배는 왜 이렇게 졸졸 따라다녀요? 할 일도 없어요?"
"황태자 전하랑 단장님 명령이야. 너 엉뚱한 짓 못 하게 감시하라시더라. 참고로 오후에는 리히트 선배랑 교대할 거다. 그다음은 르웰린 왕자님."

"아오, 진짜!"

결국 아렌트가 왈칵 신경질을 터뜨렸다.

"어디 안 간다고! 그러니까 그냥 할 일이나 하러 가요! 성가셔 죽겠네!"

"안 믿어, 새끼야. 생활관 안에서도 얼마든지 일거리 만들 수 있는 게 너잖냐."

하지만 씨알도 안 먹힐 소리였다.

짜증을 견디다 못한 아렌트는 소파의 쿠션에 머리를 처박아 버렸다.

"제복이 다시 딱 맞을 때까지는 서류도 반입 금지야. 노이만 상단주님한테도 그렇게 말씀드렸고. 도망치면 렉시온 님이 곧장 잡아 오시기로 했으니까 명심해."

낄낄대는 아서의 목소리가 들려왔다.

"빌어 처먹을 사람들……."

진심으로 부아가 치밀었다. 그간의 업보를 톡톡히 돌려받는 셈이었다.

아서는 즐거워 죽겠다는 눈으로 아렌트를 바라보며 과자를 하나 집어 먹었다.

물론 이 순간에도 외부는 소란스러웠다.

전쟁은 날로 격해지고 있었고, 대신전과 황궁에서는 매일매일 고성이 끊이지 않았다.

'당장은 황태자 전하랑 단장님이 억제해 주신다고는 하지만.'

그것도 아마 오래가지는 못할 것이다.

하지만 별로 상관없을 것 같았다.

지금 당장 약이 올라 죽으려고 하는 저놈을 지켜보는 것만으로도 꽤 재미있었으니까.

"너 그 과자 다 먹어라. 노이만 상단주님이 특별히 보내 주신 탕약도 있고. 치료실에서 제조한 환약도 먹어야 해. 저녁 식사는 고기로 내어 온다고 하니까 기대하고. 단장님이 특별히 주방에 부탁하셨다더라."

"환장하겠네. 내가 무슨 가축 새끼에요? 뭘 그렇게 먹여대요?"

다시 고개를 든 아렌트가 버럭 외치자 아서는 평소 당한 것을 고스란히 돌려주었다.

"그러게 진즉 몸 사렸어야지. 꼬우면 건강하던가. 누가 그딴 식으로 앓아누우래?"

"······."

뭐라 대꾸하려던 아렌트는 그냥 다 포기하고 다시 쿠션에 머리를 처박았다.

'누굴 탓하겠냐.'

저놈들을 저리 만든 게 바로 자신인데.

* * *

생활관이 시답잖은 소란에 휩싸여 있을 무렵.

회의실에는 살벌한 기운이 감돌고 있었다.

"아렌트 경께서는 아직 병환 중이신지요?"

회의를 위해 황궁을 찾은 루미엘 대신관이 넌지시 물었다. 칸타레스는 그녀에게 고개를 끄덕여 주었다.

"그렇습니다. 이번 전투에서도 부상을 크게 입었고, 그간 과로했던 것이 한꺼번에 터진 듯합니다."

지금은 팔팔하게 돌아다니며 제 선배들과 드잡이를 하느라 바쁜 것 같았지만, 딱히 거짓말은 아니었다.

"그러시군요. 연이어진 싸움 때문에 몸이 많이 축나신 듯하여 걱정입니다."

"염려는 하지 않으셔도 괜찮습니다. 아렌트 경이야 워낙 튼튼하니, 곧 자리를 털고 일어날 겁니다."

루미엘 대신관이 근심스럽게 눈썹을 휘자 칸타레스가 위로하듯 말을 건넸다.

얼핏 들으면 평화롭기 짝이 없이 안부를 주고받는 것 같았지만, 실상은 그게 아니었다.

대신관과 칸타레스 사이에서는 끊임없이 서로를 경계하는 눈빛이 오가고 있었다. 불온한 공기를 읽어 낸 귀족들과 신관들은 입을 꾹 다물고 두 사람의 눈치를 살필 수밖에 없었다.

"그렇다면 어쩔 수 없이, 이번 혐의에 대한 조사는 미뤄질 수밖에 없겠군요."

"본인이 증언할 만한 상태가 된 뒤에야 재개할 수 있지 않을까 합니다. 증거물은 이미 신관 측에서 대부분 수집하신 것으로 압니다."

루미엘의 물음에 황태자가 느긋하게 고개를 끄덕였다.

"그러니 급할 건 없습니다. 우리에게는 다른 숙제도 많이 남아 있으니까요."

"외부의 적을 물리치는 것도 중요하지만, 내부를 다스리는 게 무엇보다 시급합니다."

루미엘 대신관이 천천히 말을 이었다.

"언젠가 아렌트 경께서 직접 하신 말씀이지요."

"아렌트 경의 말 한마디에 너무 의미를 두진 마십시오. 워낙 종잡을 수 없는 이라."

아렌트를 노린 한 마디였지만, 칸타레스는 그 역시 구렁이 담 넘어가듯 넘겨 버렸다.

팽팽한 긴장감 속, 황태자의 바로 옆에 선 라이오스는 조용히 존재감을 드리우고 있었다.

견습 기사를 비호하는 게 틀림없는 두 절대자 앞에서, 회의에 참석한 이들은 감히 쉽게 입을 뗄 엄두를 내지 못했다.

"허나……."

살얼음판 같은 분위기 속에서, 란슬롯 공작이 입을 열었다.

"이런 시기에 제국을 어지럽힌 것은 분명 중대한 사안입니다. 아렌트 경은 평소에도 루체 님을 향한 반감을 공공연히 드러냈으니, 이번 일 역시 누명이 아닐 가능성이 높지요. 게다가 그는 라이오스 단장을 향한 충성도가 높은 듯하니…….”

충성이라는 말에 라이오스의 미간이 살짝 꿈틀거렸다.

속이 조금 쓰려 오기 시작한 탓이었다.

그 망할 놈이 자신에게 호의를 가지고 있다는 건 부정할 수 없다더라도, 그게 과연 충성인지는 조금 고민해 봐야 할 일이었다.

“그의 의도가 무엇이었든, 상당히 위험한 일임은 틀림없습니다. 그러니 공정히 살펴 주셔야 합니다, 전하. 신의 이름을 더럽혀 제국을 뒤집으려 했다는 사실만큼은 명확하니 말입니다.”

란슬롯 공작이 차분히 말을 이었다. 상당히 객관적인 시선이었다.

턱을 괸 칸타레스가 차갑게 대답했다.

“공정하게……. 라는 말씀이 다소 걸립니다만, 공작.”

“심기를 불편하게 해드렸다면 송구합니다. 그러나 전하께서 그를 가까이 두신다는 것은 모두가 알고 있으니, 혹여나 전하의 명성에 누가 생길까 염려해 드리는 말씀입니다.”

그러나 란슬롯 공작은 흔들림 없었다.

‘이럴 때는 상당히 까다로운 상대군.’

칸타레스가 속으로 혀를 찼다.

공작 역시 아렌트에게 호의를 가지고 있는 것은 마찬가지였으나, 사사로운 감정에 흔들릴 만한 인물은 아니었다.

 그런 생각을 하는데, 란슬롯 공작이 황태자를 지그시 바라보며 덧붙였다

 "심지어는, 이미 회복한 아렌트 경을 일부러 숨겨 두시는 것이 아닌지 의심하는 목소리들도 종종 들려옵니다."

 "······그렇습니까?"

 칸타레스의 눈에 이채가 드리웠다. 자리에 앉은 귀족들 중 몇몇이 움찔 어깨를 떠는 게 보였다. 신관들도 마찬가지였다.

 란슬롯 공작이 그를 의미 있게 지켜보았다.

 "감히 전하의 뜻을 의심하는 바는 아닙니다만, 그런 작은 의견에도 귀를 기울여 주심이 어떠하신지요."

 칸타레스가 슬쩍 미소 지었다.

 "좋은 의견 감사합니다, 공작."

 잠깐이나마 경계했던 것이 무색해지는 순간이었다.

 아무래도 란슬롯 공작은 조용히 그들의 편을 들어 줄 생각인 듯했다.

 "하지만 얼마 전에 직접 찾아가서 두 눈으로 확인한 바, 정말로 상태가 심각하더군요. 일단 회복되는 대로 여러분이 만족할 만 한 자리를 만들 터이니······."

칸타레스가 루미엘에게 시선을 주었다.

"그 건은 차치해 두고. 일단 전황에 대해 논의하고 싶은데. 동맹국 측에서 막 도착한 소식들입니다만. 들으시겠습니까, 대신관님?"

"물론입니다, 전하."

대신관이 선뜻 고개를 끄덕였다.

지클린의 죽음은 전황에 큰 변화를 가져왔다.

호문쿨루스에 의한 피해가 대폭 줄어든 거였다.

에버란 왕국에서, 지클린은 아렌트를 죽이기 위해 대량의 호문쿨루스를 소모했다.

그 탓인지 네펠레 왕국과 루카인 왕국에서 호문쿨루스가 출현하는 일이 없어졌다.

"완전히 박멸했다 확신은 할 수 없지만, 놈들도 병력을 아끼기 시작했습니다. 지클린이 사망했으니 호문쿨루스는 물론이고, 죽지 않는 신관들을 만들어 내지도 못할 테니까요."

칸타레스가 말을 이었다.

"구울의 수는 여전합니다. 놈들의 근거지에 구울을 양산하는 호문쿨루스가 있는 듯합니다. 그것을 없애지 않는 이상, 구울들은 계속해서 전장에 투입될 겁니다. 허나, 그것 역시 비관할 일은 아닙니다."

싸움이 길어지며 일반 병사들도 구울을 상대하는 방법을 터득하고 있었다.

세키나와 렉시온이 고안한 환영 마법 훈련 장치와 기사들의 보고서를 바탕으로 슈타들러 백작이 제작해 배포한 자료 역시 큰 도움이 되고 있었다.

"그렇다면 성공적으로 방어전을 펼치고 있다는 말씀이신지요?"

"아니. 그리 확언할 수도 없다."

누군가의 물음에 칸타레스가 개운치 않게 대답했다.

"네펠레 왕국에서 한 사단이 두 시간 만에 전멸했다는 소식이다."

회의실의 공기가 차갑게 식었다.

"부서진 심장의 검 소속, 로저라는 자가 출몰했다. 손쓸 틈도 없었고, 전사자들의 시신도 수습할 수 없었다더군."

그가 휩쓸고 잔 자리는 지독한 화염에 휩싸여 며칠 동안이나 타올랐다. 전사한 병사들은 한 줌의 잿가루가 되어 뼈조차도 남기지 못했다.

"그 직후 인근 민가로 향해 사람들을 학살하고 절반가량 납치해 홀연히 모습을 감췄다고 한다. 그 뒤 행방은 알 수 없어."

"······막을 수는 없었습니까?"

무의미한 질문이 두려움을 품고 흘러나왔다. 칸타레스는 이번에도 무겁게 고개를 끄덕였다.

"불가능했다. 그나마 대적할 수 있는 인원은 최전선에

배치되어 몸을 뺄 수 없는 상황이고. 놈은 후방에서 대기 중이던 막사를 습격했으니까. 이와 같은 일이 벌써 몇 차례고 벌어졌지."

로저는 일부러 지휘관급 인원이 있는 곳을 피해 습격하고 있었다.

"아마 구울의 재료를 모으는 거겠지. 원래 그 일을 하던 지클린이 없어졌으니."

"……."

무거운 침묵이 가라앉았다.

무차별적 공격인 탓에 다음 출몰지를 예상하는 것도 불가능했고, 텔레포트를 자유자재로 구사하는 그를 막을 수 있는 방법은 사실상 없었다.

"아직 제국에 로저의 마수가 뻗치지 않은 건, 라이오스 단장의 존재 때문이겠지."

사람들의 시선이 자연스레 라이오스에게 모였다.

수 시간 만에 한 도시를 초토화하는 괴물을 상대할 수 있는 건 오직 성검의 영웅, 라이오스 드 윈프리드 뿐이었다.

라이오스는 사람들의 시선을 담담히 받아들였다.

"때가 온다면, 죽음을 불사하고 싸울 것입니다."

사람들의 눈에 노골적인 안도가 깃들었다. 그 반응을 확인한 라이오스의 눈동자가 다소 가라앉았다.

그것을 알아차린 사람은 오직 루미엘 대신관 뿐이었다.

"……라이오스 단장님."

루미엘이 조용히 그를 불렀다.

"성검의 영웅이라는 이름이 무거운 줄 압니다. 그에 걸맞은 인물은 오직 단장님 뿐이겠지요."

조곤조곤한 목소리가 이어졌다.

"신전은 있는 힘껏 단장님의 등을 받칠 것입니다. 그러니 루체 님의 선택이 옳으셨음을 보여 주시지요."

"물론."

라이오스가 그녀를 똑바로 응시하며 대답했다.

"제 명예를 걸고, 그리할 것입니다."

영웅의 새파란 눈동자는 한 치의 흔들림도 없었다.

* * *

니케포르의 레어는 쥐 죽은 듯 고요했다.

한 줄기 빛조차 허락하지 않는 암흑 속에서, 니케포르가 짧게 한탄했다.

"생각보다 그 아이의 부재가 커."

그의 등 뒤에 조용히 서 있던 로저가 담담하게 대답했다.

"심려치 마시길. 그녀는 체르니온 님의 품 안에서 안식을 찾았을 겁니다."

"틀림없이 그렇겠지. 끝까지 체르니온 님을 위해 싸우

다 전사했으니, 영광된 죽음이 분명하지."

살며시 미간을 찌푸린 니케포르가 덧붙였다

"하지만, 너무 일렀어."

"……."

"게다가 이번에도 그 어린애라니."

진을 죽인 것은 영웅이나 렉시온이 아닌, 아렌트 폰 에크하르트였다.

최후의 일격은 에버란의 막내 왕자가 가했다고는 하나, 두 사람 다 알고 있었다.

진은 분명 아렌트 폰 에크하르트의 계략에 빠진 거겠지.

'주의하라고 그렇게나 말했건만.'

로저의 낯에 그늘이 드리웠다. 진은 훌륭한 인재였지만, 한편으로는 오만하고 경솔하기까지도 했다.

그리고 무엇보다, 진은 그 견습 기사의 도발에 지나치게 취약했다.

"역시 혼자 보내는 것이 아니었는데."

니케포르가 한탄했다.

진과 에버란 왕국 전장의 일거수일투족은 이리스와 니케포르, 로저가 모두 다 지켜보고 있었다.

그들 중 누구도 에버란 왕국이 진의 무덤이 될 거라고는 예상치 못했다.

위기가 닥치면 진은 언제든지 텔레포트로 그 자리를 벗

어나 본부로 돌아올 수 있었다.

다른 이들 역시 그 점을 믿고 있었다.

'안일했다.'

진이 무리해서 호문쿨루스를 소모했지만, 그들은 참견하지 않았다. 그녀의 판단이 틀리지 않았다 생각한 탓이었다.

'아렌트 폰 에크하르트를 제거할 가능성이 적지 않다고 여겼으나······.'

방심의 대가는, 체르니온 교의 가장 큰 전력 중 하나인 진을 잃는 최악의 결과를 가져오고 말았다.

상념에 빠졌던 로저는 다시 들려온 니케포르의 음성에 퍼뜩 정신을 차렸다.

"······일단 그녀의 빈자리를 채우는 것에 집중해야지."

"예. 염려하지 마십시오."

로저가 단정히 대답하자 니케포르가 쓴웃음을 지었다.

"너도 아인을 잃었으니, 아주 바쁘겠구나."

"괜찮습니다. 아직 믿을 만한 사람들이 있습니다."

로저가 더욱 깊이 고개를 숙였다.

"이리스 님께서 이끌어 주실 거다. 밤의 축복이 언제나 네 등 뒤를 지켜 줄 테니, 두려워하지 마라."

니케포르는 그의 어깨를 부드럽게 짚어 주었다.

"이미 잘 알고 있겠지만, 꼭 명심하렴. 이리스 님의 계획에 차질이 생겨서는 안 돼."

"예."

로저가 마치 스스로에게 맹세하듯 또렷이 대답했다.

"체르니온 님의 시대를, 기필코 이 땅 위에 가져오겠습니다."

저주받을 빛을 몰아내고 체르니온을 이 세계의 진정한 주인으로 만들 수 있다면, 하찮은 자신의 목숨 따위야 아깝지 않았다.

* * *

아렌트의 인내심은 하루하루 바닥나고 있었다.

반쯤 감금된 처지가 된 것도 모자라 3기사단과 르웰린, 심지어는 세일럼까지 따라다니면서 잔소리를 퍼부어 댄 탓이었다.

누구든 시간마다 찾아와서 이것저것 입에 쑤셔 넣는 건 기본이었다.

심지어는 렉시온마저도 생활관을 들락대며 틈날 때마다 회복 마법을 걸어 댔다.

몰래 연무장에 가 보려고도 했지만, 큰 개 모습으로 버티고 선 스텔에게 저지당하기도 했다.

덕분에 몸 상태는 꽤 괜찮아졌지만, 아렌트의 짜증은 머리끝까지 치솟고 말았다.

그리고 반갑지 않은 얼굴을 마주한 순간, 어떻게든 참

아오던 분노가 드디어 폭발하고 말았다.

"귀찮게 하지 말고 꺼져요!"

콰아아아앙!

"……."

아르크스는 눈앞에서 거세게 닫힌 문을 허망하게 바라보았다.

옆에 우두커니 서 있던 헨리가 그를 위로하듯 어깨를 토닥여 주었다.

"너무 상처받지 마. 대충 이렇게 될 거라고 예상했잖아."

"……."

하지만 크게 위로가 되지는 않은 것 같았다.

그들을 아렌트의 방까지 안내해 준 리히트가 민망하다는 듯 말했다.

"요즘 이래저래 화가 많이 난지라. 보시다시피 건강해졌으니 걱정은 하지 마십시오."

덜덜 떨며 눈물까지 뚝뚝 떨어뜨리는 꼴을 보는 것보다야, 지금처럼 온갖 성질을 다 받아주는 편이 속 편했다.

"예. 감사합니다, 리히트 경."

아르크스가 무겁게 고개를 끄덕였다. 마침 지나가다 그 장면을 목격한 라이더가 쯧쯧 혀를 찼다.

"저놈 성질머리로 지금껏 얌전히 버티고 있는 게 기적이긴 합니다. 지은 죄가 있으니 저 녀석도 어쩔 수 없을 테지만."

"하긴, 이번 건은 쉽게 넘어갈 수……."

헨리가 표정을 흐리며 말하려던 순간, 라이더가 퉁명스럽게 덧붙였다.

"그러게 누가 그렇게까지 앓아누울 정도로 몸을 혹사하랬나. 이번에야말로 애 잡는 줄 알았습니다."

"예?"

아르크스와 헨리가 동시에 얼빠진 소리를 내자, 라이더가 뭐가 문제냐는 듯 고개를 갸웃했다.

"예? 왜 그러십니까?"

심지어는 리히트마저도 양측의 대화가 삐거덕거린 까닭을 이해하지 못했는지, 딱딱한 얼굴에 의아함을 드리우고 있었다.

"……."

뭐라 말하려던 두 사람은 그냥 입을 다물어 버렸.

'반역 미수 건에 대해서는 다들 안중에도 없으신 거군.'

헨리와 아르크스는 동시에 똑같은 생각을 떠올렸다.

예전에는 분명 이러지 않았을 텐데, 아무래도 이들 역시 뭔가 나사가 단단히 빠진 게 틀림이 없었다.

잠깐 두 사람이 허공을 쳐다보던 그때, 라이더가 화제를 돌렸다.

"그나저나 두 분께서는 황궁까지 어쩐 일이십니까? 최근 굉장히 바쁘시다고 압니다만."

"아아, 그. 황태자 전하께서 호출하셨습니다."

헨리의 미소가 다소 어색해졌다.

"한참 전에 황궁에 들라는 명을 받았습니다만, 일거리가 지나치게 몰린 나머지 이제야 얼굴을 비추게 되었습니다."

"조만간 있을 회의 때문이신가 보군요."

리히트가 가볍게 고개를 끄덕였다.

얼마 전, 생활관까지 직접 찾아와 아렌트가 있는 힘껏 신경질을 내는 것을 확인한 칸타레스는 흡족한 얼굴로 돌아갔다.

그 후 얼마 지나지 않아 제레온이 조만간 대회의가 열릴 것임을 귀띔해 주었다.

말만 대회의지, 사실상 아렌트의 혐의에 대해 공개적으로 재판하려는 것이었다.

헨리가 조심스럽게 물었다.

"걱정되지 않으십니까?"

"걱정됩니다."

리히트가 진지하게 대답했다.

"저 새끼가 무슨 짓을 할지 모르니까요. 여차하면 달려들어서 입을 막을 생각입니다."

"……"

회의에 대비해 이런저런 논의를 하려고 했지만, 두 사람은 그냥 입을 다물어 버렸다.

이들과 진지한 대화를 나누는 게 불가능하다는 걸 깨달은 탓이었다.

"……잠깐만요."

그때, 문득 라이더가 인상을 찌푸렸다.

"저 새끼 왜 조용하죠?"

"아."

그러고 보니 한참 전부터 인기척이 느껴지지 않았다. 불길함을 감지한 리히트가 빛과 같은 속도로 문을 열어젖혔다.

쾅!

"……."

그들은 일제히 할 말을 잃어버렸다.

활짝 열린 창문 너머로 들어와 커튼을 흔들었다.

흰 구름이 몇 점 둥실둥실 흘러가는 게, 혼란스러운 전시 상황과는 상관없이 참 평화로워 보였다.

방 주인이 어디론가 탈출하고 없어졌다는 건 두말 할 것도 없었다.

"이……. 미친 새끼."

라이더가 쩍 벌린 입에서 비명 같은 외침이 터져 나왔다.

"제발 움직이지 말라니까, 이제는 2층에서 뛰어내리고 지랄이야!"

"어, 어떻게 합니까? 찾으러 가야 하는 것 아닙니까?"

당황한 아르크스가 다급히 말했다. 헨리 역시 리히트를 돌아보며 물었다.

"지금 상황에 누군가 마주치기라도 했다가는 곤란해질 겁니다. 빨리 뒤를 쫓아야 합니다."

"누굴 만나더라도 봉변당할 것은 아렌트가 아니라 상대방일 테니 괜찮습니다. 그리고 걱정하지 마십시오. 다른 사람과 마주칠 정도로 섣불리 움직일 놈이 아닌 데다가……."

리히트가 침착하게 대꾸했다.

"아마 그러기도 전에 잡혀 올 테니까요."

그의 말이 끝나는 순간, 텅 비어있던 방 한가운데에 환한 빛이 터져 나왔다. 헨리와 아르크스는 저도 모르게 눈을 질끈 감았다가 떴다.

그리고 이번에야말로 진짜 넋이 나가고 말았다.

"……."

빛이 사라진 자리에 아렌트의 뒷덜미를 단단히 붙잡은 렉시온이 있었다.

"매번 귀찮아 죽겠군. 감시 좀 제대로 하도록."

혼이 빠져나간 연합장과 부연합장 앞에서 렉시온이 태연하게 말했다.

드래곤의 손아귀에 옴짝달싹 못 할 정도로 꽉 붙들린 아렌트는, 난데없이 사냥당한 들짐승처럼 잔뜩 골이 난 얼굴을 하고 있었다.

익히 예상했다는 듯 리히트가 덤덤하게 말했다.

"설치지 말고 과자나 먹어라. 노이만 상단주님이 책도 몇 권 보내 주셨다."

헨리와 아르크스는 그냥 생각을 포기하기로 했다.

* * *

그날 저녁, 아르크스와 헨리는 라이오스와 따로 만남의 시간을 가졌다.

가벼운 다과가 마련된 테이블을 사이에 두고 앉은 라이오스가 가볍게 고개를 숙였다.

"오랜만에 뵙습니다, 연합장님. 그리고 부연합장님."

"무탈하셔서 다행입니다, 라이오스 단장님."

아르크스가 마주 묵례하고, 헨리가 먼저 운을 뗐다.

"이번 출정도 고생하셨습니다. 굉장한 공을 세우셨다고 들었습니다."

"감사합니다. 아렌트는 만나 보셨습니까?"

낮에 본 광경을 떠올린 두 사람이 동시에 어색한 표정을 지었다.

"좋아 보였습니다. 잘 돌봐 주셔서 감사합니다."

잠깐 입을 꾹 다물고 있던 아르크스가 애써 말했다. 헨리 역시 어색한 웃음을 터뜨렸다.

"다들 이래저래 밝아 보이셔서……. 다행입니다."

"과하게 팔팔해서 골치 아프긴 합니다만."

두 공자가 어떤 꼴을 구경했는지는 안 봐도 뻔했다. 무표정을 유지하던 라이오스가 관자놀이를 꾹꾹 짚기 시작했다.

"추태를 보였겠군요. 죄송합니다."

"아닙니다. 진심으로 안심했습니다."

헨리가 손을 내저었다.

"아무래도 사안이 사안인지라 다소 불안했습니다만, 다른 분들도 평소와 같으신 것을 보니 마음이 놓이더군요."

"이미 벌어진 일이고, 심각하게 고민해 봤자 의미 없습니다. 당장 뭘 어떻게 해 볼 수 있는 일도 아니니……."

관자놀이에서 손을 뗀 라이오스가 답을 내어 주었다.

"그럴 시간에 어떻게든 도망쳐 보려는 망할 녀석을 붙잡아 놓는 편이 효율적일 테니까요."

평소보다 더 요란히 구는 아렌트 역시 그런 의도인지, 아니면 진심으로 부아가 치밀어서 발악을 해대는 건지는 알 수 없었지만.

둘 중 어느 쪽이든 기사들이 해야 할 일은 똑같았다.

어색한 웃음을 흘리던 헨리가 자연스럽게 말머리를 돌렸다.

"그것보다, 단장님께서는 정말로 괜찮으신 겁니까?"

"괜찮습니다. 책임은 전부 제가 지겠습니다. 민폐를 끼쳐 죄송합니다."

어디 한 번 증명해 봐. 〈77〉

라이오스가 담담히 대답했다. 그러자 아르크스가 조용히 시선을 내리깔았다.

"괜찮습니다. 단장님께서 먼저 말씀하지 않으셨더라도, 저는 제 할 일을 했을 겁니다. 헨리에게는 미안한 일이지만요."

고작 이런 것으로 과거 아렌트를 외면했던 일을 쉽게 만회하지는 못할 것이다.

그러나 아르크스는 같은 실수를 반복하고 싶지는 않았다.

헨리 역시 시원스레 웃어 보였다.

"형제 같은 친구가 동생을 돕겠다는데, 저도 전혀 불만 없습니다. 하지만 단장님께서는……."

"다시 한번 말씀드리지만, 괜찮습니다."

말이 채 끝나기도 전, 라이오스가 힘주어 대답했다.

"고작 부채감 때문에 이러는 게 아닙니다."

"그러실 거라고 생각했습니다만."

헨리가 애매하게 고개를 끄덕였다.

두 사람도 잘 알고 있었다.

라이오스는 상대가 자신을 구해 준 생명의 은인이라도, 모든 잘못을 덮어 놓고 용인하거나 옹호할 사람이 아니었다.

목에 칼이 들어오는 한이 있더라도 자신의 뜻을 관철하는 것이 바로 라이오스 드 윈프리드라는 사람이니까.

"그러시다면."

마른침을 한 번 삼킨 아르크스가 천천히 말했다.

"그저 아렌트를 비호하시려는 것이 아닌, 이 모든 것이 단장님의 뜻이라고 받아들이면 되겠습니까?"

상당히 많은 의미를 함축한 한 마디였다.

"그렇습니다."

라이오스가 고개를 끄덕였다.

"며칠 뒤 회의에 참석하신다고 압니다. 그리고 황태자 전하께서 이미 한차례 경고와 함께 출두 명령을 내리셨다지요."

"그렇습니다. 저희는 단장님을 뵌 뒤 전하를 알현하며 따로 사죄드릴 예정입니다."

잠깐 뜸을 들이던 헨리가 차분히 말을 이었다.

"신전 측에서도 저희가 개입했다는 것을 눈치챈 듯합니다. 그렇다면 몇몇 귀족들은 이미 정보를 접했을지도 모르지요. 어떤 처분이라도 달게 받을 생각입니다."

"아닙니다."

가만히 듣던 라이오스가 짧게 대꾸했다.

"그러실 필요 없습니다."

"예?"

헨리와 아르크스가 동시에 되물었다. 라이오스는 두 사람을 마주 보며 덤덤한 어조로 말을 이었다.

"회의 이후에 찾아뵈어도 괜찮을 것입니다. 전하께는

제가 따로 말씀드릴 테니, 두 분께서는 잠시 기다리십시오."

"……혹시 다른 계획이라도 있으십니까?"

"그런 것은 아닙니다. 하지만."

헨리가 조심스레 묻자 라이오스가 또박또박 말했다.

"책임은 모두 제가 지겠다고 이미 말씀드렸습니다."

유난히 힘이 실린 어조에서는 약간의 간섭도 허용하지 않겠다는 단호함이 느껴졌다.

결국 헨리와 아르크스는 그냥 입을 다물 수밖에 없었다.

시간은 빠르게 흘러, 며칠 후.

황태자가 소집한 회의 당일이 되었다.

2장. 최근에 깨달았습니다.

최근에 깨달았습니다.

대회의 당일.

황궁은 이른 시간부터 소란스러웠다. 회의를 지켜보기 위해 자격이 되는 귀족들은 먼 길도 마다하지 않고 모여들었다.

황궁에서 일하는 시종들은 그들을 맞이할 준비를 하며 덩달아 바빠질 수밖에 없었다.

전에 없이 많은 사람들이 모인 가운데에, 사람들의 화두에 오르는 것은 단 두 가지.

점점 심화되는 악신교와의 전쟁과 아렌트 폰 에크하르트뿐이었다.

회의 시간 이전, 황궁에서 마련된 작은 다과회에서 역시 마찬가지였다.

"에크하르트 백작은 참석하지 않는다던가?"

"불참 의사를 밝히셨다고 합니다. 어쩌면 당연한 일이지요. 아직 백작과 아르크스 공자, 아렌트 경은 사이가 틀어진 채라고 압니다."

"백작님 대신 아르크스 폰 에크하르트 공자가 참석한다 들었습니다. 며칠 전부터 황궁 내에 체류 중이라고 하더군요."

"어쩌면 백작에게는 다행스러운 일일지도 모르겠군."

가만히 듣던 노귀족이 고개를 내저었다.

"아렌트 경이 벌써 두 번째로 반역 혐의를 받고 있지 않나. 어쩌면 가문 전체가 위태로워질지도 모를 일이네만, 일찌감치 절연을 선언해 버렸으니…… 폐하께서도 백작에게는 책임을 묻지 않으시겠지."

"하지만 아렌트 경은 황태자 전하의 총애를 받는 인재입니다."

비교적 젊은 연배의 귀족이 반박하고 나섰다.

"지난번의 배신 행각도 결국에는 적들의 움직임을 빠르게 파악하기 위한 공작이었다고 하니, 이번에도 분명 다른 뜻이 있으리라 생각합니다. 듣자 하니 아주 총명한 자라더군요."

"총명할지언정, 예의라고는 모르는 망나니 같은 놈이라더군."

하지만 노귀족은 단호했다.

"그자에게 망신당한 이들이 어디 한둘인 줄 아는가?"

"하지만 영웅 라이오스 단장의 생명을 구했다지요. 지독한 불신자라고는 압니다만, 그 사실은 부정할 수 없습니다. 루체 님의 은총으로 목숨을 구했으니…….."

게다가 에버란 왕국에서도 적의 핵심 인물을 처단하는 데에 큰 공로를 세운 참이었다.

가만히 대화를 듣고만 있던 이가 조용히 끼어들었다.

"복잡하게 생각할 것이 있습니까. 젊은이가 지나치게 기고만장해졌던 게지요."

어린 나이에 황태자와 라이오스 단장의 신임을 받게 되었으니 콧대가 하늘을 찌르는 것도 어쩌면 이상한 일은 아니라는 의미였다.

젊은 귀족이 다시 반론했다.

"하지만 그 정도로 사리분별을 못 하는 청년이었다면, 황태자 전하께서 그리 신임하시지도 않으셨을 듯합니다. 전하께서 얼마나 신중한 분이신지, 이 자리의 모두가 다 아시지 않습니까."

"그것도 그렇습니다. 심지어 전하께서 공로를 치하하시며, 일찍 정식 기사 서임을 내리겠다 하신 것마저 거절했다지 않습니까. 그걸 보면 크게 명예욕이 있는 것 같지도 않습니다."

이번에는 또 다른 사람이 끼어들었다. 잠깐 대화가 끊기고, 작은 응접실에 침묵이 흘렀다.

모두가 저마다의 생각에 잠긴 탓이었다.

"……그러고 보니 참 묘한 자군요."

누군가가 찜찜한 표정으로 중얼거렸다.

"행보를 도무지 짐작할 수가 없으니 말입니다."

3기사단의 견습 기사는 배신자로서 낙인찍혀 사형 직전까지 몰리며 처음 이름을 알렸다.

이후로는 베일에 싸여 있던 악신교의 정체를 밝히는 데 가장 앞장서고, 현재 대신관이 된 루미엘과 친분을 쌓기도 했다.

테오도르 전 대신관을 망신 주며, 루미엘이 대신관이 되는 과정에 결정타를 날린 것 역시 아렌트였다.

하지만 지금은 루미엘 대신관이 앞장서서 그의 재판을 요구하는 상황이었다.

"배신자 다음에는 라이오스 단장의 생명의 은인……. 지금은 반역 모의자라는 혐의를 받고 있군요."

"거기에 전쟁에서의 공 역시 무시할 수 없고. 황제 폐하 역시 그를 마음에 들어 하신 듯하니 말입니다."

아렌트 폰 에크하르트는 악인인가, 귀인인가.

쉽게 판단할 수 없는 문제였다.

"평범한 자였다면 혐의만으로 파면당한 뒤 투옥되고도 남았을 겁니다."

"실제로 그래야 한다는 목소리들도 나왔다고 압니다만, 황태자 전하께서 건강상의 이유로 반려하셨다 들었습니다."

"어쩌면 당연한 일이지요. 지금껏 아렌트 경이 해 온

것이 있으니. 최근 전투 때문에 건강에 이상이 생겼다는 듯하고……."

누군가가 찜찜하게 대답했다.

"게다가 라이오스 단장 이외에도 그를 강력히 옹호하는 이들이 있다고 하니 말입니다."

현재 승승장구 중인 노이만 상단주는 물론이고, 아렌트에게 험한 꼴을 당했던 랜포드 후작 역시 포함되었다.

그 사실을 떠올린 귀족들은 더욱 복잡한 심경이 되고 말았다.

또다시 침묵이 한참 이어지고, 누군가가 애써 결론을 내렸다.

"일단은……. 아렌트 경의 해명을 들어 볼 수밖에요."

"과연 해명으로 될 일인가, 싶긴 하다만. 다른 방법이 없군."

노귀족 역시 천천히 고개를 끄덕였다.

어차피 몇 시간 뒤면 이 논쟁 역시 어떤 식으로든 종식될 테니까.

물론 그들은 미처 예상치 못했다. 이 사태가 아무도 상상치 못한 방향으로 흘러가리라는 사실을.

* * *

그날 저녁.

좀처럼 쓰이는 일이 없는 가장 넓은 회의실이 개방되었다.

많은 사람들이 모인 가운데에, 황제가 친히 모습을 드러내며 귀족들은 다시 한번 술렁였다.

그리고 루미엘 대신관과 그녀를 보좌하는 신관들, 제레온을 대동한 황태자 칸타레스, 라이오스 단장과 3기사단의 핵심 인원들도 입장했다.

기사들 틈에는 화제의 견습 기사, 아렌트 폰 에크하르트 역시 존재했다.

아렌트 폰 에크하르트가 등장한 순간부터 사람들의 이목이 한꺼번에 그에게 몰렸다.

"분위기가 썩……. 좋지는 않은데."

헨리가 눈썹을 찌푸렸다. 곁에 앉은 아르크스가 말없이 고개를 끄덕였다.

독특한 행보만큼 원한을 산 일도 많았다. 이번 기회에 그를 아예 정치권에서 배제할 작정을 한 사람들도 분명 적지 않을 터였다.

"나는 신경 쓰지 말고, 편히 이야기들 나누게. 그저 참관하러 왔을 뿐이니."

모두가 착석하자, 황제가 빙그레 웃으며 화두를 열었다.

하지만 그 말이 곧이곧대로 들릴 리 없었다. 한층 더 불편한 공기가 감도는 가운데 황태자가 대답했다.

"일부러 자리해 주셔서 감사합니다, 폐하. 그리고 여러분도. 정신없는 시국에 여기까지 걸음 하느라 고생 많았습니다."

황태자의 시선이 천천히 좌중을 훑었다.

"모두들 바쁜 분들이니, 슬슬 논의를 시작해 보도록 할까요."

모두가 마른침을 삼키는 와중, 칸타레스가 루미엘 대신관을 똑바로 바라보았다.

"다른 말은 생략하고, 곧장 본제로 들어가겠습니다. 최근 전쟁을 틈타 제국 각지에서 벌어진 신성모독 사건……. 대신관님께서는 견습 기사 아렌트 폰 에크하르트 경을 그 배후로 지목하셨지요."

조용한 회의실에 그의 목소리만이 가득 울려 퍼졌다.

"오늘 여러분이 가장 관심을 두고 있는 것 역시 그 건일 테고."

"그렇습니다. 허나, 전하. 감히 한 말씀 올리자면……."

루미엘이 천천히 대답했다.

"아렌트 경의 죄를 판단하는 데에 이런 자리까지 필요했을지. 개인적으로는 의문이 드는 바입니다."

"그 건에 대해 관심을 두시는 분들이 워낙 많은지라."

칸타레스가 빙그레 미소 지었다.

"불편하셨습니까? 통상적으로는 구금한 뒤 재판을 진행하는 게 옳았을지도 모르지만, 전장에서 큰 공을 세우고 갓 복귀한 이에게 그리하는 것도 도리에 맞지 않는 일인 듯했습니다."

초반부터 심상치 않은 신경전이 오고 가고 있었다.

"그래도 걱정 마십시오. 제 3기사단 생활관 내부에 구금 상태로 요양할 것을 명했습니다. 결백이 밝혀질 때까지 명을 거두지 않을 예정입니다."

"아닙니다. 전하의 뜻이 그러하셨다니, 저 역시 이견 없습니다."

가만히 듣던 루미엘 대신관 역시 인자한 미소와 함께 고개를 끄덕였다.

"최근 신전을 향한 공격이 유의미하게 증가했고, 그 배후에 아렌트 폰 에크하르트 경이 있었다……. 루미엘 대신관님이 신전에서 자체적으로 조사한 내용이지요."

칸타레스가 말을 이었다.

"그가 불특정 다수에게 서신을 발송했고, 서신을 본 이들은 루체 님을 향한 반감을 가지게 되어 신전에 낙서를 하는 등의 행동을 하게 되었다. 현재까지 밝혀진 것은 여기까지입니다. 그렇다면 이 자리에서 묻겠는데……."

황태자의 푸른 눈동자가 움직여 아렌트를 보았다.

기사들 틈에 섞여 시립한 그는 언제나 그랬듯 무심한 눈으로 회의 참석자들을 바라보고 있었다.

무려 온갖 중진들과 황제까지 자리한 곳에서 자신에 대해 논의하는데도 태연자약한 모습이었다.

얼핏 지루해하는 것 같으면서, 한편으로는 사람들 하나하나를 면밀히 관찰하는 듯하기도 했다.

'익숙한 모습이군.'

이러나저러나, 아렌트는 아렌트였다.

"아렌트 경. 혐의를 인정하나?"

"넵."

아렌트가 건성으로 고개를 끄덕였다.

"……."

어처구니없을 정도로 간단한 수긍이었다.

회의실 안에 아까와는 다른 의미로 정적이 흘렀다.

순간 칸타레스와 루미엘, 심지어는 함께 있던 기사들마저도 황당한 표정을 짓고 말았다.

라이오스가 괴로워 죽겠다는 얼굴로 깊이 고개를 숙였다.

"죄송합니다. 제가 교육을 잘못시켰습니다."

"왜요? 여쭤봐서 대답한 것뿐입니다만. 무슨 문제……."

아렌트가 종알대기 시작하자, 조용히 손을 들어 올린 라이오스가 그의 뒤통수를 때렸다.

퍽!

"악!"

그제야 아렌트가 입을 다물었다.

어색한 침묵이 흐르는 가운데, 누군가가 너털웃음을 터뜨렸다.

"……허, 허허. 하하하."

슬그머니 고개를 든 사람들은 웃음을 터뜨린 사람을 확인하고는 더욱 경악하고 말았다.

가장 상석에 앉은 황제가 입을 가린 채 어깨를 부들부들 떨고 있었다.

가까이에 있던 무표정한 보좌관이 한숨을 섞어 그를 불렀다.

"폐하."

"아, 흠흠. 미안하군."

그제야 웃음을 멈춘 황제가 손을 휘휘 내저었다.

"계속하게나."

그러나 황제는 여전히 웃음기를 감추지 못한 채였다. 모두가 아연해진 그때, 아렌트를 힐끗 본 아서가 어처구니없다는 표정으로 물었다.

"……너 왜 뿌듯해하고 있냐?"

"아. 티 났습니까?"

"딱히 숨길 생각도 없었잖아, 이 자식아."

아서가 소리 죽여 으르렁댔지만, 아렌트는 들은 척도 하지 않았다.

새삼 골치가 아파 온 칸타레스가 관자놀이를 꾹꾹 짚는 와중, 루미엘이 엄하게 말했다.

"진지하게 임해 주셨으면 합니다, 아렌트 경."

"저는 충분히 진지합니다. 제가 한 일이라고, 방금 말씀드렸지 않습니까?"

아렌트가 그녀와 시선을 마주치며 삐딱하게 대답했다.

"평소에 안면을 트고 지내던 왈패들을 시켜 제가 작성한 서류를 곳곳에 보내게 했습니다. 뭐……. 고작 그런 것 때문에 이리 모이셨다니."

루미엘에게서 눈을 뗀 아렌트가 좌중을 천천히 훑어보았다.

"유감입니다? 뭐, 딱히 죄송하지는 않네요."

"……."

귀족들의 시선이 허공을 헤맸다. 지켜보던 란슬롯 공작이 작게 탄식을 터뜨렸다.

"저리될 줄 알았지."

루미엘은 티 나지 않게 한숨을 쉬고, 칸타레스는 눈을 질끈 감은 채 미간을 꾹꾹 누르고 있었다.

모두가 벼르고 온 자리였다.

하지만 그것은 아렌트 역시 마찬가지인 듯했다.

"혹시나 해서 미리 말씀드립니다만, 대가리 박고 사과할 생각은 추호도 없습니다. 잘못한 게 없으니까요."

어조는 한없이 느긋했지만, 황금색 눈동자는 형형히 빛나고 있었다.

그간 감금당하며 쌓인 원한을 이 자리에서 다 풀겠다고 선언하는 것처럼.

* * *

"죄를 시인하지만, 죄가 없다니. 그게 무슨 망발인가?"

결국 참을성을 잃은 누군가가 소리 내어 말했다. 그러나 아렌트는 여전히 당당했다.

"말씀은 바로 해 주셨으면 좋겠습니다. 그 일을 한 건 제가 맞지만, 딱히 죄가 될 일은 아니라는 겁니다."

"……."

사람들은 당장 아렌트의 말을 이해하지 못했다. 가까스로 화제를 따라잡은 것은 루미엘 대신관 뿐이었다.

"루체 님을 모독한 것이 죄가 아니라는 말을 하고 싶으신 거군요, 아렌트 경은."

"신전 측에서는 썩 마음에 안 드실지도 모르겠습니다만, 그게 반역이라고까지 비약할 문제는 아닌 것 같습니다."

아렌트가 삐딱하게 고개를 까닥였다.

"뭐……. 대신관님께서 제게 꾸지람 몇 마디 정도는 하실 수는 있겠네요."

어깨를 으쓱인 견습 기사가 말을 이었다.

"하지만 안 그래도 바빠서 숨 쉴 틈도 없는 사람한테, 심지어는 바로 얼마 전까지 아파서 죽다 살아난 사람을 붙잡아 놓고 이렇게까지 요란을 떨어야 할 일인지는……. 잘 모르겠습니다."

"다른 것보다, 우선 대신관님께 예의를 지키시오, 아렌트 경."

보다 못한 신관이 경고했지만, 그조차도 아렌트에게는 먹혀들지 않았다.

"충분히 지키고 있습니다만. 평소보다 몇 배는 더 정중하지 않습니까?"

지켜보던 아서는 조금 아연해졌다.

분명 얼마 전까지만 해도 가까운 관계를 유지하던 두 사람이었다.

루미엘은 아렌트를 자식처럼 아꼈고, 모든 사람에게 지랄 맞은 아렌트 역시 루미엘에게만큼은 비교적 온건한 편이었다.

하지만 지금, 루미엘과 아렌트는 서로를 냉담한 눈으로 마주 보고 있었다.

그간의 정이라고는 눈곱만큼도 느껴지지 않을 정도로 차가운 정적이 흘렀다.

"아렌트 경. 진심으로 꾸지람으로 끝날 일이라 여기시는 것은 아니겠지요. 그대가 얼마나 총명하고 신중한지, 이 자리의 다른 어떤 분들보다 제가 가장 잘 알지요."

루미엘의 목소리가 회의실을 가득 채웠다.

"신자들의 이탈, 그리고 신성모독 행위가 벌어진 것……. 전부 다 아렌트 경이 의도하신 바였겠지요. 아니라고 발뺌하실 분도 아니라는 점, 잘 압니다."

"맞습니다. 의도했습니다."

이번에도 아렌트는 간단히 수긍했다.

"애초에 반역이라는 죄목이 이상하다는 겁니다. 저는 반역을 도모할 생각이 전혀 없으니까요."

"……자네의 성정상, 책임 회피를 하려는 것은 아닐 테고."

가만히 듣던 란슬롯 공작이 입을 열었다.

"그 건에 대해서 좀 더 자세히 논의해 보지, 아렌트 경."

"반역이라는 건 결국, 제가 황제 폐하와 황태자 전하, 혹은 이 제국을 위협했다는 말씀이실 텐데."

아렌트의 느긋한 음성이 점점 선명해지기 시작했다.

"루체 신을 욕했을지언정, 제 서신 어디에도 제국을 배반하겠다는 말은 없습니다."

"저게 무슨……."

좌중이 크게 술렁였다. 지켜보던 칸타레스가 한쪽 손을 들어 사람들을 조용히 시켰다.

"말장난은 그만두지, 아렌트 경."

"말장난이 아닙니다. 저는 언제나 그랬듯 진심이라."

어깨를 으쓱한 아렌트가 다시 루미엘을 보았다.

"도무지 이해를 못 하시는 것 같으니 굳이 짚어 드리겠습니다. 저는 황실이 아닌 신전을 겨냥한 겁니다, 대신관님."

"……."

루미엘의 두 눈이 한층 더 차가워졌다. 상당히 미묘한 말에 사람들이 다시 술렁이려는 찰나, 란슬롯 공작이 끼어들었다.

"즉 아렌트 경은, 황실과 신전은 엄연히 분리되어 있다는 이야기를 하고 싶은 거군. 아렌트 경이 표적으로 삼은 것은 황실이 아니라 신전뿐이니, 애초에 반역이라는 말은 성립하지 않는다고."

"말도 안 되는 말씀입니다! 칼리온 제국은 오랜 세월 동안 루체 님의 은혜에 힘입어 제국으로 성장해 왔습니다."

귀족들 중 누군가가 소리 높여 말했다.

"루체 님의 은혜와 제국을 어찌 분리할 수 있겠습니까? 신전을 음해하려 한 것은 엄연히 제국과 황실을 향한 도전입니다."

"아니요. 황실과 신전은 염연히 분리되어 있습니다."

곧바로 아렌트의 반박이 이어졌다.

"초대 황제 폐하께서 그리 설계하셨다죠. 불만 있으시다면 그 점은 황제 폐하께 문의하십시오. 일단 저는 그리 압니다."

"……."

담백한 정론에 그는 말문이 막힌 듯했다.

"일단 아렌트 경의 말도 틀리지 않네."

즐거운 눈으로 구경하던 황제가 입을 열었다.
"원칙적으로는 그리되어 있어. 황실과 신전은 서로의 권위를 존중하며 함께 나아가는 것이지, 일심동체라 할 수는 없네. 그렇다면 아렌트 경의 말대로 반역죄라는 건 성립하지 않을지도 모르겠군."

아렌트의 편을 들어 주는 황제의 말에 칸타레스는 조금, 아주 조금 속이 쓰려 오는 것을 느꼈다.

의도야 어쨌든, 저리 입을 털어 대는 아렌트는 진짜 반역 비슷한 걸 꿈꿨던 놈이니까.

'지금 와서 중요한 부분은 아니지.'

여기저기에서 수긍하는 목소리들이 들렸다.

"지금껏 전장에서 많은 일을 해 온 아렌트 경의 말이니, 진정성 역시 느껴집니다. 제국을 위해 누구보다도 몸 바쳐 일한 자가 아닙니까?"

"신심이 없다고는 하나……. 그것 때문에 아렌트 경이 해 온 일을 무시할 수 있는 것도 아니지요."

딱히 제국을 위해서는 아닐 텐데.

기사들과 황태자의 머릿속에 동시에 떠오른 생각이었다.

란슬롯 공작이 무심코 중얼거렸다.

"제 성질에 못 이겨서 날뛰었다면 또 몰라도."

"방금 뭐라고 말씀하셨습니까, 공작님?"

"아닐세, 아무것도."

누군가가 옆에서 물어 오는 말에 공작은 그리 얼버무릴 수밖에 없었다.

 회의실이 다시 한차례 소란스러워진 그때, 루미엘이 입을 열었다.

 "확실히 그렇군요. 아렌트 경께 황실과 신전의 영역이 구분되어 있다는 사실을 알려드린 것은 저입니다."

 루미엘의 차분한 시선이 아렌트를 가만히 바라보고 있었다.

 "그러나 지금 말씀은 논점을 흐리려는 것으로밖에는 보이지 않습니다. 제국은 현재 악신교와 전쟁 중이고, 제국과 연합국은 루체 님의 이름 아래에 모였습니다. 모두가 한마음이 되어야 하는 지금, 루체 신을 모독하고 제국을 어지럽히는 것은 분명 반역에 준하는 중죄입니다."

 "아니요. 저는 루체 신의 이름 아래에 모였다고 생각지 않습니다."

 아렌트가 냉정하게 대답했다.

 "단지 살고자 하는 마음으로 모인 거지. 신의 이름으로 모든 사람의 생존 욕구를 대변하려 들지 마세요. 모두가 살고 싶으니 루체라도 찾는 거지, 루체를 위해서 목숨을 거는 게 아니란 뜻입니다."

 고개를 비스듬히 기울인 그가 짧게 덧붙였다.

 "사실상 목숨을 저당 잡아 둔 채 신앙 팔이를 하는 게 아닌지? 루체 님을 따르지 않는 자는 모두 내치실 생각입니까?"

"아니……."

다시금 회의실이 소란스러워졌다. 결국 신관 중 하나가 소리 높여 외쳤다.

"루체 님을 모독하지 마라! 그분은 자애로서 제국과 모든 존재를 보살펴 오셨는데, 제국에 몸담은 자가 어찌 감히!"

"웃기고 있네. 당신들이 왜 아직도 살아 있는지 아십니까?"

아렌트는 귀를 후비적대는 시늉을 하며 신관을 힐끗 보았다.

"대신전이 놈들한테 습격당했던 사건은 기억하실 테지요. 누구보다도 악신교의 움직임을 훤히 꿰고 있던 제가, 이 불경하기 짝이 없는 불신자 새끼가, 놈들이 대신전을 덮칠 거라 미리 경고한 덕분이죠."

"……."

"제가 아니었으면 당신들은 그날 그 거대한 루체 신상이랑 같이 잿더미가 됐을 겁니다. 당신들을 살린 대가로 난 그날 죽다 살아났고. 내가 살린 거지, 루체 신이 살려준 게 아닙니다. 그조차도 루체 신의 안배라고 말씀하실 겁니까?"

분노한 신관의 얼굴이 새빨갛다 못해 퍼렇게 질리기 시작했다.

"댁들을 살린 건 대애애단하신 루체 님이 아니라 나라고. 뭐, 어디 한 번 부정해 보시던가요."

아렌트가 어깨를 으쓱였다. 지켜보던 헨리가 꺼림칙하게 읊조렸다.

"목숨을 잃을 뻔했던 당사자가 저리 말해 버리면……. 반박하기 힘들긴 하지."

아르크스는 아무런 대답도 하지 않고 초조한 눈으로 아렌트를 지켜보았다.

'가만히 있지 않을 거라곤 예상했지만.'

죄를 인정하지 않거나 자신이 한 짓이 아니라고 둘러댈 거라고 여겼지, 설마 정면 돌파를 선택할 줄은 몰랐다.

그리고 아직까지는 지켜보기만 하는 라이오스가 어떻게 반응할지도 미지수였다.

"아렌트 경, 물론 그대의 공은 높이 사지만……."

"오만하다고요? 압니다."

누군가가 분노를 참는 목소리로 말했지만, 아렌트가 말허리를 잘라 버렸다.

"원래 그렇게 생겨 먹은 놈이니 그러려니 하시죠. 여러분이 그토록 믿고 따르는 루체 신이 기껏 살려 둔 목숨인데, 알아서 견디십쇼."

"……."

기적의 논리에 모두가 차마 할 말을 잃어버리고 말았다. 납득하자니 지나치게 괘씸하지만, 대놓고 반박하기에는 틀리지 않는 말인 탓이었다.

"그때 뒈지게 됐으면 그냥 모든 게 다 잘 됐을 텐데. 안 그렇습니까?"

아렌트가 어깨를 으쓱이는 것을 보며, 신관이 허공을 보며 한탄을 터뜨렸다.

"신이시여……."

하지만 아렌트의 말은 아직 끝난 게 아니었다.

"그리고 신성모독에, 루체 신을 음해한 죄라고 하셨죠."

'아렌트 폰 에크하르트'가 언제 가장 재수 없어 보이는지, 그는 아주 잘 알고 있었다.

상대가 루미엘 대신관이라도, 얼마든지 연기를 펼칠 수 있다는 뜻이었다.

"지극히 합당한 근거를 들어 의혹을 제시한 것인데, 신성모독이라고 말씀하시기 전에 일단은 사실 확인부터 하셨어야 하는 게 옳다고 여깁니다만."

"사실 확인이라……."

루미엘이 살며시 인상을 찌푸렸다.

"아렌트 경께서 살포한 서신의 내용을 말씀하시는 겁니까?"

"그렇습니다."

아렌트가 담백하게 고개를 끄덕였다.

어조는 잡담이라도 나누는 것처럼 한없이 태연했으나…….

"신성모독이라는 건, 애초부터 모독당한 대상이 신성하지 않으면 성립하지 않는 게 아닙니까?"

그렇다고 해서 담고 있는 의미가 흐려지는 것은 아니었다.

사람들은 황금색 눈동자에 서린 독기를 어렵잖게 읽어낼 수 있었다. 물론, 아렌트가 의도해서 내보인 거였다.

좌중의 공기가 한층 더 험악해진 것을 알아차린 란슬롯 공작이 헛기침을 하며 그를 저지했다.

"지나치게 도발적인 언사는 삼가해 주게, 아렌트 경."

"공작님께서는 잘 아시지 않습니까? 지금 충분히 삼가하고 있습니다만."

그러나 아렌트는 여유롭게 대꾸했다.

"예의범절을 챙기지 않았다면 좀 더 직설적으로 말씀드렸을 겁니다."

같은 편이 봐도 한 대 치고 싶어질 정도로 얄미운 낯짝이었다.

"꽤 예전에 비슷한 상황이 있었죠. 재판관님은 공작님이셨고, 저는 그때도 반역 혐의를 받고 있었습니다."

"분명히 그랬지."

란슬롯 공작이 고개를 끄덕였다.

"그때 제가 뭐라고 말씀드렸는지, 기억 안 나십니까?"

유난히도 잘 들리는 낭랑한 목소리가 소란을 뚫고 회의실을 가득 채웠다.

"죽고 싶지 않아서 제가 먼저 움직였을 뿐이라 말씀드렸죠. 지금도 마찬가지입니다."

유리알 같은 황금색 눈동자가 회의실의 사람들 한 명, 한 명과 시선을 마주쳤다.

아렌트는 입가에 노골적인 비웃음을 드리웠다.

"멍청하고 아둔해 빠진 당신들한테 맡겨 뒀다간 같이 개죽음당할 것 같아서……."

더욱 오만하게 보이도록 턱을 살짝 들었다.

자세는 도련님답게 반듯하지만 기사라고 하기엔 다소 불량해 보이도록, 약간 비스듬하게.

"잘난 제가, 멍청한 당신들 대신 친히 먼저 움직여 드린 거라고요."

"……."

"사실 본심은 이렇습니다만, 나름대로 대신관님 앞이라 신경 써서 말을 고르고 있습니다."

거기에 건방지기 짝이 없는 눈빛까지 드리우면 완벽했다.

"저치고는 제법 예의를 챙긴다고 생각합니다만, 불손해 보였다니 유감이네요. 물론 그다지 죄송하진 않습니다."

"……허허."

란슬롯 공작이 헛웃음을 터뜨렸다.

"정말 기가 막히는군. 아무리 들어도 적응하기 힘든 독설이야."

회의실에 얼음물이라도 끼얹은 듯한 침묵이 흘렀다.

여기저기에서 터져 나오는 탄식은 배우로서 받을 수 있는 최고의 찬사나 다름없었다.

회의실이라는 이름의 무대는, 이미 아렌트에게 압도당한 지 오래였다.

'이걸 여전하다고 해야 하는 건지.'

아득한 침묵 속에서, 란슬롯 공작은 아렌트를 가만히 주시했다.

'아니면 변했다고 해야 하는지.'

지하 감옥에 갇혀 있다가 엉망인 꼴로 끌려 나와, 재판정에서 자신을 노려보던 모습이 아직도 눈에 선했다.

그때나 지금이나 아렌트는 지나치게 도발적이었다.

'저것도 계산된 행동일 터.'

도발이라도 하지 않으면 아무도 제 말에 귀 기울여 주지 않을 테니까.

능숙하게 시선을 끌며, 유려한 말솜씨로 자신이 원하는 화제를 끌어내는 능력 역시 그대로였다.

'달라진 것이라면······.'

위태롭기 짝이 없던 그때와는 달리, 지금은 꽤 안정되어 보인다는 점이었다.

3기사단과 라이오스는 신과 귀족들을 모욕해대는 그를 저지하기는커녕, 누구 하나라도 아렌트에게 해코지를 할

세라 눈을 부라리고 있었다.

그렇다는 건, 저들 역시 아렌트와 뜻을 같이한다는 거겠지.

'황태자 전하와 폐하 역시 마찬가지군.'

소식을 접한 직후, 황태자는 한동안 심기가 불편한 것을 고스란히 드러냈다. 그러나 아렌트가 복귀한 뒤 꽤 오랜 시간 대화를 나누며 마음을 돌린 듯했다.

시종일관 재미있는 연극이라도 구경하는 눈으로 사태를 관전 중인 황제는, 황태자가 내린 판단에 전혀 참견할 생각이 없어 보였다.

'이것 참.'

란슬롯 공작은 쓴웃음을 삼켰다.

공작 역시 제국의 여느 사람들과 마찬가지로 대소사가 있을 때마다 신전을 찾아 기도하곤 했다.

그것을 생각하면 참 이상한 일이었다.

제멋대로 떠드는 아렌트를 저지할 생각이 딱히 들지 않으니.

'예나 지금이나 아렌트 경은 위험천만하기 짝이 없는 존재군.'

그리고 그가 가진 가장 강한 무기는, 화려한 언변이나 뻔뻔함이 아니라…….

사람의 마음을 움직이는 데에 있는지도 몰랐다.

* * *

"……모독당한 대상이 신성하지 않다고요."

귀족들이 도발적인 언사에 경악할 동안, 한참 동안 침묵하던 루미엘이 나긋나긋 말했다.

"그것은 물론 루체 님을 지칭하는 거겠지요."

그러나 지금까지 인자하던 목소리에 조금씩 가시가 돋치기 시작한 것은 어쩔 수 없었다.

"어떤 근거로요? 칼리온 제국은 오랫동안 신성 제국으로서 루체님의 은총과 함께 성장해 왔습니다."

"제가 묻겠습니다만, 대신관님."

빼딱하게 선 아렌트가 대꾸했다.

"루체 신이 신성한 존재라는 근거는 어디에 있습니까? 성서나 역사서? 철저히 루체 신의 입장에서 쓰인 그거 말씀이십니까?"

뭐라 대답하려던 루미엘 대신관이 입을 다물었다.

"결국 그조차도 루체 신의 입맛대로 조작된 거짓 기록일 뿐인데. 그걸 루체 신의 신성을 증명하는 증거가 될 수 있습니까?"

아렌트의 목소리가 또박또박 이어졌다.

"신성제국이라 불리는 이 땅에서, 루체 신을 객관적으로 판단할 수 있는 사람이 존재하긴 합니까?"

"……그렇다면 아렌트 경께서는."

그를 가만히 바라보던 루미엘이 차분히 물었다.

"아렌트 경께 그분을 재단할 자격이 있다고 생각하십니까? 지금까지의 역사와 제국의 뿌리를 부정하고, 심지어 아렌트 경의 목숨을 돌려주신 루체 님의 은혜까지 모른 척하실 셈이십니까?"

"한 가지 확실히 해 두겠습니다만."

아렌트가 인상을 찌푸렸다.

"전 살려달라고 싹싹 빈 적 없습니다. 전 단지 라이오스 단장님을 지키기 위해 몸을 던졌을 뿐이지, 루체 신의 은혜니 뭐니 하는 건 모른다고요."

"예?"

"물론 기껏 살아났으니 여생을 있는 힘껏 두 신들에게 엿을 먹이는데 쓸 예정이긴 합니다만."

대신관을 똑바로 쏘아보며 아렌트가 말을 이었다.

"길 가던 사람의 주머니에 강제로 돈을 쑤셔 넣고, 은혜를 베풀었으니 복종하라고 말할 수 있습니까?"

"……."

"누굴 거지새끼 취급하냐며 그대로 한 대 얻어맞지 않으면 다행이지. 루체 신이 저한테 한 짓은 그것과 다르지 않다고요."

아렌트의 눈이 다시금 좌중을 찬찬히 훑었다.

"대전쟁 이전의 역사를 제대로 아는 사람은 단 한 명도 없습니다. 당연한 일입니다. 루체 신이 초대 황제 폐하를 앞세워서, 자신에게 불리한 역사들을 직접 지워 버렸으니까. 그 결과, 체르니온은 악신으로 명명되고, 다른 신들은 권위를 잃은 채 루체 신을 돕는 천사나 요정 따위로 치부되어 버렸습니다."

"……."

"초대 황제 폐하, 영웅 칸께서는 아셨겠죠. 루체 신이 얼마나 잔인한 존재인지. 그러니 신전과 황실을 엄격히 분리한 겁니다. 루체 신의 폭정에서 후대의 인간들을 지키기 위해서요."

싸늘한 침묵이 흐르는 회의실을 채우는 것은 오직 하나, 아렌트의 음성뿐이었다.

"제가 돌린 서신은 여기 계신 모든 분들이 확인하셨을 거라 믿습니다. 증거는 거기에 모두 제시했습니다. 거기에 거짓된 게 하나라도 있었습니까?"

의자에 비스듬히 기댄 채, 칸타레스는 아렌트를 착잡한 눈으로 응시했다.

'루체 님과 체르니온이 적대적 관계라는 건 분명한 사실이다.'

하지만 아렌트는 루체와 체르니온이 사실상 유착 관계라 주장하는 서신을 세상에 내보였다.

루체는 자신의 위치를 다지기 위해 체르니온이 부활하는 것을 방치했고, 지금에 이르러서는 체르니온의 세력을 막지 못해 성검의 영웅인 라이오스를 이용했다…….

아렌트가 세상에 뿌린 것은 거짓과 진실이 적절히 뒤섞인 하나의 새로운 시나리오였다.

'그 조작조차도 루체 님에게서 우릴 지키기 위해서라 말했지.'

불안하기 짝이 없이 숨을 몰아쉬며 말하던 아렌트의 모습이 아직도 눈에 선했다.

마정석 광산 레어와 레베카의 성 지하에 있던 체르니온 신전, 그리고 루카인 왕궁의 지하에 있던 대형 신전의 유사성.

그리고 르웰린이 각지에서 찾아낸 고대 유적의 흔적과 네펠레 왕국에서 니케포르에게 파괴되었던 영지에서 발견된 파편들이 동일했다는 것까지.

이 모든 것들은 대전쟁 이전, 루체와 체르니온이 동등한 입장이었으며…….

더 나아가 지금도 유착 관계에 있다는 아렌트의 주장을 뒷받침해 주고 있었다.

'그래서 루체 신전의 이탈자가 늘어나는 와중에도, 체르니온 교에 가담하는 세력은 줄어든 거고.'

아렌트의 서신이 뿌려진 이후, 루체 신전을 향한 모독 행위가 늘어나는 한편 실종자의 증가 추세는 줄어들었다.

짜고 치는 판에 놀아나고 싶은 사람은 없을 테니까.

아렌트는 그런 심리를 적절히 이용한 것이다.

"제게 죄가 있다면 기밀로 부쳐진 것들을 외부에 유출한 것이라곤 할 수 있겠네요. 하지만 그 정보 하나하나도 다 제가 몸을 갈아 가면서 모은 겁니다."

모든 사람들의 시선을 한몸에 받으며, 아렌트가 쐐기를 박았다.

"직접 모은 증거 자료들을 어디에 사용할지 결정할 권리 정도는, 제게도 있지 않겠습니까? 적어도 편한 곳에 앉아 이런저런 걱정만 늘어놓는 당신들보다는요."

"……라이오스 단장님! 단장님, 뭐라 말씀 좀 해 보십시오."

입을 꾹 다물고 있던 귀족이 소리 높여 외쳤다.

"아무리 단장님의 생명을 구한 자라 하나, 너무 교만한 것 아닙니까? 지금까지 발견된 증거야 해석하기 나름입니다. 아렌트 경의 말대로 과거에 루체 님과 악신이 동등한 존재였을 수도 있습니다."

더 이상 아렌트를 상대로 대화하는 건 무의미하다고 판단한 거였다.

"하지만 루체 님이 악신으로 변모한 체르니온을 처단하고 정의를 구현하셨으며, 그 과정에서 역사와 정보가 소실되었다 볼 수도 있지 않겠습니까? 아니, 실제로도 분명히 그리하셨을 겁니다!"

"……"

자연스레 사람들의 시선이 라이오스에게 모여들었다.

"성검의 선택을 받으신 단장님이야말로 루체 님이 이룩하실 정의의 증거 아니십니까!"

그에 힘입은 목소리가 더욱 커졌다.

루미엘과 칸타레스, 심지어는 황제까지 아렌트에게서 시선을 떼고 라이오스를 바라보기 시작했다.

라이오스는 한동안 대답하지 않고 침묵하기만 했다.

정적이 길어지자 아렌트가 살며시 인상을 찌푸렸다.

"제 이야기는 아직……."

"그만."

아렌트가 다시 끼어들려 했지만, 라이오스가 그를 저지했다.

단호한 한 마디에 아렌트가 저도 모르게 입을 다물었다.

어느 순간부터 라이오스는 아렌트가 아닌, 귀족들과 루미엘 대신관을 응시하고 있었다.

"아렌트 경의 무례에 대해서는 제가 대신 사죄드리겠습니다. 제가 잘못 가르친 탓입니다. 이후 단장으로서 적절한 처벌을 내리겠습니다."

"단장님!"

아서가 놀란 목소리를 냈지만, 라이오스는 한쪽 손을 들어 그를 조용히 시켰다.

"그간 목숨 걸고 정보를 수집해 온 아렌트 경의 공로는 분명 치하할 만하나……. 이를 함부로 민간에 공개해 제국에 혼란을 가져온 것은 분명 중죄입니다. 이 점 역시 같은 일이 재발하지 않도록 엄벌로 다스리겠습니다."

그제야 사람들이 하나둘씩 안도하며 가슴을 쓸어내리기 시작했다.

"역시 단장님이십니다. 지혜로운 판단을 내려 주실 거라 믿고 있었습니다."

"하지만 그 전에 한 가지."

하지만 라이오스의 말은 끝나지 않았다.

"……."

잠깐 뜸을 들이자, 라이오스를 바라보는 시선들에 의아함이 서리기 시작했다.

라이오스는 모두가 이쪽을 주시하는 지금이 바로 적기라는 것을 알아차렸다.

마음의 준비는 몇 번이고 했으나, 그럼에도 완전히 떨쳐 내지 못한 긴장감 때문에 입이 말랐다.

하지만 라이오스는 더 이상 망설이지 않았다.

견습 기사의 작은 등 뒤에 숨는 데에는 이제 질릴 대로 질렸으니까.

"제가 공범입니다."

담백한 선언에 갑자기 시간이 멈춰 버리기라도 한 것 같았다.

"……."

얼이 빠진 채 눈을 끔뻑이는 사람들은, 자신이 들은 말이 무슨 의미인지조차 제대로 파악하지 못한 듯했다.

 심지어는 아렌트마저도 눈을 휘둥그레 뜨고 그를 바라보고 있었다.

 한참 만에 루미엘 대신관이 더듬더듬 물었다.

 "……잠시, 아니, 잠깐만요. 단장님, 방금 뭐라고 하셨습니까?"

 "제가 아렌트 경의 공범이라고 말씀드렸습니다."

 그러나 돌아오는 말은 달라지지 않았다.

 "지금껏 아렌트 경의 공작을 은폐하는 한편, 같은 내용의 서신을 제작해 아렌트 경의 이름으로 배포했습니다."

 라이오스는 넋이 나간 사람들을 향해 가라앉은 목소리로 되풀이해 주었다.

 "믿지 못하시겠다면, 지금 당장 증인도 내세울 수 있습니다."

 "……와."

 한참 동안 입을 쩍 벌리고 있던 칸타레스가 저도 모르게 소리 내어 중얼거렸다.

 "진짜 환장하겠네."

 "저 미친……."

 아렌트 역시 아득하게 입술을 달싹였다.

 "저 미친 인간……. 왜 이렇게까지 질질 끌나 했는데……."

 그는 로저의 부하, 아인과 거래를 나누기 전부터 조금

씩 서신을 뿌리고 있었다.

원래라면 한참 전에 칸타레스가 알아차렸어야 할 수작질이었다.

하지만 지금껏 질질 끌다가, 신전의 병력이 움직이고 나서야 수사망에 걸려들었던 게 의아하던 차였다.

그들이 경악하건 말건, 라이오스는 힘주어 제 할 말을 이어갔다.

"최근에 깨달았습니다. 성검의 영웅이라는 자리는 제게 어울리지 않습니다. 더 정확히 말씀드리자면."

영웅의 새파란 눈동자에 분노가 깃들었다.

"무고한 희생자들의 피로 얼룩진, 그런 더러운 칭호 따윈 필요 없습니다."

"……."

모두가 차마 숨소리도 내지 못했다.

제국 최고의 기사, 제국제일검, 거기에 성검의 영웅.

이 모든 이름을 거머쥔 라이오스 드 윈프리드 기사단장이 루체 신을 부정하는 사상 초유의 사태가 발생한 것이다.

* * *

더러운 이름.

이는 성검 앞에 갖다 댈 만한 수식어가 아니었다. 하지만 라이오스는 제가 뱉은 말에 한 치의 후회도 없었다.

"이 자리에서 밝히겠습니다. 저는 아렌트 경의 의견에 전적으로 동의하는 바입니다."

뒤통수를 얻어맞은 듯한 눈으로 자신을 바라보는 아렌트의 시선을 의식하며, 라이오스는 꿋꿋하게 말을 이었다.

"제가 보고 들은 것, 그리고 아렌트 경이 직접 조사해서 보고한 것을 바탕으로 판단했습니다. 다소 거친 방식이 아니면 그 누구도 귀를 기울이지 않을 것이라 판단해, 저 역시 아렌트 경에게 동참했습니다."

"……."

"아렌트 경은 이 일의 위험성에 대해 인지하고 타인을 끌어들이지 않으려 해, 제가 상의 없이 독단적으로 가담했습니다. 그간 신전에 드나들며 신관님들을 통해 수사 진척도를 확인하는 한편, 황태자 전하께 이 일이 발각되지 않도록 은폐 공작도 했습니다."

칸타레스 역시 아르크스와 헨리를 향해 황당한 시선을 보냈다.

지금껏 아르크스와 헨리가 아렌트를 보호하기 위해 자신의 눈과 귀를 막은 것이라 여긴 그였다.

하지만 그 배후에 라이오스가 있었던 것이다.

연합장과 부연합장은 사죄의 의미로 황태자를 향해 고개를 깊이 숙였다.

"그럼 그간 의뭉스럽게 군 것도……."

"송구합니다, 전하. 전하와 폐하를 기만한 죄에 대한 처벌은 달게 받겠습니다."

신음을 흘리는 칸타레스에게 라이오스가 정중히 허리를 굽혔다.

"……어째서."

얼어붙어 있던 루미엘이 한참 만에 입술을 달싹였다.

"어째서입니까, 라이오스 단장님? 단장님은 루체 님의 선택을 받은 영웅이 아니십니까."

아렌트와 대화를 나누는 중에도 침착함을 유지하던 그녀도 당혹스러움을 감추지 못하고 있었다.

"방금 단장님께서 입에 담으신 말이 루체 님을 배신하는 것과 다르지 않다는 걸 잘 아시지 않습니까? 어찌 이런……."

"아렌트 경이 라이오스 단장님의 은인인 탓입니까?"

"아닙니다. 물론 그것 역시 까닭 중 하나가 될 수는 있겠으나……."

아렌트는 마치 꿈이라도 꾸는 것 같은 눈으로 라이오스를 응시했다. 어쩐지 라이오스의 목소리가 비현실적으로 느껴졌다.

라이오스는 분명 듣고 있을 견습 기사의 심장에 새겨 주듯, 더욱 또박또박 내뱉었다.

"아렌트 경이 제게 보인 신의가, 지금껏 받아 왔다 생각한 루체 님의 은혜보다도 더욱 무겁기 때문입니다."

"……."

뭐라 말하려 했지만, 아렌트는 다시 입을 다물 수밖에 없었다.

머리가 새하얗게 탈색된 나머지 아무런 대사도 떠올릴 수가 없었다.

"아렌트 경의 말대로입니다. 그는 루체 님께 살려 달라 목숨을 구걸한 적 없겠지요. 그를 살려 달라며 루체 님께 엎드려 구걸한 것은 저입니다."

"……."

"성검을 들면 두 번 다시 같은 일을 겪지 않아도 된다. 루체 님은 그리 말씀하셨고, 저는 성검을 들었습니다. 그러자 마치 구걸하는 자에게 동전이라도 던져 주시듯, 아렌트를 선뜻 돌려주시더군요."

아렌트가 살아남았다는 사실에 안도했으나, 동시에 모멸감을 느꼈다.

자신이 도구 취급당한 것은 괜찮았다. 그렇게 해서 사람들을 지킬 수 있다면 기꺼이 라이오스는 한 자루의 검이 되어 싸울 각오가 되어 있었다.

하지만 아렌트를 하찮은 동전 대하듯 한 것만은 참을 수가 없었다.

아렌트를 제물 삼아 성검의 선택을 받은 자신을 향해 견디기 힘든 혐오감이 들었다.

"힘을 주겠다며 속삭이시던 루체 님의 자애로운 음성이, 당시의 제게는 이리 들렸습니다."

"……."

"성검을 들지 않으면 네가 사랑하는 모든 것들이 파괴될 것이다. 어린 시절, 무력하게 잃어야 했던 가족들처럼."

사실상 아렌트와, 라이오스가 지키고 싶은 사람들 모두를 인질로 잡힌 것과 다를 바 없었다.

"초대 황제 폐하, 선대 영웅 칸 역시 저와 같은 과정을 거쳤겠지요."

라이오스의 목소리에 점차 노기가 드러나기 시작했다.

"대신관님. 대신관님께 루체 님이 어떤 의미인지는 아주 잘 압니다. 그러나 저는 더 이상 루체 님을 신뢰할 수 없습니다. 루체 님이 언제든지 제 주변 사람들을 앗아 가실 수 있다는 걸 아는 탓입니다."

아렌트가 지금껏 싸워 온 것처럼, 라이오스 역시 성검을 든 순간부터 지금까지 불안감과 싸워야만 했다.

시시때때로 불면증에 시달리는 아렌트를 지켜보며 라이오스의 환멸감은 더욱 커질 수밖에 없었다.

"언제 어디서나 지켜보며, 따스한 손길을 내밀어 주신다……. 하지만 그건 달리 말하면 언제 어디서든 우리를 감시하며, 언제든지 그에 따른 응징을 내릴 수 있다는 말과 다르지 않습니다. 그런 존재를 정의라고 부를 수 있습니까?"

라이오스는 기습적으로 손을 뻗어 뒤에 서 있던 아렌트를 자신의 옆으로 끌어당겼다.

"아렌트 경은 그런 존재를 거스르고, 사람들을 지키기 위해 기꺼이 대가를 치르고 있습니다. 아렌트를 감히 반역자, 신성모독자라 부르시겠다면."

얼떨결에 끌려 나온 아렌트의 팔을 쥔 손에 꾸욱 힘이 들어갔다.

"저는 더 이상 제국을 위해 싸우지 않겠습니다. 누구든 불만이 있으시다면."

루미엘을 정면으로 노려보며 라이오스가 짓씹듯 덧붙였다.

"직접 성검을 들고 나서서 싸우십시오. 자원하는 분께 성검을 넘겨 드릴 테니 말입니다. 부디 불경하기 짝이 없는 제게 이 성스러운 검을 맡겨 두지 마시길."

"……."

사방이 쥐 죽은 듯 고요해졌다.

이따금 들리는 거라곤 다소 격앙된 라이오스의 숨소리뿐이었다.

그에게 붙들린 아렌트조차도 당황해 아무런 말도 하지 못하는 상황이었다.

칸타레스는 습관적으로 미간을 꾹 짚었다.

'천하의 저 녀석도 말문이 막힌 꼴을 보아하니.'

아렌트와도 사전에 협의가 되지 않은 발언인 듯했다.

얼굴에서 손을 뗀 칸타레스가 날카롭게 물었다.
"……라이오스 단장. 진심인가? 현재 제국에서 자신이 어떤 존재인지 스스로도 잘 알고 있을 텐데."
"물론입니다, 전하. 그렇기에 더욱 이리 불경하게 말씀드리는 것입니다."
라이오스가 정중히, 하지만 싸늘하게 대답했다.
"제 목적을 이루기 위해서, 저는 더 이상 수단과 방법을 가리지 않기로 했습니다."
결국 칸타레스는 헛웃음을 터뜨려 버렸다.
"완전히 돌아 버렸군."
아렌트에게 물들어 가는 듯하긴 했지만, 설마 이렇게까지 극단적인 방식을 취할 줄은 몰랐다.
라이오스는 명백히 망나니 견습 기사를 흉내 내고 있었다.
자신의 무력과 위치를 활용해 자충수를 두는 한편, 귀족들의 목 끝에 칼을 겨눈 것이다.
"여차하면 다 같이 죽자는 건가? 난 라이오스 단장이 무고한 사람들의 죽음을 두고 볼 수 없는 인물이라는 걸 잘 안다만."
"물론 여러분의 선택이 어떠하든, 저는 앞으로도 체르니온 교단과 맞서 싸울 것입니다. 그러나……."
황태자의 질문에 라이오스가 좌중을 훑어보며 대답했다.

"체르니온 교단을 상대로 승리한 다음에는 어떻게 될지 장담할 수 없습니다. 어차피 그들과의 싸움에서 패배하면, 우리 모두 살아남을 수 없을 테니까요."

섬뜩한 말이었다.

체르니온 교단을 쓰러뜨린 다음은 루체 신전을 노리겠다는 선언과 다름없었으니까.

"단장님."

루미엘이 한결 가라앉은 음성으로 그를 불렀다.

"바로 얼마 전에, 단장님의 명예를 걸고 싸우시겠다 말씀하시지 않았습니까? 단장님의 명예는 고작 그 정도인가요?"

"제 명예를 걸었기에 이리 말씀드리는 겁니다, 대신관님. 신의 인정을 받았을지언정, 부하 하나 지키지 못하는 명예 따위 뭐 그리 대단하겠습니까."

그러나 라이오스도 물러서지 않았다.

"그러니 제 싸움에 루체 신의 이름을 붙이는 것은 단호히 거부하겠습니다. 저는 단지 제 신념에 따라 검을 들었을 뿐이니까요."

"……."

"대신관님. 그리고 여러분. 지금 당장 배교하라 말씀드리는 것이 아닙니다. 저와 아렌트가 죄가 없다 주장하고 싶은 것 역시 아닙니다."

루미엘이 입을 다물자 라이오스의 어조가 다소 누그러

졌다.

"그러나 한 번쯤은 생각해 주셨으면 합니다. 루체 님의 이름으로 이룩한 제국의 영광이, 대신관님과 여러분께서 믿는 것처럼 한 치의 오점조차도 없었는지."

"……."

"대전쟁이 끝난 뒤 이전의 역사가 은폐되어야만 했던 까닭은 무엇이며, 초대 황제 폐하께서 진정 원하셨던 것은 또 어떤 것이고……."

차갑게 가라앉은 공기 중에 라이오스의 담담한 어조만이 울려 퍼졌다.

"얼마나 많은 희생이, 루체 님의 은총이라는 이름하에 정당화되었는지 말입니다."

"……."

기사단장의 말이 끝난 뒤에도, 대신관은 한참 동안 대답하지 않았다.

루미엘은 라이오스와 답지도 않게 넋이 나간 채 그를 보는 아렌트를 가만히 응시하기만 했다.

상황이 이리되니 아렌트를 처벌해야 한다며 강력히 주장하던 귀족들도 뭐라 첨언하지 못하고 있었다.

한참 동안 미묘한 대치 상황이 이어지던 그때.

똑똑.

누군가가 굳게 닫혀 있던 회의실 문을 두드렸다. 잠시 후 얼굴이 새하얗게 질린 남자가 회의실 안에 들어왔다.

황제의 집무실에서 일하는 관리였다.

"음?"

칸타레스가 살짝 눈썹을 치켜올리자, 그가 급히 허리를 숙였다.

"중요한 논의 중에 실례합니다. 폐하께 급히 전해 드려야 할 사안이……."

"이런, 갑자기 분위기를 깨 미안하군. 가까이 와서 말하게."

지금껏 조용히 숨죽이고 있던 황제가 갑자기 존재감을 드러냈다.

허락이 떨어지자 그는 급히 황제에게 다가가 목소리를 잔뜩 죽여 귓속말로 무언가를 속삭였다.

사람들의 이목이 자연스레 그쪽으로 쏠렸다. 모두가 의아해진 거였다.

어지간한 일이 아닌 이상, 대신관과 황제가 함께 자리한 회의실에 갑자기 난입하는 일은 없을 테니까.

잠시 후.

고개를 든 황제가 좌중을 향해 빙그레 웃어 보였다.

"일부러 시간 내어 여기까지 와 준 여러분들께는 미안한 일이네만. 오늘 논의는 슬슬 여기까지 해 두는 것이 좋겠군."

"예?"

술렁.

순간 귀족들이 크게 웅성이기 시작했다. 그러거나 말거나, 황제는 루미엘을 보며 다시 한번 물었다.

"대신관님. 그래도 되겠지요?"

"……폐하께서 뜻이 그러하시다면, 물론입니다. 연유를 여쭈어도 괜찮겠습니까? 혹여 적들이 공격이라도 가해 온 것인가요?"

루미엘이 선선히 고개를 끄덕이면서도 당혹스럽게 물었다.

"그것은 아닙니다만, 에버란 왕국에서 급한 연락이 왔습니다."

루미엘의 눈에 의아함이 스쳤다. 황제는 여전히 얼떨떨하게 선 아렌트 쪽으로 시선을 옮겼다.

"아렌트 경. 에버란 왕국에서 드래곤으로 추정되는 존재가 그대를 비호하는 모습을 보였다던데. 사실인가?"

"……예?"

"드래곤 말씀이십니까?"

아렌트가 멍청하니 되묻는 찰나, 귀족들 틈에서 큰 목소리가 터져 나왔다.

"그, 그게 무슨 말씀이십니까, 폐하? 드래곤이라니요?"

드래곤이 더 이상 전설 속의 존재가 아니라는 건 모두가 알고 있었다. 황제는 턱을 괸 채 느긋하게 말을 이었다.

"사실 꽤 오래전, 아렌트 경과 드래곤 사이에 접점이 생겼네만……. 드래곤이 보이는 행보에 인간이 함부로 끼어들 일이 아니라고 생각해 황실에서는 크게 참견하지 않았지."

황제의 푸른 눈동자가 아렌트를 향했다.

"허나 얼마 전, 에버란 왕국의 루드윈 왕자 앞에서 드래곤 님이 스스로 정체를 드러내셨다더군."

단장의 옆에 어정쩡하게 선 청년을 바라보며, 황제가 장난스레 덧붙였다.

"루드윈 왕자가 어지간히도 놀란 모양이야. 드래곤이 비호하는 자를 재판과 다를 바 없는 자리에 세웠다고 하니 말일세. 드래곤의 심기를 거슬렀다간 제국이고 뭐고 모두 초토화되어 버릴 테니까."

"……!"

사람들 사이에서의 웅성임이 커졌다.

"에버란 왕실은 드래곤이 비호하는 자와 등지고 싶지 않다더군. 그리고 사실은 루카인 왕국, 네펠레 왕국에서도 얼마 전 연락을 받았네."

아렌트는 답지 않게 얼어붙은 채 갈피를 잡지 못한 눈으로 황제를 마주 보았다.

"아렌트 경은 두 왕국의 은인과 다르지 않은 존재니, 혹여 정말 아렌트 경에게 죄가 있더라도 선처해 달라고. 자칫 외교 문제로 번질 가능성도 있으니, 미리 전달하려 했네만……. 미안하네. 완전히 잊어버리고 있었군."

그리 말하는 황제는 여느 때보다도 더욱 즐거워 보였다.

회의실은 이제 시장 한복판처럼 소란스러워진 상태였다.

누군가는 사실 확인을 위해 옆 사람을 닦달해댔고, 또 누군가는 황제와 루미엘, 그리고 라이오스를 향해 드래곤의 실존 여부를 묻기도 했다.

"대단하군, 아렌트 경."

사방이 시끄러워진 와중, 황제는 아렌트를 향해 부드러운 시선을 보냈다.

"영웅에 드래곤, 그리고 각 동맹국의 수장들마저 모두 자네 편이니……. 정말로 마음만 먹는다면 제국을 뒤엎는 것도 불가능은 아니겠어."

농담조 섞인 말에, 아렌트는 여전히 아무런 대답도 할 수 없었다.

3장. 너희들에겐 그럴 능력이 있다.

너희들에겐 그럴 능력이 있다.

결국, 그날 회의는 소란 끝에 흐지부지되어 버렸다.

온갖 아우성으로 혼란스러워진 회의실에서, 황태자는 모든 판결은 전쟁이 끝난 뒤로 미루겠다 선언했다.

우선은 전쟁에서 승리하는 것이 먼저라는 이유에서였다.

그 뒤 기사들은 완전히 넋이 나간 채 생활관으로 돌아왔다.

모두가 로비에 들어선 뒤에도 한참 동안 아무도 입을 열지 못했다.

라이오스는 부하들의 시선을 슬슬 피해대느라 바빴고, 기사들은 당장 제가 뭘 본 것인지 이해하는 것만으로도 벅찼기 때문이었다.

"……."

방으로 돌아가거나 업무를 개시할 엄두도 내지 못하는 와중.

"진짜……."

드디어 누군가가 침묵을 깼다. 기사들은 반사적으로 소리를 낸 사람 쪽으로 고개를 돌렸다.

아렌트였다.

"진짜 돌았어요? 왜 시키지도 않은 일을 하십니까?"

라이오스에게 성큼 다가선 아렌트가 본격적으로 퍼부어대기 시작했다.

"어쩐지 뭐가 이상하더라니. 이걸 아직도 눈치 못 채실 전하가 아닌데, 왜 생긴 지도 얼마 안 된 오합지졸 신관 병력이 먼저 알아차렸나 했네! 설마 연합장을 매수한 겁니까?"

"헨리 공자와 네 형님께 부탁드렸더니 순순히 협력해 주시더군."

슬그머니 시선을 피한 라이오스가 변명처럼 대꾸했다.

하지만 그 말은 아렌트의 화를 더 돋울 뿐이었다.

"저 형님 같은 거 없습니다! 그 인간이 왜 내 형님이에요?"

멍청히 듣던 리히트가 입술을 달싹였다.

"아르크스 공자님이 여기 안 계셔서 다행이군."

부연합장이 들었으면 울면서 뛰쳐나갔을 만한 한 마디

였다.

　리히트의 옆에 서 있던 아서가 신음처럼 중얼거렸다.
　"지금 중요한 건 그런 게 아닌 것 같습니다만……."
　그도 맞는 말이라, 리히트는 다시 입을 다물었다.
　아렌트는 여전히 라이오스를 향해 온갖 분노를 쏟아내고 있었다.
　"단장님 정도나 되는 인간이 그런 식으로 들이받으면 뭐 어쩌라는 겁니까? 진짜 미쳤어요?"
　"……엉뚱한 짓을 한 건 맞다만, 적어도 너한테 미쳤다는 소리는 듣고 싶지 않군."
　그리고 라이오스도 슬슬 뚱한 얼굴로 말대꾸를 시작했다.
　"먼저 시작한 건 분명히 너다. 고작 견습 기사인 너도 제멋대로 구는데, 단장인 내가 못 할 건 또 뭐지?"
　"와……."
　기가 막혀서 차마 대꾸할 말도 떠오르지 않았다.
　"그리고 너 때문에 그런 것이 아니다. 지극히 내 주관적인 판단에 의거해 현 상황에 대한 판단을 내렸을 뿐이니, 건방지게 참견하지 말도록."
　"아, 그래서 죽어도 같이 죽자, 이 말씀이십니까? 제국이고 뭐고 다 꼬이니까 여차하면 자폭이라도 하시겠다고?"
　"그렇다만. 네가 늘 취하던 방식이지. 뭐 문제라도 있나? 네가 살려 둔 목숨이니 알아서 견뎌라."

 기사들은 넋을 놓은 채, 아옹다옹하는 두 사람을 지켜보기만 했다.

 장관이라면 장관이었다.

 무려 영웅이라 불리는 단장과 바로 어제까지 반역 혐의를 받던 견습기사가 유치하기 짝이 없는 말싸움을 해대는 꼴이라니.

 "하, 하하. 하······."

 라이더가 헛웃음 섞인 한탄을 터뜨렸다.

 "진짜 이걸 어쩌면 좋냐······."

 모두가 같은 마음이었다.

 아렌트가 사고를 쳤을 때보다 한 다섯 배쯤은 더 막막했다.

 그러나 자꾸만 올라가는 입꼬리는 기사들의 솔직한 심정을 대변하고 있었다.

 글렌이 히죽히죽 웃으며 리히트이 팔을 툭 쳤다.

 "거, 리히트 선배님. 괜찮으십니까? 실연이라도 당한 표정이십니다만."

 "그러고 보니 요즘 통 신전에 안 가시는 것 같습니다? 사람 마음이 그리 쉽게 변하는 거였습니까?"

 라이더까지 가세하며 빈정대자 리히트가 사납게 으르렁거렸다.

 "시끄럽다. 험한 꼴 보기 싫다면 입 다물도록."

"갈수록 태산이네요. 아렌트 하나로도 감당하기 힘들었는데."

그 모습을 보며 아서가 웃음을 터뜨렸다.

"기사단 전체가 신성모독에 가담하다니, 초대 황제 폐하께서 보시면 기절하시겠습니다."

"오히려 기뻐하실지도 모를 일이지."

글렌이 시작한 농담은 어느새 3기사단 전체로 번져 있었다.

모두가 가담했다는 말에 반박하는 사람은 단 한 명도 없었다.

"이거 진짜 안 될 새끼네. 불벼락이라도 떨어지면 어쩌냐?"

"이 정도 신성모독이야, 루체 님도 간지럽지도 않으실 겁니다. 아렌트랑 단장님에 비할 바가 되겠습니까?"

생활관은 순식간에 낄낄대는 웃음소리로 왁자지껄해졌다.

그 꼴을 보는 아렌트는 더욱 아연해질 수밖에 없었다.

"아니……."

"왜 그러지?"

아렌트를 가만히 지켜보던 라이오스가 불쑥 물었다.

"네가 원하던 게 이런 모습 아니었나?"

"……."

"대의나 신앙 때문에 목숨을 걸 사람은, 적어도 3기사단에는 이제 없는 것 같다만."

뭐라 대꾸하려던 아렌트가 다시 입을 다물었다.

표정 관리를 할 엄두도 나지 않는지, 얼굴에 착잡함과 당혹스러움이 고스란히 드러나고 있었다.

아렌트가 간신히 한 마디 뱉었다.

"……다들 미쳤어요."

"부정은 않겠다만, 그래도 나쁘지는 않군."

라이오스가 작게 미소 지었다.

"네 말마따나, 죽어도 같이 죽는 거다. 누가 됐든 절대로 혼자 보낼 일은 없어."

오늘 소식은 귀족들의 입소문을 타고 발 빠르게 퍼져 나갈 것이다. 모두가 루체 신의 진정성에 대해 한 번쯤은 돌이켜보게 될 터.

지금은 단순 해프닝에 불과할지라도, 언젠가 제국이 맞이할 전환점의 큰 계기가 될 것이다.

"……그런데, 아렌트."

기사들과 입씨름을 하던 리히트가 뒤를 돌아보았다. 아렌트가 반사적으로 고개를 들자, 그가 진지하게 물었다.

"설마 진짜 반란이라도 일으킬 생각은 아니겠지."

"예?"

아렌트가 얼빠진 소리로 되묻자, 리히트가 눈썹까지 휘며 심각하게 말을 이었다.

"너라면 진짜 저지르고도 남을 것 같아서 그런다. 렉시

"네가 뿌린 정보를 주워다 준 게 나라고 형님들한테 자백했거든! 여차하면 칼리온 제국의 반역에 가담했다고 봐도 무방…… 풉!"

그 대가는 재차 날아든 쿠션을 얼굴로 받아내는 거였다. 두 번째 쿠션을 끌어안게 된 르웰린이 버럭 소리 질렀다.

"말로 해, 이 자식아!"

"이거 진짜 미친 새끼 아냐? 너 왕자라는 자각은 있냐?"

"웃기고 있네, 네가 언제부터 날 왕자 취급해 줬다고!"

아렌트가 황당하게 쏘아붙이자 르웰린이 짜증을 터뜨렸다.

"친구 하자고 한 건 나니까, 알아서 감당하라며? 적당히 어울려 줘도 지랄이야!"

"하, 돌아 버리겠네……."

몸에 힘이 쭉 빠졌다. 이놈이고 저놈이고 왜 이렇게까지 돌아 버렸는지.

얼굴을 쓸어내리던 아렌트는 그냥 소파에 주저앉아 버렸다.

"진짜 감당 안 되는 인간들……."

킥킥 장난스레 웃는 르웰린의 목소리가 들려왔다.

"다 네 업보니까 그러려니 해."

다른 기사들 역시 웃음기 섞인 눈으로 그를 내려다보았다.

아렌트는 뭐라 대꾸하는 대신 한숨을 푹푹 내쉬며 마른 세수를 할 뿐이었다.

* * *

회의가 끝나자마자 루미엘이 향한 곳은 대기도실이었다.
사람들의 출입을 막아 놓은 가운데, 기도실의 한가운데에는 미완성 상태의 신상이 베일에 덮여 있었다.
제국에서 가장 이름난 조각가가 심혈을 기울여 제작 중이니, 분명 이전보다도 더욱 멋진 작품이 탄생할 것이다.
그렇다면 루체의 이름을 알리는 데에도 한몫할 수 있겠지.
"그, 대신관님. 괜찮으십니까……?"
루미엘의 뒤를 따라온 벤노 신관이 조심스럽게 물었다. 조용히 미완성된 신상을 올려다보던 루미엘이 싱긋 웃으며 그를 돌아보았다.
"무엇이 말씀이십니까?"
"……아렌트 경 말씀이십니다."
조금 더 망설이던 신관이 물었다. 그의 입에서 라이오스나 성검이라는 단어가 나오지 않은 데에서, 루미엘은 벤노 신관의 다정함을 읽을 수 있었다.
평소 가깝게 지내던 아렌트와 대적하게 된 지금, 루미엘 신관의 심경을 걱정하고 있는 거였다.

"물론 괜찮습니다, 벤노 신관."

루미엘이 부드럽게 대답했다.

"걱정했는데, 건강해 보이셔서 마음을 놓았습니다."

"예에……. 그러시다면 다행입니다."

그렇게 대답하면서도 벤노는 여전히 미심쩍은 것 같았다. 루미엘은 작게 웃음을 터뜨리고는 다시 신상을 올려다보았다.

겨우 실루엣만이 보일 뿐이었지만, 베일 아래에는 분명 루체 신이 있었다.

루체 신은 그런 존재였다.

"마음 쓰지 않으셔도 괜찮습니다. 그는 그의, 그리고 저는 저의 임무를 수행할 뿐이니……. 그조차도 루체 님의 안배겠지요."

"……그렇군요. 역시 지혜로운 말씀이십니다."

제대로 이해한 것 같진 않았지만, 벤노는 그제야 약간 안도하고 고개를 끄덕였다.

그 모습에서 루미엘은 다시금 자신의 자리를 자각할 수밖에 없었다.

본질이 어떻든 루체 신은 제국의 정체성이며, 동시에 숱한 사람들에게 마음의 안정을 주는 존재였다.

'나에게는 부모와도 같은 분이시며…….'

자신은 루체와 가장 가까운 존재라는 이름을 지고 있었다.

루미엘은 조용히 자리에 앉아 두 손을 모으고 눈을 감았다. 기도를 올리는 거였다.

혹여나 방해가 될세라, 벤노는 물러서서 숨을 죽인 채 대기했다.

시간이 얼마나 지났을까.

넋을 놓고 있던 벤노는 대신관의 기도가 끝났다는 것을 눈치챘다.

다시 드러난 심유한 눈동자가 신상을 가만히 응시하고 있었다.

"벤노 신관. 잘 들으세요. 아주 중요한 지시를 내리겠습니다."

벤노가 화들짝 놀라 고개를 끄덕였다.

"예, 예! 말씀만 하세요."

"황실과 신전은 철저히 구분되어 있습니다. 오늘 황제 폐하와 황태자 전하께서도 그리 말씀하셨지요. 저 역시 그 말씀에 동의합니다."

황제와 황태자는 라이오스와 아렌트에게 죄를 묻지 않은 채 회의를 흐지부지 덮어 버렸다.

하지만 신전의 수장으로서, 루미엘은 그리할 수 없었다.

"성검을 당장 회수하는 것은 어렵겠지요. 무엇보다 성검을 다룰 수 있는 것은 단장님뿐이고, 단장님은 체르니온 교단을 상대하는 데 꼭 필요한 분이시니까요."

루미엘은 여전히 신상에서 눈을 떼지 않으며 천천히 말을 이었다.

"라이오스 단장님을 파문하고, 신전 내에서 그분을 영웅이라 칭하는 것을 금지하겠습니다. 이후 단장님의 신전 출입 역시 금합니다."

벤노의 눈이 서서히 커지기 시작했다.

용서와 자비를 가장 중요한 것으로 여기는 그녀답지 않은 말이었다.

"그리고 앞으로 황실 제 3기사단에 대한 구호나 치료 활동을 금지하겠습니다. 전장에서도 마찬가지입니다."

언제나 다정하기만 하던 어조에 싸늘한 냉기가 드리워 있었다.

"라이오스 단장님이 지휘하시는 전장에서는, 민간인과 일반 병사에게만 지원 활동을 허가합니다. 3기사단에 소속된 이에게 신성력을 베푸는 신관에게는 엄벌을 내릴 것이니, 전 제국의 신관들에게 그리 전하세요."

말을 마친 루미엘이 한탄처럼 덧붙였다.

"신성모독에 대한 책임은 이 정도로 물으면 충분하겠지요. 폐하께서 말씀하신 대로, 이다음은 전쟁 후로 미루겠습니다."

"……네, 대신관님. 잘 알아들었습니다."

한참 동안 얼어 있던 벤노가 정신을 차리고 깊이 고개를 숙였다.

너희들에겐 그럴 능력이 있다.

"차질없이 이행하겠습니다."
"늘 고마워요, 벤노 신관."
루미엘이 그를 돌아보며 쓰게 미소 지었다.
스테인드글라스 너머로 비쳐드는 늦은 오후의 햇빛이 대신관을 다정히 쓰다듬었다.

* * *

거대한 극장에 홀로 앉은 '빛'은, 무표정한 얼굴로 무대를 내려다보았다.
"흠······."
새하얀 손끝이 빛나는 금발을 매만졌다.
이건 정말로 예상 밖의 일이었다.
"부러질지언정 고개는 숙이지 않는다는 건가."
텅 빈 극장에 루체의 혼잣말이 울려 퍼졌다.
루체는 천천히 지금껏 이어져 온 시나리오를 되짚어 보았다.
이곳에 그를 불러들인 건 분명 자신이었다.
이수현인가, 아렌트 폰 에크하르트인가.
이제 와서 이름은 별로 중요하지 않았다. 단지 그 어린 아이가 무대라 묘사한 이 세상에서, 어떠한 역할로서 존재하는지가 관건이지.
"역할을 정해 준 것 역시 분명 이 몸일진대······."

분명 처음에는 그랬다. 하지만 어느 일을 기점으로, 뭔가가 단단히 어그러지기 시작했고…….

 아렌트가 자신의 역할이란 틀을 깨고 라이오스 대신 목숨을 내어 놓았던 날.

 많은 것이 바뀌기 시작했다.

 '그럴 리는 없지만.'

 설마 판단을 잘못한 부분이 있었을까.

 '아니지.'

 자신은 언제나 최선의 선택지를 골라왔다. 그러니 지금 자신의 손 밖을 떠나 버린 이 사태들은, 저 발칙한 어린 아이가 일으켰다 볼 수밖에 없었다.

 "하, 하하……."

 루체가 가벼운 웃음을 터뜨렸다.

 "상당히 주제넘는걸."

 그저 가볍게 장난을 치고 싶었을 뿐이었다. 하지만 저 오만한 꼬맹이는 대본을 찢어 버리는 것으로도 모자라, 칼리온 제국을 중심으로 한 규칙마저도 망가뜨리려 하고 있었다.

 "오만해……. 오만하기 짝이 없어."

 썩 마음에 들지 않는 전개에, 루체는 다소 불쾌해질 수밖에 없었다.

 무대를 엉망진창으로 만드는 꼴을 보아하니, 영웅을 직접 선택한 것만으로는 영 성에 안 찬 모양이었다.

게다가 오랜 세월 동안 침묵을 유지하던 네레이스마저 그의 편을 들고 움직이기 시작했다.

머리칼을 매만지는 손끝에서 언짢음이 묻어났다.

부정할 수 없었다.

지금껏 발아래 있던 세상은, 신의 안락한 손아귀를 벗어나려고 발버둥 치기 시작했다.

지금까지는 아주 작은 조짐일 뿐이었지만, 대전쟁 이후 잠잠하기만 하던 세상에는 유의미한 변화였다.

인간들 기준으로는 결코 짧지 않은 세월 동안 조용하던 수면 위에 돌이 하나 던져진 것이다.

'지금이라도 치워 버릴까.'

루체는 턱을 괴고 생각했다. 하지만 그럴 수 없었다.

아렌트 폰 에크하르트를 무대에서 퇴장시키는 건 어렵지 않은 일이었으나, 그는 새로 써 내려간 세상의 쐐기와도 같았다.

체르니온이 이전의 실패한 세상을 되찾기 위해 호시탐탐 노리고 있으니, 그를 제거해 버리면 단박에 판도가 뒤집힐 게 분명했다.

'게다가 체르니온의 성녀가 파편의 기억을 계승했으니.'

영웅의 진영에 약간이라도 허점이 생기는 순간, 돌이킬 수 없는 일이 벌어질 것이다.

'다시 처음부터 시작하기에는……'

너무 위험했다. 이미 누더기나 마찬가지가 된 세상이었

다. 지금 상황에서 조금이라도 더 부담이 가해지면 산산조각이 나 버릴지도 몰랐다.

그렇게 되면 신들 역시 맥을 잇지 못하게 되겠지.

거기까지 생각이 미친 순간, 금빛 머리칼이 뒤엉킨 손가락이 움직임을 멈췄다.

"아무래도 애송이와의 내기에서 진 것 같다만, 형제여."

쇠로 긁는 것 같은 불쾌한 목소리가 들려왔다. 루체는 눈동자만을 굴려 그쪽을 바라보았다.

심연을 뭉쳐 만든 것 같은 기이한 존재가 객석에서 무대 쪽을 바라보고 있었다.

순간순간 일렁이는 외형이 얼핏 루체의 모습과도 아주 닮은 것처럼 보였다가, 이내 추한 어둠의 본연으로 돌아가기를 반복했다.

이목구비조차 제대로 갖추지 못해 알아볼 수 있는 건 단지 무의미하게 어둠을 빨아들이고 있는 한 쌍의 눈동자뿐이었다.

"영웅에게는 배신당하고, 하찮은 미물들마저도 네게서 돌아서기 시작했으니……."

기괴한 음성이 비웃음을 드리웠다.

"영원한 것은 없다, 형제여. 그토록 부정하려 하더니, 몸소 체험하게 생겼군."

"그런 꼴로 잘도 지껄인다만……."

루체가 슬쩍 입꼬리를 휘었다.

"나는 실패한 적 없어, 형제. 유감스럽게도."

물론 라이오스가 배반한 것은 예상치 못한 일이었다.

"아직 아무것도 끝나지 않았지."

아렌트는 물론이고, 자신에게서 등을 돌린 어리석은 이들에게 직접 손속을 가하지 못하게 된 것 역시, 썩 마음에 들지는 않았다.

지금 당장 기분을 풀기 위해 응징했다간, 겁에 질린 미물들이 진영을 이탈해 버릴지도 모르니까.

그러나…….

"대부분 인간들은 아주 잘 알아. 내가 그간 베푼 온정이 얼마나 값진 것인지."

평화 속의 안온한 삶, 병과 부상마저 돌보아 주는 따스한 빛.

인간들이 지금껏 누려 온 것은 전부 자신의 것이었다.

"어린애 하나가 물을 흐리고 있지만, 대부분 제 주인이 누구인지 잘 알고 있으니……."

분명 모든 것은 자신의 뜻대로 이루어질 것이다.

네레이스가 방해한다더라도, 그 미약한 힘만으로는 할 수 있는 게 별로 없겠지.

"형제여, 그 추한 눈으로 끝까지 지켜보도록. 네가 두 번째로 패배하는 모습을."

루체가 짐짓 즐겁다는 듯 말했다.

어둠은, 체르니온은 대답하지 않았다.

불쾌감을 드러내기는커녕, 비웃음조차도 흘리지 않았다.

그는 침묵하며 무대 저편을 집중해서 응시하기만 했다. 거기에 아주 흥미로운 무언가라도 있는 것처럼.

더 이상 자신의 쌍둥이에게도 관심이 없는 것 같은 모습이었다.

"……."

오랫동안 침묵하던, 체르니온이 다시 운을 뗐다.

"형제여. 미처 눈치채지 못한 듯하니 내가 직접 알려주지."

"무엇을?"

"그대의 빛이……."

여전히 무대만을 응시하는 체르니온이 덧붙였다.

"빛이 조금씩 옅어지는구나. 마치 해가 저물어 가는 늦은 오후처럼."

루체는 한동안 대답하지 않았다. 체르니온의 말을 제대로 이해하지 못한 것이다.

그리고 잠시 후.

한 박자 늦게, 루체의 미간이 일그러졌다.

* * *

막 도착한 서신을 들여다보며, 켄드릭은 천천히 한숨을

내쉬었다.

"결국에는 이렇게 되나……."

몇 장의 종이에는 황궁에서 벌어진 일에 대한 대신전의 입장문, 그리고 라이오스와 아렌트가 회의에서 밝힌 내용이 고스란히 담겨 있었다.

'황태자 전하와 폐하의 결정에 토를 달 수는 없다.'

켄드릭 역시 아렌트가 가져온 증거들을 접해 왔다.

그것들이 모두 타당하며, 무시할 수 없는 것들이라는 사실도 직접 확인했다.

그리고 라이오스와 칸타레스가 맹랑한 견습 기사에게 귀를 기울인다는 것도 잘 알고 있었다.

'하지만…….'

연장자로서 젊은이들 앞에서는 속내를 갈무리해 왔으나, 모든 순간 그는 번뇌에 휩싸일 수밖에 없었다.

평생 동안 루체 신과 황실에 충성해 온 그였으니까.

'꼭 세상이 둘로 갈라진 듯한 기분이군.'

어버이 둘 중 하나를 골라야 하는 어린애라도 된 것 같았다.

그리고 현재, 켄드릭은 자식을 잃은 아버지의 기분도 동시에 느껴야 했으니.

"후우."

켄드릭은 서신을 내려놓고 잠시 외면하던 서류 쪽으로 다시 시선을 주었다.

이미 늦은 시간, 책상 위를 비추는 것은 일렁이는 촛불 하나밖에 없었다.

아침까지 작성을 완료해야 하는 서류였지만, 켄드릭은 아직 상단의 몇 글자밖에 쓰지 못했다.

황실 제 1기사단 전사통지서.

전사자는 제 1기사단의 막내였던 벤자민 파르비즈였다.

이제부터 켄드릭은 통지서에 벤자민의 이름을 쓰고, 단장으로서 전사를 알리는 내용의 서신을 집필해야 했다.

하지만 제일 위의 잉크가 다 마른 지금까지도 켄드릭은 망설이고 있었다.

괜히 미간을 한 번 주무른 켄드릭은 이내 다시 펜을 들었다.

'이것도 산 자가 짊어져야 할 숙명이다만.'

그러나 전장에서 죽은 젊은 기사는, 과연 누구에게 위로받을 수 있을까.

영웅조차 신을 부정하게 된 세상이 되었는데.

그때, 똑똑.

누군가가 조심스럽게 방문을 두드렸다.

"……들어오게."

누구인지 확인도 하지 않고 대답하자, 곧 젊은 기사가 조심스럽게 방 안에 들어갔다.

1기사단 소속의 루크 폰 프란츠였다.

"늦은 시간 실례합니다, 단장님."

어두운 와중에도 그의 눈이 발갛게 물들어 있는 게 보였다. 이제 막 견습을 벗어난 후배의 죽음을 애도하다 온 것이다.

켄드릭은 다시 펜을 내려놓을 수밖에 없었다.

"황궁에서 전해 온 소식이라면 나도 전해 들었다."

"……이건 말도 안 되는 일입니다."

루크가 꾹꾹 눌러 담았던 말 한마디를 토해 냈다.

난데없이 단장을 찾아와 다짜고짜 이런 말을 꺼낸다는 것은 꾸지람들어 마땅한 일이었다.

하지만 켄드릭은 나무라는 대신 가만히 입을 다물어 주었다.

루크가 지금부터 꺼낼 말들은, 비통함에 잠긴 후배들 앞에서 차마 늘어놓지 못한 것들임을 잘 아는 탓이었다.

"견습 아렌트 경이야, 원래 불경하기로 유명한 자니 납득할 수 있습니다. 하지만 라이오스 단장님은 그러시면 안 되는 것 아닙니까?"

루크의 눈이 다시금 새빨개지기 시작했다.

"그렇다면 이곳에서 싸우는 저희는 도대체 뭐가 됩니까? 저희는 루체 님의 영광과 제국을 지키기 위해 목숨까지 걸었습니다."

"……."

켄드릭은 여전히 대답하지 않았다. 루크가 그에게 한

걸음 성큼 다가섰다.

"벤자민도 출정하기 전에 그렇게 말했습니다. 루체 님과 제국을 위해서라면 죽음 따윈 두렵지 않다고. 그런데 라이오스 단장님이, 영웅께서 그러시면 안 되는 것 아닙니까?"

젊은 기사의 목소리에 짙은 배신감이 녹아나기 시작했다. 잠깐 침묵하던 켄드릭이 물었다.

"다른 녀석들도 같은 생각인가?"

"……다들 아무런 말도 안 하고 있습니다."

차마 대화를 나눌 엄두도 나지 않았다. 뭐라 한 마디라도 꺼내는 순간, 꾹꾹 눌러 두었던 감정이 터져 버릴 것 같았으니까.

루크가 더듬더듬 말을 이었다.

"……라이오스 단장님은 아렌트 경에게 생명을 빚지셨기 때문에, 그런 판단을 내리신 겁니까?"

"아니. 그럴 자가 아니다. 네가 보고 들었듯 아렌트 경이 제시한 증거들이 제법 타당했고, 라이오스 단장이 영웅으로서 겪은 것들을 기반으로 내린 판단이겠지."

켄드릭의 단호한 대답에, 루크가 재차 물었다.

"그렇다면 단장님은 어찌 생각하십니까?"

"……."

뭐라 대꾸하려던 켄드릭이 잠시 입을 다물었다.

방 안에 잠깐 침묵이 흘렀다. 루크는 새빨개진 눈으로

단장을 재촉했다.

"단장님도 아렌트 경의 의견에 동조하십니까? 신전에서 파문당하신 라이오스 단장님처럼?"

"……."

켄드릭은 한동안 더 침묵했다.

파문.

제법 강하게 들리는 말이었다.

하지만 사실 라이오스에게는, 그리고 3기사단에게는 그리 중요한 일도 아닐 터였다.

'렉시온 님이 계시니까.'

바로 옆에 드래곤이 있으니, 최근 들어서는 3기사단이 신전의 지원을 받는 일도 거의 없었다.

루미엘 대신관 역시 그 사실을 잘 알고서 그런 처분을 내린 것일 터였다.

사람들의 손가락질을 받게 된 것 이외에, 실질적으로 3기사단은 아무런 불이익도 받지 않을 테니까.

'아니지. 어쩌면…….'

오히려 루미엘이 아렌트의 등을 떠밀어 준 것과 마찬가지일 수도 있었다.

대신관의 선언 덕분에 아렌트가 내세운 주장이 제국 전역은 물론, 동맹국까지 퍼져 나갔을 테니.

'발을 묶는 신전에서 떠나, 어디 한 번 훨훨 날아가 보라는 뜻이실지도.'

아렌트를 시작으로, 3기사단은 신전에서 서서히 멀어지고 있었다.

 '어쩌면 황실도 마찬가지일지도 모르겠군.'

 영웅이 루체 신에게서 이탈한다.

 이 말도 안 되는 사태 때문에 공포에 질린 장본인이, 바로 켄드릭의 눈앞에 있었다.

 '어느 쪽이 옳은가……'

 루체가 정의라면 라이오스는 배신자가 될 것이다.

 그러나 루체가 정말 악이라면, 그들은 진정한 의미에서 영웅이 될 테고.

 무의미한 저울질을 해 보자니, 언젠가 문제의 망나니 견습 기사가 꺼냈던 말이 떠올랐다.

 '세상을 선악으로 가를 수는 없다고 했던가.'

 설마 그걸 이런 식으로 몸소 보여 줄 거라곤 예상치 못한 그였다.

 자신을 불안하게 바라보는 부하의 시선 탓에 어쩐지 입맛이 쓰게 느껴졌다.

* * *

 루크는 자신의 단장님이 명확한 답을 해 주기를 기대했다.

 아렌트 폰 에크하르트가 단장을 미혹해 벌인 반란이다.

혹은 증거들이 잘못되었고, 라이오스 단장이 뭔가 착각한 것이다.

그러나 켄드릭은 좀처럼 그가 원하는 답을 내어 주지 않았다.

답지 않게 심란한 표정으로 오랫동안 침묵하는 켄드릭에게서, 루크는 자신이 기대했던 것과 다른 것을 읽어 낼 수 있었다.

"설마 단장님께서도 그리 생각하십니까? 라이오스 단장님과 아렌트 경이 옳았다고요?"

"……지금 내 의견을 말한다고 한들, 네게 도움이 될 것 같지는 않군."

켄드릭이 시원치 않게 대답했다.

"하지만 아렌트 경이 제시한 증거들은 나 역시 직접 확인한 것들이다. 조작된 것은 전혀 없어. 입수 경로 역시 확실하더군."

무려 르웰린 왕자가 직접 조사에 참여했으니까.

"폐하와 전하께서도 귀 기울이시는 사안이다. 이 정도만 알아 두도록."

"루체 님이 정의가 아니시라면……."

멍하니 듣던 루크가 더듬더듬 입을 열었다.

"벤자민은 도대체 뭘 위해 전사한 겁니까? 라이오스 단장님은 무엇을 위해 싸우시는 겁니까?"

"라이오스 단장은 자신만의 신념이 있는 사람이다. 벤

자민 역시 그랬지."

"벤자민의 신념은 곧 루체 님이었습니다."

루크의 말에 켄드릭은 일순 말문이 막히고 말았다.

어떻게든 호흡을 가라앉히려 애쓰며, 루크가 가까스로 한 단어씩 내뱉었다.

"라이오스 단장님이라도, 그것을 부정할 수는 없습니다. 벤자민은, 저는……."

그러나 젊은 기사의 목소리는 빠르게 무너져 내리고 있었다.

"신의 이름이라도 대야 목숨 걸고 검을 들 수 있단 말입니다. 사랑하는 사람들을 지키기 위해서 전장에 나선다니……."

결국 루크는 제 얼굴을 양손에 파묻어 버렸다.

터져 나오는 눈물을 참을 수 없었던 탓이었다.

"차라리 아내와 자식을 데리고 멀리 도망치는 편이 나을 겁니다."

하지만 그럴 수 없다.

체르니온이 집어삼킨 세상에서, 신성 제국 출신이 살아남을 수 있는 곳 따위는 존재하지 않는다는 사실을 잘 아는 탓이었다.

"그러니, 제게 전장에 설 용기를 주시는 것은 오직 루체 님뿐인데……."

켄드릭은 착잡한 눈으로 부하를 응시했다.

결국 루크가 이리 동요하는 것도, 자신 안의 믿음이 조금씩 흔들리기 시작한 탓일 터였다.

'결국 이번 일로 아렌트 경이 수집한 자료들 역시 온 제국에 퍼지게 됐으니.'

루크만이 아니었다.

많은 이들이 동요하고, 또 불안해할 것이다. 신의 품속을 벗어나 새로운 길을 나서려는 이들도 속출하겠지.

켄드릭 역시 지독히도 불안했다.

하지만 그에게는 한 사람의 어른으로서, 기사단장으로서 방황하는 젊은이들을 다독여 줄 의무가 있었다.

'나 역시 큰 그릇은 못 되나.'

그게 자신의 역할이었다.

절망하는 부하 앞에서, 켄드릭은 차마 꺼내지 못한 한숨을 삼켰다.

툭.

갑작스레 어깨에 얹힌 온기에 루크가 고개를 들었다.

"괜찮다."

물기로 어른대는 눈앞에 단장의 다정한 미소가 보였다.

"괜찮아, 루크. 제아무리 영웅이라도 너희들의 삶과 각오, 그리고 용기를 부정할 자격은 없어."

"……단장님."

어린애처럼 꽉 메인 목소리가 흘러나왔다. 켄드릭은 부

하를 마주 보며 천천히 말을 이었다.

"네가, 벤자민이 옳았다는 것을 증명하면 된다. 아직 끝난 것은 아무것도 없어. 아렌트 경과 라이오스 단장이 목소리를 냈으니……."

그들 못지않게 치열하게 살아온 이들에게도, 반기를 들 권리가 당연히 있었다.

"너희들이 더 크게 외치면 될 일이다. 그 녀석들이 놀라 주춤할 정도로."

"……."

"그러나 충분히 고민하고 생각해. 섣불리 움직이지 마. 온갖 것들을 의심하고 동시에 믿어 봐라. 고통스러워도 진실과 마주 보고, 몇 차례고 확인해야 해. 두 사람 역시 그런 과정을 거쳐 지금에 이르렀으니."

차분한 목소리에 루크는 점차 진정되어 가는 듯했다.

"네가 옳았다는 것을 충분히 증명할 수 있을 때, 그 녀석들보다 더 무서운 기세로 몰아쳐 봐."

켄드릭은 어깨에 얹은 손에 조금 더 힘을 주었다.

"날 믿어라, 루크 경. 너희들에게는 충분히 그럴 능력이 있다."

그리고는 자신을 향한 기사의 불안한 눈동자를 향해 부드러운 미소를 지어 주었다.

"그러기 위해서는 우선 이 전쟁에서 끝까지 살아남아 승리하는 것이 우선이다."

"……."

"우리는 칼리온 제국에서 가장 강한 기사들이다. 그 점은 너도 잘 알고 있겠지. 황실의 기사가 되기 위해서 얼마나 많은 수련을 견뎠나."

루크가 입술을 꾹 깨물었다. 그 모습에 켄드릭은 더욱 쓴 미소를 지을 수밖에 없었다.

"못난 단장이라 미안하군, 루크 경."

"……아닙니다, 단장님."

한참 만에 루크가 옷소매로 눈매를 벅벅 문질러 닦았다.

충혈된 눈으로 단장을 마주 보며, 기사가 가라앉은 목소리로 말했다.

"벤자민의 원수를 갚고, 제국을 지켜내 반드시 루체 님이 옳음을 세상에 보일 것입니다."

그가 뜻을 이룰 수 있을지는 미지수였으나, 일단 켄드릭은 안도하기로 했다.

루크는 당장 내일을 살아가야 할 의미를 다시 찾아냈으니까.

"그리고 제국을 혼란스럽게 한 아렌트 경에게 반역죄를 물을 것입니다. 드래곤과 라이오스 단장님이 비호한다고는 하나, 루체 님 앞에서는 아무것도 의미 없을 테지요. 정의가 실존한다는 것을 증명하겠습니다."

"……."

"그것을 위해서 끝까지 살아남아 싸우겠습니다."

켄드릭의 미소가 조금 뻣뻣해졌다.

아마 그건 좀 힘들 것 같은데.

그런 말이 목 끝까지 치고 올라왔다.

호구 잡힌 드래곤 렉시온을 포함해, 지금껏 아렌트를 죽이겠다 나섰던 자들이 얼마나 호된 꼴을 당하고 물러났는지 잘 아는 탓이었다.

"……뭐어. 생각은 얼마든지 바뀔 수 있지."

결국 켄드릭은 그렇게 얼버무리고 말았다.

바람직하지 못한 살기를 품은 것 같지만 그래도 마음을 잡은 듯하니.

기사단장은 일단 거기에 의미를 두기로 했다.

* * *

소란에 휩싸였던 3기사단 생활관 역시 착잡한 정적에 잠겨 있었다.

회의가 끝난 뒤 루미엘 대신관이 지원을 끊겠다 선언한 뒤로, 3기사단은 진정한 배교자 무리로 낙인찍히게 되었다.

거기에 뒤이어 아렌트는 자포자기라도 한 듯 지금껏 모아 왔던 진짜 자료들을 모두에게 공개해 버렸다.

지금껏 제 방 안에만 쌓아 뒀던 숱한 자료들이 제국 곳곳에 퍼진 것이다.

"……진짜 독한 새끼……."

한참 동안 서류를 들여다보던 글렌이 질린 목소리로 중얼거렸다.

직접 정리해 작성한 자료의 정갈한 글씨 하나하나에서 강한 의지가 느껴졌다.

어떻게든 신에게 엿을 처먹여 보겠다는 의지가.

"일단 전하께서 잘 넘어가 주셨으니 다행입니다만, 앞으로 어떻게 될지는 좀 걱정되긴 하는데요……."

라이더가 어색한 미소를 지었다.

"뭐 달라질 게 있어요?"

소파에 앉아 그들을 뚱하니 보던 아렌트가 툭 내뱉었다.

"적이 나타나면 달려가서 썰어 버리고. 길 가다 시비 걸리면 두 배로 되갚아 주면 되잖아요."

"적이야 그렇다 쳐도, 이 자식아. 제발 우리가 기사라는 걸 잊지 말아 줄래? 그딴 식으로 구는 건 너밖에 없거든?"

짜증스레 쏘아붙인 글렌이 서류를 원래 자리로 돌려놓았다.

"그나저나 각오는 했지만, 대신관님이 이렇게까지 하실 줄은……. 단장님은 괜찮으십니까?"

"안 괜찮다."

묵묵히 한쪽을 지키고 서 있던 라이오스가 대답했다.

"하지만 이것도 내 선택의 결과니 받아들여야겠지. 너희들이야말로 후회는 없나?"

"이렇게 된 거, 후회해도 무슨 소용이 있겠습니까?"

라이더가 일부러 장난스레 씨익 웃어 보였다.

"괜찮습니다. 그 정도 각오는 당연히 되어 있습니다."

"신전에 발도 못 들이게 된 댁들이야 다소 유감입니다만."

아렌트가 무심하게 덧붙였다.

"더 자유로워졌네요, 우리는."

미묘한 말이었다.

바로 옆에 있던 아서가 애매한 웃음을 흘렸다.

"파문당한 걸 그런 식으로 이야기할 수 있나……?"

"파문했다는 건, 이후 신전에서는 우리 행보를 참견하지 않겠다고 선언한 것과 마찬가지잖아요. 그렇잖아도 단장님은 영웅이니 뭐니 하면서 신전이랑 같이 엮일 때가 많았는데."

견습 기사는 소파에 몸을 푹 기댄 채, 선배에게는 눈길도 주지 않으며 말을 이어갔다.

"사실상 선을 그으신 겁니다. 단장님은 사람들한테도 인기가 많으니, 신전에서 파문해 봤자 당장 등 돌릴 사람은 많지 않을 테고."

어쩌면 사람들은 루체보다도 라이오스를 선택할지도

너희들에겐 그럴 능력이 있다. 〈163〉

몰랐다.

 멀리 있는 신보다야, 가까이에서 전장을 누비는 라이오스가 더욱 눈부시게 보일 테니까.

 루미엘의 대처는 사람들의 관심에 더욱 기름을 붓는 결과를 불러올 것이다.

 '변화를 이끌어 내기 위해서는 갈등이 필연적이지.'

 사람들은 이번 일을 계기로 루체 신과 라이오스 단장, 양쪽 편으로 갈라서서 길고 긴 언쟁을 벌일 테니까.

 루미엘은 일부러 족쇄를 끊어 준 것일까.

 아니면 단지 신전의 수장으로서 본보기를 보인 것인가.

 '둘 다일지도.'

 아렌트는 생각했다.

 인간에게는 양가감정이라는 게 있다.

 평생을 신전에 몸담았다가 말년에 아렌트를 만나게 된 루미엘 역시 마찬가지일 터였다.

 한참 동안 상념에 잠겨 있었더니, 아서가 인상을 구기며 말을 걸었다.

 "그나저나 넌 언제까지 뚱해 있을 거냐? 애새끼도 아니고."

 "원래 이렇게 생겨 먹었으니까 신경 꺼요."

 투덜거리며 대꾸한 아렌트가 라이오스를 보았다.

 "성검은요? 사용하는 데 지장은 없어요?"

"그렇지 않아도 시험해 본 참이다. 아직까지는 문제없다."

"흐음."

인상을 찌푸린 아렌트가 고개를 기울였다.

"하긴, 루체 놈도 별수 없긴 하겠네요. 지금 당장 성검을 거뒀다간 체르니온 교를 상대로 이길 수 없을 테니까."

"그러는 너는. 괜찮나?"

라이오스가 눈으로 걱정스럽게 아렌트를 아래위로 훑어보았다. 신체적, 정신적으로 큰 부담을 지고 있다는 것을 아는 탓이었다.

아렌트는 그에게 어깨를 으쓱여 보였다.

"아직은요. 지금 성질부릴 때가 아니라는 걸 잘 아는 거겠죠."

라이오스의 발언 때문에 여론이 들끓는 현재, 폭군으로 낙인 찍히는 것은 루체에게도 바람직하지 못한 일일 터였다.

언제 어디서든 보복할 수 있는 존재라는 말에 힘을 실어주게 될 테니까.

"얼마나 갈지는 모르겠지만. 다른 믿는 구석도 있으니 괜찮아요."

완전하지는 못할 테지만, 당분간은 네레이스가 지켜 줄 터였다.

인간들의 신앙을 잃어버린 네레이스는 바다의 존재들 덕분에 힘을 유지하고 있었다. 그리고 아직까지 그녀를 향한 신앙을 잃지 않은 엘프들 역시 한몫했고.

그러니 바다가 메워지고 엘프가 완전히 멸종하지 않는 이상, 네레이스가 힘을 완전히 잃는 일은 없을 것이다.

"……."

두 사람의 대화를 지켜보는 기사들은 다소 심란해질 수밖에 없었다.

신은 분명히 존재한다. 그리고 실제로 세상에 영향력을 끼치며, 온갖 기적을 행한다.

아군일 때는 분명 그 무엇보다도 든든한 마음의 지주였으나, 그에 대적하기 시작한 지금은 사정이 달랐다.

아렌트와 라이오스는 얼핏 태연해 보였지만…….

'긴장이 풀리질 않아.'

라이더가 마른침을 삼켰다.

아닌 척하고 있었지만, 어깨에서 도무지 힘이 풀리지 않았다.

어느 순간부터 보이지 않는 적에게 포위당한 듯한 감각을 떨쳐 낼 수가 없는 탓이었다.

아마 다른 동료들 역시 마찬가지일 터였다.

'아렌트는 지금까지 혼자 감당해 왔을 테고…….'

앞으로도 자신들이 이해할 수 없는 영역에서 혼자만의 싸움을 이어갈 것이다.

거기까지 생각했을 때, 문득 아렌트가 뚱하니 내뱉었다.

"어쨌든, 이렇게 된 이상. 빌어먹을 신 놈 얼굴에 다 같이 멋지게 먹칠 한번 해 주자고요."

자연스레 기사들의 시선이 아렌트에게 모여들었다.

그들을 마주 보며 아렌트가 느긋하게 말을 이었다.

"신 같은 거 없어도 적들을 치워 버리고 잘 살아남을 수 있습니다. 우린 그걸 증명해 내면 되는 겁니다."

황금색 눈동자가 반달처럼 휘어지며 아렌트 특유의 오만한, 그리고 짓궂은 미소를 만들어 냈다.

유난히도 잘 들리는, 그래서 귀를 기울일 수밖에 없는 목소리가 은근한 장난기를 드리웠다.

"쉬엄쉬엄 가자고요. 지켜보는 놈들이 부러워서 배 아파 뒈져 버리게."

"……."

어쩐지 맥이 탁 풀리는 기분이었다.

다른 이들 역시 마찬가지였는지, 여기저기에서 헛웃음이 터져 나왔다. 라이더가 피식 힘 빠진 웃음을 터뜨렸다.

"웃기고 있네. 제일 아득바득 이를 갈고 달려들 거면서. 너 독한 새낀 줄 누가 몰라?"

"선배들이 다 지나치게 말랑한 겁니다."

아렌트가 어깨를 으쓱였다.

너희들에겐 그럴 능력이 있다. 〈167〉

앞으로 세상이 어떻게 뒤집히게 될지는 알 수 없었다. 어쩌면 당장 내일 단체로 반역자로 몰려 사형당할지도 모를 일이었다.

하지만 일단은 거기까지 생각하지 않기로 했다.

어떻게 될지 모를 미래를 두려워하며 숨을 옥죄는 것보다는 한 번 쓴웃음을 짓고 넘기는 편이 나을 테니까.

* * *

아무도 예상치 못했던 사태에 황궁은 상정했던 것 이상으로 소란스러워졌다.

귀족들은 하루가 멀다 하고 공방을 벌였다.

루체를 배신한 3기사단에 대한 성토가 끊이지 않았지만, 언제나 최전선에 나서는 3기사단을 향해 응징을 가한 대신전에 반감을 드러내는 사람들도 적지 않았다.

"아무리 그렇다지만 너무한 처사라고 생각합니다. 그간 라이오스 단장님과 그들이 해 온 일이 있는데……!"

"그러나 루체 님을 모독한 것은 용서할 수 없는 중죄입니다. 근본을 잃으면 어떤 공이든 의미 없습니다."

"지금 근본을 따질 때입니까? 단장님이 아니었다면 분명 우리 중 절반은 전쟁에서 죽었을 겁니다!"

누군가는 신전에 완전히 발길을 끊기도 했고, 오히려 자신의 신앙을 과시하듯 전에 없던 액수의 지원금을 내는 이들도 생겼다.

그런 와중에도 루미엘과 3기사단은 당장 앞에 놓인 일에만 몰두할 뿐이었다.

루미엘은 꾸준히 신전의 병력들과 신관들을 운용해 지원 임무에 집중했고, 라이오스는 꾸준히 전황을 살피는 한편 기사단을 이끌고 직접 출정하기도 했다.

다이아나가 이끄는 2기사단 역시 마찬가지였다.

숱한 물음이 쏟아졌으나 다이아나는 침묵으로 일관했다. 그저 라이오스와 함께 전장을 진정시키는 데에 온 힘을 집중했다.

시간은 빠르게 흐르고, 전쟁은 갈수록 심화되었다. 그나마 잠잠하던 제국의 국경지에서도 적들이 들고일어나기 시작했다.

심지어는 도시 전체가 악신교의 손을 들며 반란을 일으키기도 했다.

악신교의 손에 황폐화되는 땅이 많은 만큼 파문당한 영웅의 활약상 역시 높아져만 갔다.

그러던 어느 날.

현 사태에 침묵하던 엘프들이 드디어 입을 열었다.

"대장로님과 협의를 마쳤습니다. 4왕국은 전적으로 라이오스 단장님과 황실을 따르기로 했습니다."

라이오스의 집무실을 찾아온 세일럼이 엘프들을 대표해서 뜻을 밝힌 것이다.

"자카르 님과 셰키나 님, 그리고 라그날드 님 역시 뜻을 함께하기로 했습니다. 나머지 왕국의 대장로님들과도 합의를 마쳤다고 해요. 오래 걸려서 죄송합니다."

"아닙니다. 힘써 주셔서 감사합니다, 세일럼 님."

세일럼을 마주 보며 라이오스가 희미한 미소를 지었다. 그러자 세일럼이 어린 얼굴에 어울리지 않는 쓴웃음을 드리웠다.

"자카르 님과 2왕국의 대장로님이 가장 힘써 주셨습니다. 아무래도 엘프 왕국 안에서는 안개숲 종족 대장로님의 발언권이 가장 크니까요."

엘프들 역시 루체 신전보다는 라이오스와 렉시온……아니, 정확히는 아렌트의 손을 들어 준 것이다.

"일단은 드래곤 렉시온 님의 뜻을 거스르고 싶지 않으시다는 점에서 장로님들이 뜻을 모으셨습니다. 그리고……."

마른침을 한 번 삼킨 세일럼이 덧붙였다.

"선대의 일을 답습하는 일은 없으면 좋겠다고, 안개숲 종족의 알타이르 대장로님께서 그리 말씀하셨다고 합니다."

"……."

잠깐 침묵하던 라이오스가 고개를 끄덕였다.

"그렇군요. 선대의 일을, 세일럼 님도 알고 계십니까?"

"네. 이번에 알게 되었습니다."

세일럼이 눈을 내리깔며 대답했다.

"알타이르 대장로님이 예전에 아렌트 경께 가장 먼저 알려 주셨다는 것도 들었어요."

전쟁을 겪은 엘프 세대가 몰살당했던 사건.

기사단 역시 최근에 아렌트가 정보를 공유하며 그 일의 전말에 대해 알게 되었다.

"알타이르 대장로님께서 그때 일로 다른 장로님들을 설득해 주셨어요. 다른 연합국들에도 곧 엘프 왕국의 의사가 전달될 거예요."

세일럼은 간단하게 설명하고 있었지만, 그간 얼마나 많은 갈등이 존재했을지 충분히 짐작할 수 있었다.

현재 연합국에 나와 있는 엘프 전사들을 다독이는 일부터 쉽지 않았을 터.

그런데도 자카르와 세일럼, 셰키나, 라그날드는 라이오스와 아렌트가 신경 쓰지 않도록 조용히 일을 처리해 준 것이다.

"정말로 감사합니다, 세일럼 님. 다른 분들께도 그리 전해 주십시오."

세일럼과 시선을 맞추며 라이오스가 천천히 말했다.

"언젠가 직접 엘프 왕국에 찾아뵙고 감사 인사를 드릴 날도 오겠지요. 때가 되면 꼭 그리하겠습니다."

"……모두를 위해 싸워 주시는데, 이 정도는 당연한 일이라고 생각합니다."

그제야 세일럼도 한결 편한 미소를 지었다.

"그때가 되면 꼭 제가 그림자 종족의 땅을 안내해 드리고 싶어요. 아렌트 경도 같이요."

거기까지 말한 세일럼이 멈칫했다.

"……이런 이야기를 할 때가 아니죠, 참. 죄송합니다."

"말씀만으로도 기대됩니다."

하지만 라이오스는 가볍게 고개를 내저었다.

"아렌트도 보기보다 호기심이 많은 녀석이니 좋아할 겁니다."

그제야 잠시 눈치를 살피던 세일럼이 다시 어색한 미소를 지었다.

확실히 지금 꺼내기에는 지나친 낙관론이었다.

과연 그런 날이 정말로 올지는 아무도 장담할 수 없지만, 라이오스는 굳이 그 점을 지적하고 싶지는 않았다.

세일럼이 슬그머니 화제를 돌렸다.

"그나저나 아렌트 경은 어디 가셨습니까? 오늘 하루 종일 안 보이시던데……."

"예? 세일럼 님도 못 보셨습니까?"

라이오스가 살짝 미간을 찌푸리자 세일럼이 얼떨떨하게 고개를 끄덕였다.

"네에. 바로 어제 제국 국경에서 적 토벌 임무를 마치고 복귀하신 것 아니에요? 방에도 안 계시는 것 같았습니다."

"하아아……."

단박에 라이오스의 입에서 한숨이 터져 나왔다.

그 심정을 알 것도 같아, 세일럼이 어색한 미소를 지었다.

"항상 고생 많으세요."

눈에 보이면 그것대로 골치 아팠다.

그렇다고 시야 밖으로 치워 버린다고 해서 마음이 편해지는 건 아니었다.

언제 어디에서 무슨 사고를 쳐 올지 알 수 없으니까.

"일단은 아서를 시켜서 찾아봐야……."

관자놀이를 누르던 라이오스가 운을 뗀 순간.

쾅!

집무실 밖에서 생활관 문이 거칠게 열리는 소리가 들려왔다.

곧이어 생활관에 남아 있던 기사들이 기함하는 소리도 뒤따랐다.

"으아아악! 야, 뭘 데리고 오는 거야?"

"잠깐만, 그거 개냐? 아니지, 늑대?"

"귀찮게 굴지 말고 비켜 봐요, 좀. 안 그래도 무거워 죽겠는데."

그중에서도 아렌트가 짜증을 터뜨리는 목소리가 도드라지게 들렸다.

뭔가 심상치 않은 일이 터진 게 분명했다. 시선을 교환한 두 사람은 급하게 집무실 밖으로 뛰어나갔다.

너희들에겐 그럴 능력이 있다. 〈173〉

가장 먼저 피비린내가 코를 찔렀다.
"무슨 일이지?"
"단장님!"
라이오스가 나타나자 기사들이 급히 길을 비켜 주었다.
그러자 거대한 늑대의 뒷덜미를 쥐고 있는 아렌트가 보였다.
피비린내는 늑대에게서 비롯된 거였다. 잠깐 멍하니 있던 라이오스는 곧 그 늑대를 알아보았다.
"워렌인가?"
"……!"
축 늘어져 있던 늑대가 강한 발버둥을 치며 아렌트의 손아귀에서 벗어났다.
가까스로 그의 손아귀에서 풀려난 워렌이 순식간에 인간 모습으로 돌아와 짜증을 터뜨렸다.
"짐승 대하듯이 붙잡지 마라! 내 발로 걸을 수 있다고 분명히 말했을 텐데!"
"어디서 개새끼가 짖나. 나는 잘 안 들리는데."
아렌트가 뚱하니 대꾸하자 워렌이 다시 발광하려 했다. 하지만 라이오스가 급히 그를 만류했다.
"일단은 진정하지. 상처가 벌어지면 안 돼. 그것보다 두 사람 다 무슨 일이지? 그 부상은 또 뭐고."
워렌은 척 보기에도 심각해 보이는 부상을 주렁주렁 달고 있었다.

어지간한 일에는 다칠 일도 없고, 생채기는 쉽게 회복해 버리는 웨어 울프에게 이 정도 상처를 입힐 수 있는 존재는 이 땅에 하나뿐이었다.

아렌트가 언짢게 대답했다.

"뭐긴 뭐겠어요, 전투지. 놈들이 나타났어요."

자세히 보니, 사복 차림인 아렌트 역시 자잘한 상처를 달고 있었다.

"잠깐 볼일이 있어서 노이만 상단에 갔다가, 상행이 습격당했다는 연락을 받고 급하게 지원 나갔다 왔습니다. 저 똥개만으로는 감당하기 힘들 것 같아서요."

전투를 마무리한 뒤 상단으로 복귀하긴 했지만, 당장 워렌의 부상을 치료할 방법이 없었다.

그래서 다짜고짜 황궁으로 끌고 온 거였다.

피를 줄줄 흘리는 와중에도 워렌이 사납게 으르렁거렸다.

"똥개가 아니라 웨어 울프라고 몇 번을 말하나!"

"불만이면 냉동 늑대라고 불러 줄까?"

조금만 더 내버려뒀다간 열 받은 워렌이 과다 출혈로 쓰러질 것 같은 꼴이었다.

라이오스가 골치 아파 죽겠다는 얼굴로 지시했다.

"일단은 렉시온 님이 돌아오실 때까지 응급처치부터 하도록. 치료사를 불러 주지. 글렌, 워렌을 안쪽 방으로 안내해."

너희들에겐 그럴 능력이 있다. 〈175〉

"네!"

글렌이 기다렸다는 듯 달려들어 워렌을 일으켜 세웠다. 워렌은 그의 손을 거절하지 않고 순순히 안내를 받아 안쪽으로 들어갔다.

그가 자리를 비우고 나서야 라이오스는 아렌트와 제대로 대화할 수 있었다.

"렉시온 님이 어디 계시는지는 아나?"

"스텔이랑 같이 정찰 나갔습니다. 아마 곧 돌아오실 거예요."

아렌트가 피 묻은 손을 탁탁 털며 대답했다.

서리 어린 손길은 적과 워렌의 피로 검붉게 물든 채였다. 제복 대신 입은 흰 셔츠에도 적의 피와 살점이 붙어 있었다.

라이오스는 주머니에서 손수건을 꺼내 건네주었다.

"어떻게 된 건지 설명해. 넌 다친 곳은 없나?"

"좀 긁힌 것 말고는 없습니다. 쯧. 괜히 쓸데없이 운동했네."

손수건을 받아 들고 피를 닦아 낸 아렌트가 투덜대듯 말했다.

"방금 말씀드린 대로, 외부에 나갔다가 돌아오던 상행이 습격당했습니다. 전 마침 상단 본점에 갔다가 우연히 소식을 접한 거고요."

금세 말끔해진 아렌트는 더러워진 손수건을 뻔뻔히 라

이오스에게 건넸다.

"국경 전장 쪽에 물자를 보급하던 상행 무리인데, 공급을 마치고 몇 달 만에 복귀하는 길이었대요. 워렌은 상단에 있다가 상행이 황성 근처까지 왔다는 말에 호위할 겸 마중 나간 거고요."

최근 민심이 들끓으며 도적 떼가 상행을 노리는 일이 잦아진 탓이었다.

라이오스는 아렌트를 탓하지도 않고 지저분한 손수건을 받아 갈무리했다.

"그런데?"

"합류해서 이동하던 중 도적 떼한테 습격당했답니다. 평범한 인간 놈들이라 무난히 물리칠 수 있을 줄 알고 워렌이랑 용병들이 상대하기 시작했는데……."

아렌트가 인상을 구겼다.

"갑자기 구울 떼가 소환됐대요."

"뭐?"

이곳저곳에서 놀란 목소리가 터져 나왔다. 라이오스 역시 인상을 찌푸렸다.

"구울들이?"

"네. 워렌 말로는 도적 놈들 중 하나가 소환 마법의 매개가 된 것 같대요. 그런데 정작 놈들은 자신들이 숙주가 됐단 것도 몰랐나 봐요."

도적 한 명의 몸이 터져 나가며 그 자리에서 구울들이

쏟아지기 시작했다.

　난데없는 광경을 마주한 도적들은 혼비백산하고 말았다.

　구울들과의 전투에서 별 도움이 되지 않은 것은 용병들 역시 마찬가지였다.

　"어지간하면 워렌이 혼자 상대할 수 있었을 테지만, 구울 놈들 사이에 신관 급으로 강한 놈들도 섞여 있었어요."

　그래서 마차 안에 숨어 있던 상인들이 본단에 도움을 요청한 것이다.

　마침 상단에 있던 아렌트가 곧장 달려간 거고.

　"제가 도착했을 때는 이미 워렌이 반절 이상 정리한 상황이긴 했지만요."

　"그랬군. 고생했다."

　라이오스가 굳은 얼굴로 고개를 끄덕이자 아렌트가 언짢게 덧붙였다.

　"도적들 외에는 죽은 사람도 없어요. 생포한 도적들은 치안대 감옥에 처박아 놨어요. 뭐라도 아는 게 있을지도 모르니, 나중에 직접 털어 볼 겁니다."

　지금껏 대신전이 습격당했던 때를 제외하고는, 황성 근처에서 구울이 나타난 적은 없었다.

　각지에서 격전이 벌어지는 와중, 심상치 않은 징조가 나타난 것이다.

4장. 그림자가 고개를 들 때

그림자가 고개를 들 때

아니나 다를까, 고작 몇 시간도 지나지 않아 제국 전역에서 산발적으로 신고가 쏟아지기 시작했다.

어느 영지에서는 여관에 묵던 사람의 짐에서 구울이 소환되어, 영지가 점령당하고 사람들이 급히 대피하는 사태까지 벌어졌다.

그날 저녁, 칸타레스는 라이오스와 다이아나, 그리고 아렌트를 집무실에 불러들여 간단한 회의를 소집했다.

"도적 놈들을 심문해 봤는데요, 얼마 전에 야영하다가 낯선 사람이랑 잠깐 동석했답니다."

직접 도적들을 심문한 아렌트가 언짢은 표정으로 보고했다.

"로브를 뒤집어 쓰고 있어서 얼굴은 제대로 못 봤다고

합니다만, 잠깐 보인 손등이 상처투성이였대요."

"구울로 개조된 체르니온 교 신관이군."

칸타레스가 신음처럼 중얼거렸다.

"네. 도적 놈들답게 그 사람을 괴롭히면서 물건을 몇 가지 빼앗았대요. 근데 그놈이 자신이 가진 것 중 제일 값진 거라면서 보석을 하나 건네줬답니다. 붉은빛을 내는 게, 처음 보는 물건이었대요."

간단히 고개를 끄덕여 준 아렌트가 말을 이었다.

"그 보석은 또 도적 놈들끼리 내기를 해서, 처음 구울이 쏟아져 나올 때 희생당한 도적 놈이 가지기로 했고요. 아마 그 보석은 소환마법이 새겨진 마정석이었겠죠."

"지금 각지에서 비슷한 일들이 벌어지고 있단 말이지……."

다이아나가 골치 아파 죽겠다는 얼굴로 중얼거렸다. 주머니에 손을 푹 찔러 넣은 아렌트가 뚱하니 말을 이었다.

"일단 황궁 쪽으로 들어온 신고들과 개인적으로 노이만 상단을 통해 수집한 정보들을 취합해 봤는데요. 살아남은 사람들은 비슷하게 증언했습니다. 아무래도 나그네나 도적, 행상처럼 방랑하는 사람들에게 비슷한 수법으로 접근한 모양이에요."

"그렇다면 사실상 추적은 불가능하겠군."

칸타레스의 말에 아렌트가 담백하게 긍정했다.

"넵. 그런 셈이죠. 불특정 다수의 떠돌이들이 표적이었던 것 같습니다."

하지만 가볍게 말하는 것치고 아렌트의 표정도 썩 가볍지만은 않았다.

잠깐 침묵하던 칸타레스가 한숨을 푹 내쉬었다.

"일단 신전 측에도 정보를 공유하고, 얼굴을 가리고 다니는 신원미상자를 조심하라고 경계령을 내려야겠군."

"그마저도 지금은 쓸모가 있을지 모르겠습니다만, 안 하는 것보다는 낫겠죠."

아렌트가 개운치 않은 얼굴로 대꾸했다.

"르웰린 녀석의 부하들한테도 지시를 내려 뒀답니다. 혹시나 수상한 자를 목격하면 바로 보고한 뒤 추적하라고."

탐험가들도 이곳저곳 방랑하는 처지니 표적이 되지 않으리란 보장은 없었다.

니케포르가 수작을 부린 탓에, 렉시온도 당장 그 소환 마정석들이 어디에 얼만큼 뿌려졌는지 감지할 수 없었다.

사태가 이렇게 번질 때까지 아무것도 감지하지 못한 것만 봐도 말 다 한 셈이었다.

"신전 병사들을 움직여서 수색하는 게 빠를지도 모릅니다."

한동안 고민에 빠져 있던 다이아나가 제안했다.

"신관들이라면 체르니온 교단의 신성력을 빠르게 감지

해 낼 수 있을 테니까요."

"저도 같은 생각입니다. 황궁 병력은 지금 터진 일들을 수습하는데도 벅차요."

아렌트가 한 마디를 더 얹었다.

이성 따위는 전혀 없이 당장 눈에 보이는 모든 것들을 죽여 버리는 구울들을, 치안대로 막기엔 한계가 있었다. 그러니 결국 황실 기사단이나 엘프 전사들이 직접 움직일 수밖에 없었다.

"그리고 워렌마저 부상당할 정도로 강한 개체들이니까요. 그땐 사람들을 지키느라 혼자 막아선 바람에 그 꼴이 됐던 거지만. 머릿수도, 전투력도 무시할 만한 수준이 아니에요."

게다가 언제 어디에서 똑같은 일이 더 벌어질지도 알 수 없었다. 최대한 빠르게 정리하지 않으면 온 제국이 쑥대밭이 될 터였다.

"일단, 전하. 황궁 출입도 봉쇄하시는 것이 옳을 듯합니다."

라이오스가 가라앉은 목소리로 말했다.

"출입을 제한하시고 출입 시 신분 확인을 철저히 하셔야 합니다. 필요시에는 짐 수색도 하시는 편이 좋겠습니다."

"알았어. 그렇게 하지. 다이아나 단장, 고생스럽겠지만 황궁 내부 경비를 손봐 줘. 라이오스 단장, 그대는 3기사단과 엘프 전사들을 운용해 적들을 막는 데에 최선을 다하고."

"명 따르겠습니다."

다이아나와 라이오스가 동시에 고개를 숙였다. 회의가 일단락되자 칸타레스는 다시 아렌트를 보았다.

"이건 사적인 의문이다만, 노이만 상단에는 왜 간 거지?"

"개인적인 볼일이 있어서요. 사생활까지 간섭하십니까?"

아니나 다를까, 곧장 삐딱한 대꾸가 돌아왔다.

"하여튼 싸가지 없는 새끼……. 어?"

짜증스레 투덜대던 칸타레스는 문득 위화감을 느끼고 말을 멈췄다. 아렌트의 왼쪽 귓불에 못 보던 진주 귀걸이가 붙어 있는 걸 발견한 거였다.

"그건 웬 귀걸이냐? 그것도 한쪽만. 장신구에는 관심을 끈 거 아니었어?"

"벌레 쫓기 용입니다. 저도 이렇게까지 하고 싶지 않았어요."

아렌트가 언짢게 대답했다.

귀에 딱 붙은 오래된 진주 장식은 물론 네레이스의 성물이었다.

최근 다시 밤잠 못 이루는 날이 늘어가는 와중, 멀리 파견 나가는 일이 잦아지며 매번 챙겨 다니는 것도 번거로워지기 시작했다.

그래서 노이만에게 부탁해 특별히 귀걸이로 개조한 것

이다. 다른 장신구는 전투 중에 분실할 위험도 있으니까.

물론 그 사실을 알 리 없는 다이아나는 의아하게 물었다.

"벌레? 진주에 그런 효능이 있다는 건 못 들었는데."

"통하는 벌레가 따로 있습니다. 다른 말로 루체랑 체르니온이라고도 부르더라고요. 꽤 효과적이에요."

"……."

칸타레스와 다이아나가 말없이 질색했다. 하지만 라이오스는 다른 쪽에 더 관심을 두었다.

"그 진주가 효과가 있다고? 어째서지?"

"네레이스의 성물이거든요, 이거."

태연하게 돌아온 대답에 이번에는 라이오스마저도 잠깐 입을 다물 수밖에 없었다.

잠깐 허공을 보던 칸타레스가 황당하게 중얼거렸다.

"신을 무슨 옆집 사람 부르듯 하는군."

"딱히 다를 바는 없다고 생각합니다만. 정확히는 옆집 꼬맹이에 더 가깝겠지만요."

뻔뻔한 작태에 오랜만에 골머리가 아파져, 라이오스는 관자놀이를 꾹꾹 눌렀다.

"입수 경로는?"

"루카인 왕궁 지하 신전이요. 더 말하기는 귀찮습니다만, 어디서 강탈하거나 훔치거나 협박해서 뜯어낸 거 아닙니다."

아렌트가 어깨를 으쓱이자 라이오스가 고개를 끄덕였다.

"귀찮다는 건, 말하지 못하는 부분이거나 말하지 않는 편이 더 낫는 내용이라는 뜻이군. 알겠다."

"……매번 생각하는 거지만, 라이오스 단장은 참 대단해. 뜬금없이 성물을 액세서리 삼아 착용하고 나타난 거잖아. 그걸 이런 식으로 넘어간다고?"

다이아나가 황당하게 내뱉는 말에 라이오스가 담담히 대답했다.

"뭐든 피해만 끼치지 않으면 괜찮습니다. 이해하는 것을 포기하면 편합니다."

"아하. 다 내려놓은 거군."

그제야 칸타레스가 납득하고 고개를 끄덕였다.

하긴, 저놈의 행보 하나하나를 따지고 들자면 마차 한가득 위장약을 쟁이고 다녀도 부족할 것이다.

라이오스가 화제를 돌려 물었다.

"요즘은 좀 어떻지?"

"밤잠 설치는 것 말고는 별다를 건 없습니다. 괜찮아요. 그리고 그거 지난주에도 물으셨습니다."

"몸 상태 관리에 유의하도록. 변화가 느껴지면 지체 말고 보고하고."

"알겠다고요. 귀찮아 죽겠네."

두 사람의 대화를 물끄러미 지켜보던 칸타레스는 새삼

스레 생각했다.

'그러고 보니, 요즘엔 안 괜찮다는 말을 안 하는군.'

괜찮느냐고 물으면 언제나 안 괜찮다며 불퉁한 대답이 돌아오곤 했다. 하지만 어느 순간부터 아렌트는 신경질은 낼지언정, 괜찮지 않다는 말을 입 밖으로 꺼내지 않았다.

'저것도 꽤 유의미한 변화인가.'

본인도 채 자각하지 못한 것 같지만, 칸타레스는 굳이 지적하지 않기로 했다.

"연합국 측에도 비슷한 일이 있었는지 알아봐야겠군. 아렌트, 혹시 탐험가 연합 쪽이나 정보상을 통해서 뭐라도 들어오면 바로 보고해."

"네엡."

아렌트가 건성으로 대답했다. 그러나 새삼 그 태도를 지적할 사람은 이 자리에 없었다.

"잡설은 이만해 두고, 우선 움직이지. 다들 바쁠 테니까. 이변이 생기면 즉각 보고하도록."

황태자의 지시를 마지막으로 급히 소집된 회의가 일단락되었다.

* * *

곧장 생활관으로 돌아온 아렌트는, 자신의 방에 한발

먼저 와 있던 손님을 발견했다.

렉시온이었다.

"늑대는 상단으로 돌아갔다. 후유증이 남을 만한 부상은 없었어. 워낙 튼튼한 종족이니 바로 움직여도 괜찮겠지."

"수색은요? 뭐 소득이라도 있어요?"

감사 인사조차 생략하고 아렌트는 바로 본론부터 들어갔다. 렉시온 역시 별로 개의치 않고 답을 내어 주었다.

"이렇게 난리를 치는 와중에도 코빼기조차 안 보이는군. 돌아다니다가 구울이나 정리하고 왔다."

"여전히 흔적이 안 보여요?"

아렌트가 살며시 눈썹을 구기자 렉시온이 고개를 끄덕였다.

"아무래도 작정하고 숨은 것 같다. 예전에 니케포르가 레어로 쓰던 곳도 둘러봤다만 전부 비어 있었어."

전쟁이 점점 가속화되고, 로저가 이따금 출몰해서 도시를 초토화시켰지만, 니케포르와 이리스는 여전히 코빼기도 비치지 않았다.

"지클린이 죽은 뒤로 더욱 몸을 사리는 건가."

"보아하니 지금 소환석을 마구잡이로 만들어서 뿌리는 것 같은데……. 니케포르는 거기에 집중하고 있을지도 모르겠네요. 로저는 재료 수급에 집중하는 중이고."

그만한 일을 할 수 있는 존재는 이제 체르니온 교단 내에서 니케포르뿐이었다.

아렌트가 쯧 혀를 찼다.

"지클린이 지휘하던 예전이랑 달리, 인간형 구울이 늘어났어요. 오늘 나타난 구울 중 몇몇은 실종자의 머리통을 달고 있었다던데요?"

"역시나 납치당한 인간들은 대부분 재료로 쓰인 거군."

교단에 스스로 가담하는 자가 줄어드니, 로저와 니케포르의 선택지는 줄어들 수밖에 없었다.

"도대체 무슨 꿍꿍이인지."

"반란을 빙자해서 내부부터 뒤흔드는 것도 실패했고, 전선을 한 곳에서 오래 끌면 라이오스 단장님이 나타나서 정리해 버리니……."

무엇보다 이리스 역시 '성검의 푸른 기사'의 기억을 전수받았다.

그때 썼던 수법이 지금 와서는 거의 통하지 않는다는 걸 잘 알고 있을 것이다.

같은 것을 알고 있는 아렌트가 여기에 있으니까.

"놈들도 새로운 대책을 강구하는 거죠. 무슨 수작인지는 좀 더 두고 봐야 알겠지만."

생각에 잠긴 아렌트는 습관처럼 손목을 감싸 쥐었다. 그것을 알아차린 렉시온이 짧게 경고했다.

"손 떼라."

"네? 아."

퍼뜩 정신을 차린 아렌트가 자연스럽게 손을 갈무리했다. 그제야 렉시온이 다시 원제를 꺼내 들었다.

"놈들도 전쟁을 오래 끌 저력은 없을 거야. 더 이상 신도를 끌어들이는 것도 힘들게 됐고, 병력을 만들어 내던 지클린이 죽었으니."

게다가 제국을 중심으로 뭉친 연합군이 생각보다 잘 버티고 있었다.

적절한 병력 운용과 효율적인 연계, 그리고 엘프들의 적극적인 개입 덕분에, 전쟁은 일방적으로 당하다시피 하던 '성검의 푸른 기사'와는 상당히 다른 양상을 띠고 있었다.

렉시온이 살며시 인상을 구겼다.

"최대한 빠르게 전황을 뒤집을 수 있는 한 방을 노릴 가능성이 커. 신전과 영웅이 갈라선 지금이 놈들에게는 기회일 테니."

어쩐지 드래곤의 목소리가 음울하게 들려왔다.

손끝이 저릿해지는 감각에, 아렌트는 조용히 손을 몇 번 쥐었다가 폈다.

잠시 후 그가 다시 입을 열었다.

"그렇다는 건 곧, 우리한테도 기회가 되겠죠."

유난히도 선명한 음성에 렉시온이 시선을 들었다.

얼핏 무감정한 것 같았지만 황금색 눈동자에는 선명한 빛이 깃들어 있었다.

방금 던진 말은 꼭 사실을 이야기하는 것보다, 아렌트가 스스로에게 하는 다짐처럼 들렸다.

'본인만의 일이 아닌데도.'

렉시온은 언짢아지고 말았다.

어떻게든 제 손으로 전쟁의 판도를 바꿔 보겠다는 오만함이 마음에 들지 않았다.

그래서 렉시온은 조용히 손을 들어, 따악!

"아오, 씨! 왜요, 또!"

"싸가지 없는 면상이 새삼 열 받아서."

흰 이마에 딱밤을 먹여 주는 것으로 대답을 대신했다.

* * *

사태는 좀처럼 진정될 기미가 보이지 않았다.

불특정 다수를 대상으로 뿌려진 소환석들을 이제 와서 추적하기에는 불가능에 가까웠다.

황실과 신전은 최대한 수배를 뿌려 회수해 처리하려 노력했지만, 그조차도 쉽지 않았다.

나그네나 상행, 도적들이 표적이었으니 미처 그들에게는 수배조차도 닿지 않은 탓이었다.

게다가 자신이 가진 것이 소환석이라는 사실을 알아차리고 치안대나 신전에 가져가는 와중, 갑자기 도심 속에서 소환마법이 발동되며 영지가 통째로 아수라장이 된 경우도 있었다.

민간의 피해가 늘어날수록 제국 내부는 어수선해질 수밖에 없었다.

신전은 부상자들로 넘쳐났고, 기사들과 병사들, 그리고 치안대원들은 수습 작전에 동원되어 눈코 뜰 새 없이 움직여야만 했다.

"돌겠네, 진짜."

이런 보고서들이 쏟아지니, 칸타레스는 짜증스레 제 머리를 헝클어뜨릴 수밖에 없었다.

그의 맞은편에 앉은 아렌트가 시큰둥하게 말했다.

"발광하지 마시고 해결책이나 내어놓으시죠."

"그런 게 쉽게 나오면 내가 이러겠냐고, 이 싸가지 없는 놈아."

고개만 든 칸타레스가 으르렁거렸다. 그러거나 말거나, 아렌트는 제레온이 가져다준 과자를 입에 쏙 넣을 뿐이었다.

"연합국에도 비슷한 일이 몇 건 있었다곤 합니다만, 아무래도 주 표적은 제국인 것 같습니다. 소환석을 가지고 있다가 운 좋게 살아남은 사람들을 조사해 봤는데, 대부분 제국 근처에서 여행하다 입수했대요."

그 경로도 다양했다. 떠돌이 보부상에게서 넘겨받거나, 혹은 쓰러져 있는 사람을 도와줬다가 답례로.

이따금은 값나가 보인다는 이유로 강탈하거나, 직접 값

을 쳐서 매입하기도 했다.

"루카인이랑 네펠레보다 특히 에버란 왕국 측에서 피해가 많은 것 같습니다. 그쪽은 상행이 많이 드나드니까요. 일단 당분간은 왕국에서 운영하는 상행은 통행을 폐쇄하고 입구를 막아 짐을 하나하나 확인하기로 했답니다."

"……나도 못 들은 걸 네가 어떻게 알아?"

떨떠름한 물음에 아렌트가 과자를 냠냠대며 대답했다.

"르웰린이 알려주던데요. 거기 왕세자 저하께 직접 연락 받았다고. 루카인이랑 네펠레 쪽은 노이만 상단을 통해서 전해 들었고요. 오늘 오전에 들어온 소식이에요."

"골치 아파 죽겠군."

칸타레스가 관자놀이를 꾹꾹 눌렀다.

"일이 터지자마자 로저랑 니케포르가 종적을 감춘 것도 신경 쓰여."

"그렇지 않아도 렉시온 님이랑 스텔이 하루가 멀다 하고 찾아 헤매고 있어요."

아렌트 역시 꽤 언짢은 표정으로 대꾸했다.

"아직까지 별다른 소득이 없다는 게 문제긴 한데."

조용히 다가온 제레온이 과자 접시를 다시 채워 주었다. 아렌트는 감사 인사도 없이 또 쿠키를 하나 집어 들었다.

"수색 범위를 제국 외부로도 넓히신다고는 하십니다만……. 렉시온 님도 썩 기대는 안 하는 것 같아요."

그를 물끄러미 보던 칸타레스가 어이없이 물었다.
"……맛있냐?"
"넵. 맛있네요."
뻔뻔한 대답에 뒤에 물러서 있던 제레온이 슬그머니 끼어 들었다.
"이따가 가실 때 조금 챙겨 드리겠습니다."
"넵. 감사. 그래도 르웰린 쪽에서 수확이 없지는 않으니까요. 탐험가들이 회수하는 것도 하나둘씩 늘어나기 시작했으니, 최대한 빨리 상황을 정리하는 수밖에 없어요. 당연히 쉽지는 않겠지만."
이제는 슬슬 익숙해질 법도 하지만, 살벌한 보고를 입에 올리며 도도한 모습으로 다과를 즐기는 꼴이 어처구니가 없었다.
바로 어제까지 파견지에서 전장을 누비며 구울들을 사정없이 토벌하던 놈이라는 걸 잘 알기에 더욱 그랬다.
'적을 많이 상대하면 더 예민해질 법도 한데…….'
괴생명체들을 상대하느라 기사들과 병사들이 정신적으로도 제법 지쳐간다는 소식을 접한 그였다.
하지만 저놈은 어지간히 다치지 않는 이상 매번 말끔한 모습으로 나타났다.
구울보다 저놈의 정신력이 더 무서울 지경이었다.
"뭘 봐요? 잘생긴 사람 처음 보십니까?"
"……됐다. 많이 먹어라."

질린 표정으로 대꾸한 칸타레스가 다시 화제를 원래대로 돌렸다.

"여하튼, 내 최우선 목표는 전선을 현 국경 안쪽으로 끌어들이지 않는 거였다만……."

한가롭게 쿠키를 먹으며 아렌트가 가만히 그의 답을 기다렸다.

잠깐 뜸을 들이던 칸타레스가 덧붙였다.

"결국 전장이 제국 내부까지 번져 버렸군."

"그게 핵심이죠."

인상을 찌푸린 아렌트가 소파에 등을 기대며 느긋하게 다리를 꼬았다.

"전쟁 초반에도 비슷한 일이 있긴 했습니다만, 지금은 목적이 완전히 다르기도 하고."

적들은 지클린의 실험체들을 테스트하기 위해 구울을 사방에 뿌려대곤 했다.

"굳이 말할 것도 없죠. 소모전을 유도하고 있어요, 이 자식들."

아렌트의 미간이 찌푸려졌다.

"심지어 니케포르와 로저와 같은 핵심 전력들은 꽁꽁 숨어서 저력을 보존 중이고. 이쪽만 개고생하고 있는 게 현실이죠."

와삭.

쿠키 하나가 또 입 속으로 사라졌다.

물론 호락호락하게 당해 줄 그들이 아니었다.

렉시온은 더 이상 정체를 숨기지 않고 적극적으로 전장에 관여하며, 사고가 터진 곳으로 기사들을 빠르게 옮겨 주는 운반책으로 제대로 활약하고 있었다.

물론 운송수단 취급을 받게 된 처지에 굉장한 유감을 느끼는 듯했지만, 아렌트는 드래곤의 자존심 쯤이야 당연하게 묵살했다.

거기에 더불어 병력 소모를 막기 위해서 라이오스가 선택한 방법 역시 극단적이었다.

그는 치안대나 일반 병사들로 구울들을 막는 게 아니라, 최대한 빠르게 적들을 정리할 수 있는 황실 기사단을 적극적으로 운용했다.

'그것도 렉시온 님이 운반책 역할을 해 주시니 가능한 일이지.'

그리고 지금껏 한결같이 아렌트가 주장해 온 바를 단장들이 수용한 결과였다.

강한 사람이 제일 앞을 틀어막아서 피해를 줄여야 한다고.

'라이오스 단장마저도 직접 파견을 나가는 상황이니······.'

덕분에 빠르고 확실한 대응이 가능해져, 피해가 더 커지는 건 막을 수 있었다.

그리고 니케포르와 로저의 흔적을 찾아 순찰하던 렉시온이 이따금 선심 쓰듯 구울들을 단번에 쓸어 주기도 했으니까.

"이쯤되면 굳이 생각 안 해 봐도 알 것 같은데요. 놈들이 무슨 속셈인지."

아렌트가 언짢게 투덜거리자 칸타레스가 고개를 끄덕였다.

"기습을 노리는 거겠지."

현재 황실 기사단이 가장 경계하는 게 바로 그것이었다.

현장 수습을 위해 라이오스가 자리를 비운 틈을 타 놈들이 황궁을 급습할 가능성도 충분히 있으니까.

"그렇다고 단장님을 현장에서 빼기에도 무리가 있으니, 최대한 빨리 복귀하는 쪽으로 하고 있습니다. 전략적인 면에서도 단장님이 움직이는 편이 훨씬 나을 테니까요."

"전략적이라는 건, 신전과의 기싸움을 말하는 건가?"

칸타레스의 퉁한 물음에 아렌트가 고개를 끄덕였다.

"넵. 신전이 내치고, 신에게서 등을 돌린 영웅이 이렇게까지 강하다는 걸 보여 주는 겁니다. 제법 괜찮은 구경거리 아니에요?"

"……너, 그때 꽤 진심으로 당황했던 거 아냐? 그런 것치곤 지나치게 잘 써먹는 것 같은데."

"써먹어 달라고 그렇게까지 하는데, 당연히 그래야죠. 영웅이라는 이름 뒀다 뭐 합니까? 그리고 단장님이 직접 나서면 구울들이 순식간에 정리되는 것도 사실이고."

아렌트가 뻔뻔하게 어깨를 으쓱였다.

"그래도 최대한 단장님은 반나절 이상 자리를 비우시지 않도록 하고 있으니 그 부분은 신경 쓰지 마세요. 그리고 단장님이 안 계실 때는 렉시온 님한테 이 근처를 떠나지 말아 달라고 부탁했고요."

"그, 렉시온 님도 몸이 여러개가 아니실 텐데. 너무 바쁘신 것 아닌가요?"

제레온이 슬그머니 묻는 말에 아렌트가 대꾸했다.

"드래곤이 그 정도도 못하면 안 되는 거죠. 그리고 바쁘다고 해 봤자 저보다 더한가."

"……."

거기에 대해서는 두 사람 다 할 말 없었다.

아마 다른 이들 역시 마찬가지일 터였다.

그러니 렉시온과 라이오스, 르웰린도 별 소리 못하고 혹독하게 부려지는 중이었고.

"……됐으니까 가서 잠이나 자라. 너 오늘 새벽에 복귀했다면서?"

"말씀 안 하셔도 그럴 겁니다. 그 전에 몇 가지 더 보고드릴 게 있는데요."

아렌트가 화제를 돌렸다.

"어제 토벌하다가 실수로 루체 신전 하나를 개박살냈거든요. 당연히 신관들은 다 피신한 상태였고."

순간 황태자와 보좌관의 눈에 강한 불신이 스쳤다.

"실수라고?"

칸타레스의 의구심 넘치는 물음에 아렌트가 뻔뻔하게 대꾸했다.

"그걸로 거짓말 할 이유는 딱히 없긴 한데. 제 진심이 어떻든 일단 그렇게 알아 두시는 쪽이 속 편하시지 않을까요? 어쨌든 적당히 수습해 주세요. 황실이랑 신전이 너무 척지는 것도 썩 바람직한 일은 아니니까."

"환장하겠네. 도대체 뭘 처먹으면 이렇게까지 뻔뻔할 수가 있지?"

칸타레스가 황당하게 대꾸했다. 제레온이 텅 빈 웃음을 터뜨렸다.

"하하……. 대신전 측에 연락해서 배상 처리하겠습니다."

"넵. 그리고 한 가지 더 있습니다만."

감사 인사는커녕, 아렌트는 삐딱하게 앉아 다시 화제를 돌렸다.

"모종의 사태가 벌어졌을 때, 폐하와 전하께서는 어디에 계실 생각입니까?"

"뭐?"

다소 뜬금없는 말이었다.

눈을 두어 번 깜빡이던 황태자가 인상을 찌푸렸다.

"모종의 사태라니. 무슨 소리지?"

"말씀하신 대로, 점점 전장이 확장되고 있어요. 국경에서 내륙 지방으로, 그리고 점점 황성 쪽으로 가까워져 오고 있습니다. 이미 보고서를 읽으셨을테니 알고 계시겠지만요."

고개를 비스듬히 기울인 아렌트가 덧붙였다.

"황궁도 딱히 안전하지 않을지도 몰라요. 아니지. 지금 단계에서는 확신할 수밖에 없습니다. 놈들의 목표는 분명 이곳이에요."

"……그렇겠지."

칸타레스가 낯을 조금 굳히며 대답했다.

"필요한 때가 된다면, 폐하께는 피신을 권고드릴 생각이다. 하지만 나는 자리를 지켜야겠지."

"글쎄요."

하지만 아렌트는 그 대답이 썩 마음에 안 드는 듯했다.

"뭐, 당장 자리를 비우는 건 무리겠지만. 혹시라도 황성이 습격당하는 상황이 오면 폐하랑 같이 피신하시는 쪽을 추천드리고 싶습니다만."

"이유는?"

"성가십니다. 거추장스럽고 귀찮아요. 싸울 줄도 모르는 사람이 뻐기고 있어봤자 도움도 안 됩니다."

단박에 돌아온 싸가지없는 대꾸에 칸타레스는 잠깐 허공을 보았다.

아렌트는 과자를 하나 더 집어들었다.

"지휘야 라이오스 단장님이 알아서 하실 테고. 사실상 행정 업무가 마비된 상황에서 전하는 아무짝에도 쓸모없잖습니까."

관자놀이를 꾹꾹 누르던 칸타레스가 차마 갈무리하지 못한 욕을 내뱉었다.

"……싸가지 없는 새끼."

"불만이면 반박해 보시던가요. 어쨌든, 급습당하는 상황에서는 도망치고 자시고 할 수도 없을 테니까."

아렌트가 품에서 가죽 주머니를 꺼내 테이블 위에 올려놓았다.

"음?"

재수 없는 언사는 일단 뒤로 해두고, 칸타레스는 꾸러미를 풀어 보았다.

선명한 빛을 품은 마정석 네 개가 모습을 드러냈다.

표면에는 금빛으로 반짝이는 마법진이, 마정석 안에는 렉시온이 가진 검은 마력이 한가득 들어 있었다.

칸타레스가 의아하게 물었다.

"이게 뭐지?"

"이 시점에 제가 꺼내 들 게 뭐 달리 있겠어요? 비상 탈출용 텔레포트 아티팩트에요."

팔짱을 낀 아렌트가 다시 등을 소파에 푹 기댔다.

"슈타들러 백작님이랑 렉시온 님을 들들 볶아서 만들었어요. 감사히 생각하시죠."

아렌트가 설명을 이어 갔다.

"사용자의 마력 대신 안에 저장한 렉시온 님의 마력을 이용해서 시전할 수 있게 되어 있어요. 그러니 연로하신 폐하께서도 무리 없이 사용하실 수 있을 겁니다."

솔직히 자신이 생각해도 터무니없는 주문이긴 했다.

사용자의 마력을 소진하지 않으며 텔레포트 마법을 시전할 수 있게 제작해 달라고 했으니까.

덕분에 슈타들러 백작은 한동안 머리를 쥐어뜯어야만 했다.

"최대한 많이 만들려고 했지만, 이게 한계였어요. 아무래도 드래곤의 마력을 담아낼 수 있는 마정석도 드문 데다가, 가공하는 데에도 손이 많이 가서. 원래 텔레포트는 평범한 인간이라면 꿈도 꿀 수 없을 정도의 고위 마법이니까요."

연이어 터지는 구울 소환 사건을 수습하며 수색까지 하는 와중에, 연구에 동원된 렉시온이 고생했다는 건 두말할 것도 없었다.

아렌트가 설명을 이어 갔다.

"네 개 다 이동 좌표는 선황 폐하의 별장으로 설정되어 있어요. 만에 하나의 상황이 온다면 쓰세요. 이왕이면 적들이 황궁의 문턱을 넘었다는 걸 알게 된 즉시 사용하시면 좋겠습니다만."

거기까지 말한 아렌트가 의미 있는 시선으로 칸타레스

를 보았다.

"알아서 하세요. 어느 타이밍에 물러설지는 전하께서 선택하실 몫이니까요. 하지만 본인이 누구인지는 절대 망각하지 마시고."

"……."

"승리하든 패배하든, 수습할 사람은 필요하니까요."

어쩐지 의미심장하게 들리는 한 마디였다.

"말이 나온 김에 한 마디 얹자면."

슬쩍 시선을 올린 칸타레스가 짧게 덧붙였다.

"너희들의 시신을 내 손으로 관에 넣는 일은 없으면 좋겠다만. 특히 네놈."

"뭐어."

아렌트가 고개를 비스듬히 기울였다.

"죽여도 안 죽을 인간들뿐이니 문제없을 거라 생각합니다. 그리고 전 아직 할 일이 많아서요."

가지런히 묶인 머리칼이 그의 움직임을 따라 한쪽으로 쏟아졌다.

"체르니온 교단 놈들을 박살 내는 건 단지 하나의 과정일 뿐이고, 그 누구보다도 오래 사는 게 목표라 괜찮습니다."

시큰둥하게 대꾸하는 꼴이, 언젠가 이젠 죽어도 괜찮을 것 같다고 말하던 놈과는 사뭇 달라 보였다.

그제야 칸타레스는 조금 안심하고 아티팩트를 받아들

수 있었다.

"알았어. 폐하께도 전달해 두지."

"넵. 그럼 저는 갑니다."

아렌트는 고개만 대강 까닥여 인사하고는 자리에서 일어났다. 막 집무실에서 나가려던 그가 문득 생각났다는 듯 뒤를 돌아보았다.

"아 참. 신전 수습은 알아서 해 주세요. 참고로 한 곳만이 아니에요. 곧 황궁으로 연락이 올 겁니다."

"……뭐? 야, 잠깐만. 한 곳이라면서. 여러 군데라는 말은 없었잖아!"

"물론 어제야 그랬죠. 제가 최근에 얼마나 파견을 많이 다녔는지나 아십니까? 토벌 작전 중에 벌어진 일이니 저한테는 책임 없는 걸로."

밉살맞은 말을 남긴 채 아렌트는 쌩하니 사라져 버렸다.

쿵.

매정하게 닫힌 문을 어처구니없이 보던 칸타레스가 조용히 명치 위에 손을 얹었다.

"……."

잠시 눈치를 살핀 제레온이 슬그머니 자리를 비웠다. 속이 쓰려진 칸타레스를 위해 위장약을 가지고 오기 위해서였다.

* * *

 아렌트는 곧장 생활관으로 돌아가는 대신, 본궁의 뒤로 돌아가 한적한 정원으로 향했다.
 느긋하게 걸음을 옮긴 지 얼마 지나지 않아, 벤치 근처에 옹기종기 모여 앉은 어린 시종 셋이 보였다.
 아렌트가 미리 불러낸 시튼과 에녹, 로지였다.
 "앗, 아렌트 경!"
 가장 먼저 인기척을 느낀 시튼이 반색하며 반짝 고개를 들었다.
 "그렇게 크게 안 불러도 다 들려."
 "파견 고생하셨습니다! 이번에도 멀리 다녀오셨다고 들었어요."
 가장 먼저 조르르 달려온 로지가 눈을 반짝이며 말을 걸었다.
 "오냐. 피곤해서 죽는 줄 알았어."
 아렌트는 그녀의 머리를 가볍게 쓰다듬어 주고는 시튼과 에녹에게 다가갔다. 에녹이 걱정스럽게 물었다.
 "부상은 없으십니까?"
 "당연하지. 그나저나 난 시튼만 불렀는데……."
 올망졸망 세 쌍의 눈동자가 아렌트를 향해 빛을 쏟아내고 있었다.
 "왜 셋 다 있는 거야? 일 안 해?"

"아렌트 경께서 복귀하셨다고 들어서요. 잠깐 시간 내서 다 같이 왔습니다. 아렌트 경을 뵙고 싶어서요. 다른 이유는 없습니다."

에녹이 머쓱하게 대답했다.

"혹시 실례되는 일이었습니까?"

"아냐. 상관없어. 그냥 심부름이나 좀 해 달라는 것뿐이니까. 너희들 다 같이 가던가."

아렌트는 주머니에서 은화 세 개를 꺼냈다.

"심부름 값은 잘 쳐줄 테니, 늘 그랬듯이 비밀로 하고."

"심부름 값은 안 주셔도 괜찮아요! 그리고 절대로 비밀로 할게요!"

로지가 제일 먼저 똘똘하게 말했다. 에녹 역시 고개를 크게 끄덕였다.

"심부름 정도야 얼마든지 해드릴 수 있습니다. 바쁘신 것도 잘 알고, 아렌트 경께서 저희에게 베풀어 주신 것들이 얼마나 많은데……."

"꼬맹이들 주제에 어른인 척하는 거 아냐. 자."

팅!

은화가 햇빛 아래에서 반짝이며 날아갔다.

"셋이 공평하게 나눠 써."

"네?"

얼떨결에 그것을 잡아챈 에녹은, 뒤이어 자신 쪽으로

날아든 가죽 주머니까지 받아 냈다.

"물건 좀 황궁 밖으로 전달해 줘. 절대 열어 보지는 말고. 되도록이면 사람들 눈에 띄지 않게 움직여."

"예? 예에……. 감사합니다. 누구한테 전달해 드리면 될까요? 노이만 상단이요?"

고개를 끄덕이는 에녹에게, 아렌트가 간단히 대꾸했다.

"대신전, 루미엘 대신관님."

"……"

순간 세 사람은 눈을 휘둥그레 떴다. 얼어붙은 세 아이를, 아렌트는 뭐 문제 있냐는 눈으로 마주 봤다.

한참 만에 시튼이 더듬더듬 되물었다.

"대, 대신전이요? 심지어 대신관님? 정말요?"

아렌트와 대신관의 사이가 최악으로 치달았다는 건 모두가 아는 사실이었다.

"제대로 들은 거 맞으니, 귀찮게 두 번씩 묻지 마."

"……"

"이것들이 진짜. 다들 눈 곱게 안 떠?"

아렌트가 인상을 쓰자 세 사람이 흠칫하며 딴청을 부리기 시작했다.

무슨 상상들을 했는지 뻔히 보이는 움직임이었다.

"폭발물이나 독약, 뭐 그런 거라도 들어 있나 생각한 모양인데……. 수틀리면 직접 개박살 내러 가지, 너희 같은 애송이들을 대신 보내겠냐?"

"그, 그렇죠. 그것도 맞는 말씀이네요."

"……."

저도 모르게 끄덕이던 시튼이 아렌트의 눈빛을 보고는 화들짝 놀라 손을 휘휘 내저었다.

"아, 아니, 그게 아니라! 아렌트 경이 그러실 리 없죠! 저희는 믿고 있습니다!"

"웃기지 마, 이 자식아."

시튼을 한 대 쥐어박는 시늉을 한 아렌트가 쯧 혀를 찼다.

"심부름이나 제대로 해. 다녀온 다음에 나한테 보고하고."

"히히. 네. 알겠습니다."

머쓱하게 웃은 시튼이 고개를 끄덕였다. 에녹과 로지 역시 장난스럽게 씨익 미소 지었다.

용건을 끝낸 아렌트는 그제야 걸음을 돌려 생활관으로 복귀했다.

생활관 내부는 꽤 조용했다. 최소한의 인원만을 남겨 둔 채 대부분이 구울 토벌 업무에 동원된 탓이었다.

"피곤해 죽겠네, 진짜."

아무도 듣지 못할 말을 혼자 투덜대며, 아렌트는 제 방으로 돌아갔다.

책상 위에는 그가 자리를 비운 틈에 쌓인 보고서와 온갖 우편물들이 가득했다.

겉옷만 대강 벗은 아렌트는 곧장 서신들을 확인했다. 하지만 대부분 지금껏 받아 온 것과 똑같은 소식들뿐이었다.

영 마음에 들지 않는 결과물이었다.

'하긴, 드래곤도 어쩌지 못하는 상황이니.'

조바심 내 봤자 무의미했다.

모두가 최선을 다하고 있다는 것만큼은 사실이니까.

비관적인 내용을 담은 서신을 대강 던져 버리고, 아렌트는 미간을 꾹꾹 눌렀다.

'성녀는······.'

신체가 죽더라도 기억과 자아를 고스란히 지닌 채 다시 이 땅에 돌아온다고 했다.

그렇다면 당장 전쟁에서 승리한다더라도 언젠가 돌아올 가능성은 충분히 있었다.

'체르니온이 완전히 소멸하는 게 아닌 이상, 반드시 그렇게 되겠지.'

아렌트는 의자에 기댄 채 살짝 눈을 감았다. 뒤늦게 가벼운 피로가 몰려온 탓이었다.

그대로 잠깐 졸음에 빠지려는 찰나.

쾅쾅쾅!

다급히 문을 두드리는 소리에 그는 다시 눈을 뜰 수밖

에 없었다.

"아렌트 경! 아렌트 경, 계십니까?"

"……에이, 씨."

미간을 몇 번 꾹꾹 누른 뒤 자리에서 일어난 아렌트가 문을 벌컥 열었다.

"갑자기 뭐야?"

문 앞에 서 있는 자는 황성의 치안 업무를 전담하는 치안대 대장이었다.

날카롭기 그지없는 반응에 그의 얼굴이 새파랗게 질렸다.

"그, 쉬시는데 죄송합니다! 당장 급히 지원을 부탁드릴 분이 아렌트 경뿐이라……."

심상치 않은 단어가 묘하게 거슬려, 아렌트가 인상을 찌푸렸다.

"지원?"

당장 라이오스는 자리를 비우는 중이었고, 2기사단 역시 근처에 파견을 나간 상황이었다.

남은 기사들은 얼마 안 되는 인력으로 업무에 매달리느라 눈코 뜰 새 없었다.

그런 상황에서 외부인의 출입이 엄격히 금지된 생활관까지 직접 왔다는 건, 심상찮은 일이 벌어졌다는 의미였다.

"뭔데?"

"대신전 앞에 소동이 벌어졌습니다."

그제야 약간 안도한 치안대장이 급하게 보고를 시작했다.

"소동?"

"현재 치안대가 진압을 시도하고 있는데, 아무래도 상황이 심상찮아서……."

쿵!

아렌트가 주먹으로 열린 문을 신경질적으로 내려쳤다. 잔뜩 긴장해있던 그가 소스라치게 놀라며 물러서자 아렌트가 짜증스레 쏘아붙였다.

"빙빙 돌려 말하지 말고 똑바로 보고해. 어떻게 심상찮은지, 왜 너희들 선에서 정리를 못 한다는 건지 말을 하라고."

"그것이, 대신전을 향해 돌이나 썩은 계란을 던지는 등……. 무력으로 제압을 해도 전혀 물러설 기미가 보이지 않습니다. 거기에 그들을 직접 응징하려는 신자들 사이에서 폭력 사태가 벌어졌습니다."

치안대장이 횡설수설하면서도 빠르게 말을 이었다.

"게다가 체포한 몇몇 이들의 눈빛이……. 뭐라 말씀드려야 할지 모르겠지만, 꼭 텅 빈 것처럼 보입니다. 그래서 혹여 체르니온 교단이 개입한 것이 아닌가 하고……."

대답하기 전, 아렌트는 치안대장부터 빠르게 아래위로 훑어보았다.

그는 대신전에서 벌어진 일에 관해 개망나니, 신성모독자로 소문난 아렌트에게 도움을 청해야 하는 이 상황에서 심하게 긴장한 채였다.

심지어 그는 신전 출입을 금지당한 상태니, 지원 요청에 응해 줄지도 확신하지 못한 듯했다.

호흡도 자연스러웠고, 시선을 어디에 둘지 몰라 혼란스러워하는 꼴 역시 연기하거나 조종당하는 것처럼 보이지는 않았다.

한 번 혀를 찬 아렌트는 잠시 던져뒀던 검을 챙기고 겉옷을 다시 걸쳤다.

"안내해."

"예? 예!"

아렌트의 간결한 대꾸에 그가 눈에 띄게 안도하며 고개를 끄덕였다.

앞장서는 그를 빠른 걸음으로 따라나서며 아렌트는 미간을 구겼다.

조금 전, 꼬맹이들에게 대신전으로 가라는 심부름을 시킨 참이었다. 그리고 지금은 그 녀석들이 잠시 교대 휴식에 들어갈 시간이었다.

'쓸데없이 부지런한 녀석들이니까.'

시종들이 소동에 휘말렸을 가능성이 아예 없지는 않다는 뜻이었다.

* * *

 대신전 주변에 가까워질 무렵, 시튼과 로지, 그리고 에녹은 평소와 달리 근처가 매우 소란스럽다는 것을 알아차렸다.
 "사기꾼 집단 같으니!"
 "죽은 사람들에게 사죄해라! 정의로운 척하더니, 악신과 결탁해서 우리를 가지고 놀았다고?"
 눈을 휘둥그레 뜬 로지가 두 사람을 돌아보았다.
 "이게 무슨 소리예요?"
 "싸움이라도 났나?"
 에녹이 살며시 미간을 찌푸리며 두리번거렸다. 치안대원들이 급하게 소리가 나는 쪽으로 달려가는 모습도 심상찮게 보였다.
 아렌트가 건네준 꾸러미를 소중히 끌어안은 시튼이 찜찜하게 대답했다.
 "요즘 이래저래 불안한 상황이니까……. 황성도 그저 평화롭지만은 않지."
 "방금 악신이라는 말이 들린 것 같은데."
 치안대원들이 달려간 곳을 응시하며 중얼거린 에녹이 로지의 손을 더욱 꼭 잡았다.
 "대신전 쪽이지?"
 "그렇긴 한데……."

그의 물음에 시튼이 애매하게 고개를 끄덕였다.

"보통 대신전 입구부터는 소란을 피우지 않는 게 상식이잖아."

일단은 가 보지 않으면 알 수 없는 일이었다.

세 사람은 아까보다도 한층 더 조심스러워진 걸음으로 목적지를 향해 다가가기 시작했다.

대신전과 가까워질수록 들려오는 소란은 더욱 커져만 갔다.

어쩐지 예감이 좋지 않았다.

대신전 입구로 이어지는 광장에 들어섰을 때.

세 사람은 그대로 얼어붙고 말았다.

"감히 루체 님을 모욕하다니, 신께서 두고 보지 않을 거다!"

"천벌 받을 새끼들! 지옥에나 떨어져!"

상상도 못 한 광경이 눈앞에 펼쳐졌다.

루체를 향해 욕설을 퍼붓거나 오물을 던지는 사람, 신성모독이라며 악을 쓰며 주먹을 휘두르는 사람, 싸움을 말리려 끼어들었다가 덩달아 말려든 사람들까지.

전쟁통이 따로 없는 모습이었다.

"저, 저게 뭐야……?"

에녹이 저도 모르게 질린 목소리로 중얼거렸다.

하지만 시튼도 거기에 대답해 줄 수 있는 상태가 아니었다. 그저 반사적으로 자신과 에녹 사이에서 굳어 버린 로지를 뒤로 물러서게 했을 뿐이었다.
"멈추십시오! 진정하세요!"
"여기에서 이러시면 안 됩니다, 여긴 대신전입니다!"
 치안대가 어떻게든 제압해 보려 하고 있었지만, 이미 폭동으로 번진 상황은 이미 말로 해결해 볼 수 있는 단계가 아니었다.
"꺼져! 신전의 개들 같으니!"
"당신들도 저 신성모독자와 한패냐? 이 손 안 놔?"
 오히려 이성을 잃은 사람들은 치안대원들까지도 공격하려 들었다.
 치안대원들은 그저 쩔쩔맬 수밖에 없었다. 민간인들을 상대로 검을 뽑을 수는 없는 노릇이었으니까.
 심지어는 신관들마저 뛰어나와 어떻게든 사태를 진정시켜보려 했다.
 하지만 그들은 치안대원들이 떠미는 손에 다시 신전으로 돌아가야만 했다.
 지금 당장 신전에 항의하는 사람들의 눈에 띄었다가는 어떻게 될지 알 수 없던 탓이었다.
"……어떻게 해요?"
 그때, 두 사람 뒤에 숨어 있던 로지가 문득 입을 열었다.
 목소리에서는 두려움이 고스란히 묻어나고 있었지만, 그녀의 눈동자는 염려를 가득 담은 채 대신전의 입구를 보고 있었다.

"이러면 대신전으로 못 들어가잖아요. 대신관님께 물건을 전해 드려야 하는데……!"

"그러게."

에녹이 시원찮게 대답하면서 로지를 다시 자신의 뒤로 이끌었다.

지금은 도저히 접근할 수가 없었다. 오히려 이곳에 오래 있다간 저기에 휘말릴지도 모를 판이었다.

하지만…….

"급한 용건이시겠지?"

에녹의 시선이 시튼이 꼭 쥔 꾸러미에 닿았다. 시튼은 저도 모르게 꾸러미를 쥔 손에 힘을 주었다.

"딱히 그런 말씀은 안 하셨지만……."

아렌트가 대신관에게 전해 달라 부탁한 물건이니, 보통 용건은 아닐 것 같았다.

물론 정말로 시급하고 중요한 이라면 아렌트가 시종인 자신들에게 심부름을 맡길 일은 없었겠지만, 그래도 세 사람은 일말의 가능성을 떨쳐 낼 수가 없었다.

한참을 고민하던 시튼이 시원찮게 답을 내어 주었다.

"일단 상황을 보고 좀 진정되면 움직일까?"

"하지만, 그럴 시간 없어. 저녁부터는 다시 업무로 돌아가야 하잖아. 차라리 내일 오전에 오는 게 낫지 않아?"

에녹이 인상을 찌푸리자 로지가 끼어들었다.

"내일은 또 아렌트 경이 황궁에 안 계실지도 몰라요. 오늘도 며칠 만에 간신히 쉬러 오신 건데."

"하지만 괜히 객기 부리는 것도 좀······."

시튼이 꺼림칙한 눈으로 사람들을 보았다.

폭력 사태에 휘말렸다가는 아렌트가 맡긴 소중한 물건을 잃어버리거나 망가뜨리게 될지도 몰랐다.

게다가 함부로 움직였다가 다치는 것도 아렌트가 원하는 일은 아닌 것 같았다.

거기까지 생각이 다다른 시튼이 결론을 내렸다.

"일단 여기서 멀어지자. 조금 기다려 보다가 사태가 진정되면 들어가고, 아니면 그냥 내일 다시 오는 거야."

"그래도 괜찮아? 혹시 급하신 거면 어쩌려고."

그러나 에녹은 여전히 걱정스러운 눈치였다.

"으음······."

시튼 역시 확실하게 답을 내어 주지 못하고 다시 소란이 벌어지는 곳을 바라보았다.

그때.

"이 녀석들아."

약간 차가운 손이 시튼의 어깨를 꾹 눌렀다.

"급하고 뭐고······."

시튼이 화들짝 놀라 뒤를 돌아보려 했다. 하지만 채 그러기도 전, 퉁한 목소리가 먼저 들려왔다.

"저런 꼴을 봤으면 당장 뒤돌아서 뛰어야지, 여기서 뭐

하는 거야?"

퉁명스럽지만, 명백히 걱정을 담아낸 한 마디였다.

퍼뜩 정신을 차린 시튼이 눈을 휘둥그레 떴다.

"아, 아, 아렌트 경!"

"빨리 황궁으로 돌아가기나 해."

시튼을 뒤로 밀친 아렌트가 그들을 스쳐 지나가며 덧붙였다.

"다음에 또 이러면 두 번 다신 심부름 안 시킬 거다."

"잠깐, 잠시만요, 아렌트 경!"

시튼이 황급히 그를 붙잡으려 했지만, 아렌트는 성큼성큼 계속해서 걸음을 옮길 뿐이었다.

세 사람은 아렌트의 뒷모습을 얼빠진 눈으로 지켜보았다.

아렌트는 마치 산책이라도 하는 느긋하게 다가가 폭동이 일어난 현장 몇 걸음 뒤에서 멈춰섰다.

서로 머리채를 쥐어뜯고 싸우느라 정신없는 사람들은 아렌트가 나타난 것도 아직 눈치채지 못한 것 같았다.

"흠."

아렌트가 허리를 짚고 비스듬히 섰다.

마치 남 일을 구경하듯, 아수라장을 지켜보는 두 눈은 그저 무심하기만 했다.

아무리 그리고 해도 민간인들이 한꺼번에 폭동을 일으키는 지금 같은 상황을 혼자 어떻게 해 보긴 쉽지 않을 것 같았다.

세 사람이 초조한 마음을 부여잡고 그를 지켜보는 찰나.

스릉.

견습 기사가 조용히 검을 뽑았다.

"어?"

동시에 입에서 얼빠진 소리가 튀어나왔다.

매끄럽게 검집에서 빠져나온 검이 늦은 오후의 햇빛을 반사하며 번뜩였다.

치안대원들이 뒤늦게 뭔가가 잘못되었다는 걸 알아차린 순간, 검면이 새하얗게 얼어붙었다.

"한심하긴."

콰아아앙!

아렌트가 가볍게 휘두른 검이 근처 분수대를 박살 냈다.

"……."

휘이이잉.

차가운 바람이 주변을 휩쓸었다.

새하얀 서리가 햇살을 품고 반짝이며 허공에 흩어졌다.

루체 신상으로 아름답게 치장되어 있던 분수대는 원형을 찾아볼 수 없을 정도로 산산 조각났다.

허리가 반 토막 난 루체 신상의 머리가 파편 속에 거꾸로 처박힌 모습이 특히나 인상적이었다.

 콰아앙!

 아렌트는 검을 한 번 더 휘둘러 신상을 완전히 가루로 만들어 버렸다.

 "신성모독이라면 이 정도는 해야지."

 순식간에 조용해진 사방에 아렌트의 목소리만이 선명히 울려 퍼졌다.

 "고작 주먹다짐 정도로 되겠어?"

 툭.

 누군가가 멱살을 잡고 있던 손을 놓았다.

 서로 싸우던 사람, 루체를 욕하던 사람, 그들을 말리던 이들과 걱정스레 바라보던 구경꾼, 치안대원들까지.

 너나 할 것 없이 파괴 행각을 벌인 견습 기사를 넋이 나간 채 바라보았다.

 소동이 순식간에 잠잠해진 것은 두말할 것도 없었다.

 "와……."

 시튼이 저도 모르게 신음을 흘렸다. 멍하니 있던 에녹 역시 입술을 달싹였다.

 "하긴, 원래 저런 분이셨지……."

 "멋지다……."

 그리고 마지막으로 로지가 터뜨린 감탄에, 시튼과 에녹은 기함을 터뜨릴 수밖에 없었다.

 꼬맹이들이 그러는 사이, 아렌트는 느긋하게 검을 갈무

리했다.
 시선을 끄는 데는 역시 깽판만큼 효과적인 건 없었다.
 '아렌트 폰 에크하르트'라는 이름을 앞세워 누릴 수 있는 특권이기도 했고.
 어딘가의 황태자가 좀 속 쓰려 하겠지만, 그거야 알 바 아니었다.
 "다들 동작 그만……. 이라고 말하려고 했는데, 이미 멈춰 있군. 좋아. 그대로 대기해. 야, 치안대장."
 갑자기 호명 당한 치안대장이 소스라치게 놀랐다.
 "예, 예!"
 "네 멍청하고 쓸모없는 부하들 시켜서 이 주변부터 통제해. 구경꾼들 전부 해산시키고."
 아렌트는 성큼성큼 걸음을 옮겨 얼어붙은 사람들을 향해 다가갔다.
 "체포된 놈들 말이야. 동태 눈깔이었다고 했던 거."
 "예, 예!"
 "당연히 신원은 확인했겠지?"
 아렌트의 물음에 치안대장이 황급히 대답했다.
 "예! 확인했습니다. 전부 근처에 사는 주민들로……. 바로 어제까지 평범하게 생활하던 이들이었습니다."
 그렇다면 단시간에 바꿔치기당했을 가능성은 없다 봐도 될 터였다.
 어쩌면 체르니온의 숨은 신도일 가능성이 있었다.

눈빛이 탁해진 건 이리스가 가진 '므네모시네의 숨결'이 발휘한 효과일지도 몰랐다.

그런 생각을 하며, 아렌트는 가장 가까이에 선 한 남자의 앞에 바짝 다가섰다.

"히익……!"

갑자기 거리가 좁혀지자 사람들은 급하게 물러서려 했다.

"움직이지 말라고 했을 텐데?"

그러나 싸늘한 음성이 그를 잡아챘다.

"내 허락 없이 자리를 벗어나면 황실 기사단의 권한으로 즉결 처분할 거다. 그 자리에서 대기하도록."

온기라고는 전혀 느껴지지 않는 목소리에 사람들은 그 자리에 얼어붙고 말았다.

젊은 견습 기사는 사내를 자세히 살폈다. 마치 사냥개가 산짐승의 냄새를 맡는 것 같은 모습이었다.

확인을 끝낸 아렌트가 사내의 어깨를 툭 쳤다.

"돌아가."

"……예?"

"당장 꺼지라고. 싸움박질에 대해서는 죄를 묻지 않을 테니."

잠깐 눈치를 살피던 사내가 후다닥 자리를 벗어났.

아렌트는 더 이상 그에게는 시선조차 주지 않고 다음 사람을 살피기 시작했다.

서리 어린 손길의 효과는 이미 사라졌지만, 광장에는 그에 준하는 불온한 냉기가 흘렀다.

몇 차례고 같은 과정이 반복될수록, 사람들은 더욱 긴장할 수밖에 없었다.

지켜보던 치안대원들 역시 마른침을 꿀꺽 삼켰다.

그리고 마침내 아렌트가 한 사람 앞에 우뚝 걸음을 멈췄다.

"……."

특이할 것 하나 없는 옷차림도 평범했고, 외모 역시 별다를 것 없는 중년 남자였다.

아렌트가 한참 동안 가만히 내려다보기만 하자, 그가 불안하게 물었다.

"기, 기사님. 무슨 문제라도……."

"뭐어."

하지만 거기에 답을 내어 주는 대신, 아렌트는 자신의 턱을 짚으며 남자를 아래위로 더욱 꼼꼼하게 살필 뿐이었다.

얼마나 시간이 지났을까.

"문제라면 문제라고 해야 하나."

드디어 아렌트의 입에서 무심한 목소리가 흘러나왔다.

"너희들은 이전부터 영 발전이 없군. 연기가 어설퍼."

"예?"

다소 뜬금없는 말에 사내가 되물었다. 지켜보던 이들

역시 의아해진 것은 마찬가지였다.

"표정은 제법 잘 따라 했다만……. 호흡이랑 시선 처리도 신경 썼어야지."

뒤따라온 한 마디에 순간 사람들은 아연해지고 말았다.

"명심해. 겁먹은 연기를 할 때는 말이야. 호흡을 좀 더 불규칙하게 내쉬면서."

쿡.

아렌트가 손가락으로 남자의 가슴팍을 찔렀다.

"가슴으로 얕게 숨을 쉬어. 그렇다고 너무 과장되게 굴지는 말고. 방금까지 싸움판 한가운데에 있던 사람이라는 설정이니까 더 신경 써야지."

고개를 비스듬히 기울인 아렌트가 비릿하게 웃었다.

"사이비 새끼 주제에 눈을 똑바로 치뜨는 것도 삼갔으면 좋겠는데. 개인적으로 기분이 참 더러워서."

"……."

주변 온도가 급격히 떨어지며, 두 사람 주변에 서리가 앉기 시작했다.

쩍. 쩌적.

견습 기사가 밟고 선 곳을 기준으로 극한의 냉기를 품은 서리가 점점 영역을 넓혀갔다.

아렌트가 짧게 툭 내뱉었다.

"뭐 해? 안 튀고."

그건 앞에 있는 사내가 아닌, 주변을 둘러싼 다른 이들을 향한 말이었다.

사람들은 본능적으로 깨달았다.

지금 당장 도망치지 않으면 죽는다.

위기를 직감한 치안대장이 소리 질렀다.

"모두 피해라!"

거의 동시에, 평범한 척하던 사내의 외견에 이변이 생기기 시작했다.

아렌트를 똑바로 노려보던 눈이 흰자위마저 남기지 않고 형형한 붉은색으로 물들었다.

마치 구울들을 불러내던 소환석처럼.

"그림자가 고개를 들 때……."

씨익 웃으며 읊조리는 사내의 몸이 순식간에 부풀어 오르기 시작했다.

"거짓된 정의, 더러운 빛은 힘을 잃게 될 것이다."

저주와도 같은 그 한마디를 끝으로.

콰아아아앙!

거대한 폭발음이 주변을 휩쓸었다.

5장. 어쩌면 가장 사소한 것이

어쩌면 가장 사소한 것이

"꺄아아아악!"

"모두 대피하십시오! 여기에서 최대한 멀리 떨어져요!"

주변이 순식간에 아수라장이 되었다. 뒤엉켜 싸우던 사람들은 당장 뒤돌아서서 정신없이 도망치기 시작했다.

에녹은 반사적으로 로지를 껴안으면서도 폭음이 들려온 중심지, 아렌트가 있는 곳을 급히 확인했다.

"아렌트 경!"

소리가 어마어마하게 컸던 것치고, 주변 피해는 크지 않았다.

아렌트가 혼자서 폭발을 막아 냈다는 뜻이었다.

"……!"

세 사람은 아렌트가 있던 자리에 반투명한 결계가 형성

되었다는 사실을 깨달았다.

딱 아렌트가 일으킨 서리가 내려앉은 범위였다.

반구 형태의 보호막 안은 자욱한 먼지가 가득했다.

몇 초 후, 콰앙!

다시 한번 폭음을 내며 결계가 해제되었다. 먼지가 바람에 흩어지고, 드디어 내부 모습을 확인할 수 있었다.

그들이 염려한 것과 달리, 아렌트는 털끝 하나 다치지 않은 상태였다.

하지만 그의 주변 바닥은 반파된 데다, 정체불명의 붉은 점액질과 파편으로 엉망이었다.

세 사람은 잠시 시간이 흐른 뒤에야 끈적한 빨간색 물체의 정체를 깨달았다.

방금 불길한 말을 내뱉은 남성의 잔해였다.

"헉……!"

로지가 숨을 삼키며 뒤로 물러섰다. 에녹의 옷깃을 꽉 붙잡은 손이 백지장처럼 하얗게 질려 있었다.

하지만 아렌트는 아무런 표정 변화도 없이 살점들을 바라볼 뿐이었다.

"성가시게 구는군."

짧게 투덜거린 그가 다시금 서리 어린 손길의 힘을 끌어올렸다.

그와 동시에, 흩어진 살점들이 꿈틀거리며 예고 없이 아렌트의 발 아래에 새빨간 마법진이 피어났다.

구울들이 소환되려는 조짐이었다.

어떻게든 그 전에 저지해 보려 했지만, 이 상태가 되면 더 이상 소환을 막을 방법은 없었다.

"치안대장! 주변을 봉쇄해. 그리고 너희들은 우선 사람들을 대피시킨 뒤 주변을 포위해서 방어선을 구축해. 나는 상관 말고, 민가로 향하려는 놈들을 막아."

"예? 하지만 혼, 혼자서 괜찮으시겠……."

"두 번 말하게 하지 마. 방해하지 말라는 뜻이다. 한 놈은 황궁으로 가서 기사단한테 지원을 요청해."

싸늘한 목소리에 치안대장은 아연해지고 말았다.

방금 눈으로 본 광경부터 주변에 내려앉은 서리, 그리고 이런 상황에도 기이할 정도로 침착한 어린 기사까지.

모든 것이 다 비현실적으로 느껴졌다. 멍하니 선 그를 향해 아렌트가 다시 한 번 명령했다.

"알아들었으면 당장 꺼져."

"예, 예!"

그제야 퍼뜩 정신을 차린 치안대장이 몸을 빙글 돌렸다.

아직도 그 자리에 못 박힌 듯 서 있는 시종들에게 달려온 치안대장이 세 아이의 등을 마구 떠밀었다.

"여기서 뭐 하고 있어! 빨리 집에 가! 얼른!"

"어엇……!"

질질 끌려나가면서도 세 아이들은 못내 미련이 남아 뒤

를 돌아보았다.

그들이 마지막으로 본 모습은, 불길한 마법진에서 하나둘씩 인간과 비슷한 무언가가 서서히 몸을 일으키는 것을 무표정하게 응시하는 아렌트였다.

"키에에에에엑!"

소환진에서 완전히 몸을 일으킨 구울이 하늘을 향해 비명을 내질렀다.

지클린이 사망한 영향으로, 괴물체나 짐승들을 아무렇게나 조합한 기이한 모습들보다는 초기에 발견되었던 인간형 구울들과 흡사한 모습들이었다.

'하지만 같은 개체라고 하기에는······.'

아렌트가 슬쩍 인상을 찌푸렸다.

몸 전체가 썩은 형태를 하고 있던 놈들과는 달리, 지금 나타난 놈들은 마치 피와 근육이 서로 뭉쳐 인간의 형상을 만든 것 같은 모습이었다.

온갖 파견지를 돌아다니며 각양각색의 괴물들을 마주하던 아렌트도 처음 보는 개체였다.

"게에에엑, 크에에에엑!"

지금까지 소환진에서 비틀비틀 걸어 나온 놈들은 적어도 20체는 되어 보였다.

거기에 그치지 않고 소환진은 아직도 기분 나쁜 핏빛 구울들을 쏟아 내고 있었다.

아렌트는 인상을 찌푸리며 검을 다잡았다.

"하여튼, 악취미적인 새끼들."

다행히도 치안대장이 발 빠르게 움직여 준 덕분에 주변은 텅 비어 있었다.

넋이 나간 채 입구에서 지켜보던 신관들 역시 퍼뜩 정신을 차리고는 부랴부랴 신전 문을 폐쇄하기 시작했다.

아렌트는 그중에서 낯익은 신관을 발견했다.

마지막으로 문이 닫히기 전, 그와 눈을 마주친 벤노가 움찔했다. 하지만 그것도 잠시, 벤노 신관이 고개를 깊이 숙여 보였다.

무운을 빈다는 뜻이었다

쿠우웅.

그것을 마지막으로 대신전이 완전히 폐쇄되었다.

드디어 보는 눈이 없어지자, 아렌트가 짧게 투덜거렸다.

"이 빌어 처먹을 놈들은 어째 하루도 쉴 틈을 안 줘."

그러나 길게 불평할 생각은 없었다. 딱히 의미도 없었고.

지금 당장 수행해야 할 역할은, 저 빌어 처먹을 것들을 여기에서 치워 버리는 것뿐이었다.

"케에에에엑!"

구울들이 원한 실린 비명을 지르며 아렌트를 향해 쏟아지기 시작했다.

아렌트는 강하게 마력을 운용하며 그에 응대했다.

어쩌면 가장 사소한 것이 〈233〉

이내 새하얀 서리 폭풍이 대신전 앞 광장을 휩쓸었다.

* * *

"……."
"……."

누구 하나 쉽게 입을 여는 사람이 없었다. 칸타레스와 제레온의 어처구니 없다는 시선이 아렌트에게 닿아 있었다.

그리고 라이오스는 그저 괴로운 듯 얼굴을 손에 파묻고 있었다.

"뭘 그렇게 보십니까? 잘생긴 사람 처음 봐요?"

늘 그랬듯 뻐딱한 대답이 돌아왔다. 제레온이 드물게도 골치 아파 죽겠다는 표정으로 대답했다.

"아렌트 경의 얼굴이 절반쯤 붕대에 감겨 있지 않았더라면 동의할 수 있었을 것 같습니다만……."

"괜찮아요. 그래도 잘생겼으니까."

아렌트가 뻔뻔하게 어깨를 으쓱했다.

하지만 동상 때문에 붕대로 꽁꽁 감싸인 손끝, 구울에게 물어뜯긴 상처 때문에 제대로 움직이지도 못하는 한쪽 팔로는 영 설득력이 없는 것도 사실이었다.

이런저런 공식적인 보고를 듣기 전, 칸타레스가 우선 물었다.

"……그걸 진심으로 혼자 막을 생각이었냐? 너 돌았어?"

"하지만 해냈죠? 뭐 문제 있습니까?"

"……."

"자리에 아무도 없었는데 뭐 어쩌라고요. 불만 있으면 더 빨리빨리 움직였어야죠."

뭐라 할 말이 없었다.

모두가 입을 다물어 버린 가운데, 르웰린이 힐난의 시선을 보냈다.

"잘하는 짓이다. 조금만 더 늦었으면 잘생긴 얼굴은 고사하고, 그 팔은 영원히 못 쓰게 됐을걸."

"제때 튀어 왔잖아. 그럼 된 거지."

아렌트가 뻔뻔하게 대꾸했다.

마침 3기사단 생활관을 찾은 르웰린은 급하게 달려온 치안대원을 마주쳤다.

그리고는 상황을 전달받고서 황궁에 남아 있던 몇 안 되는 엘프 전사들과 세일럼을 동원해 대신전 앞으로 달려가 지원에 나섰다.

거기에 상단에서 대기하던 워렌까지 가세하고 난 뒤에야 그들은 가까스로 현장을 정리할 수 있었다.

관자놀이를 꾹꾹 누르던 칸타레스가 물었다.

"부상은?"

"심각하지는 않습니다. 렉시온 님이 돌아오시면 말끔

하게 나을 수 있어요. 망할 드래곤이 오늘따라 자리를 오래 비우네요."

"제발 부탁인데, 마차 수리하듯 말하지 말아 줄래?"

르웰린이 투덜댔다.

"저 자식 빼고는 다친 인원은 없습니다. 황궁에 남아 있던 엘프 전사들 대부분이 궁수였거든요. 저도 그렇고."

"그렇다면 다행이지만……. 왕자도 어지간하면 직접 현장에 달려가는 일은 삼가 주시면 감사하겠습니다. 왕자는 우리 제국의 전투 인력이 아니시잖습니까."

골치가 아파 죽겠다는 투를 고스란히 담아낸 황태자의 대답에, 르웰린이 머쓱하게 입을 다물었다. 라이오스가 고개를 숙였다.

"제가 조금 더 빨리 복귀했어야 하는데, 죄송합니다."

"죄송하고 나발이고, 잡설은 이만 됐으니 논의부터 하시죠."

아렌트가 짜증스레 말했다.

"저 지금 굉장히 피곤한 상태라, 빨리 가서 자고 싶거든요."

"……에휴."

한숨을 푹 내쉰 칸타레스가 손을 휘휘 내저었다.

"순서대로 이야기해. 시작은 사람들의 폭동이랬지?"

"네. 황성에 숨어서 멀쩡히 일상생활을 하던 체르니온 교단의 신도들이 시발점이었대요."

아렌트가 담백하게 답을 내어 주었다.

"두 패로 갈라져서 한쪽은 대신전 앞에서 물건을 던지는 등 소란을 피우고, 나머지 한쪽은 그들을 말리는 척하면서 사태를 키운 겁니다. 지나가는 사람들도 끌어들이고요."

그런 수법이 잘 통한 까닭은 물론, 라이오스와 신전이 갈라서며 혼란스러워진 민심 탓이었다.

"덕분에 멀쩡한 사람들도 꾹꾹 눌러 담던 불안감을 한꺼번에 터뜨려 버린 거겠죠. 싸움을 말린 뒤 군중 속에서 수상한 놈을 발견했는데, 놈이 갑자기 자폭하면서 구울들을 쏟아 냈고요."

아마 폭발로 아렌트를 죽일 생각이었겠지만, 그에게는 백작이 만들어 준 결계 팔찌가 있었다.

팔찌에는 두 개의 마정석 아티팩트가 달려 있었다.

하나는 워렌을 상대하기 위해 만들었던 것, 또 나머지 하나는 아인을 심문하기 위해 주변 마력을 완전히 차단해 버리는 용도로 만든 거였다.

아렌트는 자신의 몸을 지키기 위해, 그리고 소환을 저지하기 위해 두 개를 동시에 발동했다.

"마력 차단 결계로 소환을 저지해 보려고는 했습니다만, 안 통하더라고요. 역시 드래곤이 직접 개입한 마법을 막기에는 역부족인 것 같습니다."

아렌트가 살짝 인상을 찌푸렸다

"그리고 처음 보는 형태의 구울이 소환됐습니다. 그걸 구울이라고 해도 되는지는 잘 모르겠는데."

절규하는 모습들, 그리고 어떻게든 적을 죽이려 발버둥치던 움직임은 원한을 가지고 죽은 악귀에 더 가까운 것처럼 느껴졌다.

"일단은 하나하나가 꽤 강했어요. 완벽한 자아를 유지하는 신관들보다는 못하지만, 그렇다고 해서 살육만 갈구하는 괴물들이랑은 좀 다른 느낌이었습니다."

잠깐 곰곰이 생각하던 아렌트가 다시 천천히 입을 열었다.

"이번 사태에서 제가 유추해 낸 게 몇 가지 있는데요."

"말해."

칸타레스가 허락하자, 아렌트가 슬쩍 인상을 찌푸렸다.

"말씀 안 하셔도 그럴 겁니다."

"아오, 이 싸가지 없는 놈."

황태자의 추임새를 무시한 아렌트가 말을 이었다.

"우선 첫 번째. 놈들이 확보한 구울의 재료가 점점 떨어지는 것 같습니다. 더 강하게 만들려고 어떻게든 모습을 변형하거나 가공하려던 것과는 제법 다른 양상이에요. 이건 최근 황성 밖 현장의 경우와도 비슷하죠."

최근 발견되는 구울들은 점점 인간형에 더 가까워지고 있었다.

"두 번째. 오늘 나타난 것들의 재료는 분명 납치당한 피해자들일 겁니다. 그 사람들을 희생해서 구울과 호문쿨루스 사이의 뭔가를 만들어 낸 거예요."

"구울이랑 호문쿨루스 사이의 무언가라고?"

르웰린이 의아하게 물었다.

"호문쿨루스라고 하기에는 그리 강하지 않았는데."

"지클린이 없으니 더 이상 호문쿨루스를 만들어 낼 수는 없을 거야. 하지만 기술은 그대로 보유하고 있을 테지."

아렌트가 무심히 답을 내어 주었다.

"그리고 니케포르랑 이리스는 어느 정도 그것을 구현할 수 있는 능력이 충분해. 희생자들의 자아를 이용해서 모조 정령석을 만들어 내는 건 불가능하지만, 비슷한 기술로 어설프게 자아를 가진 인간형 괴물을 만들어내는 것쯤은 가능할 거야."

괴물들을 모아서 자아를 가진 호문쿨루스를 만드는 것다는, 인간들을 갈아 넣어서 비슷한 걸 재창조하는 편이 훨씬 쉬울 테니까.

"……있을 법한 이야기군. 그렇다면 오늘 나타난 개체들을 상대로 전투할 수 있도록 대비할 필요가 있어."

가만히 듣기만 하던 라이오스가 대답하자 아렌트가 고개를 간단히 끄덕여 주었다.

"그쵸. 뭐, 이것도 추측일 뿐이니 판단은 높으신 분들끼리 알아서 하시고. 그리고 마지막으로 제일 중요한 겁니다만. 사실 이건 굳이 제가 말하지 않아도 다들 아시겠죠."

멀쩡한 쪽 손을 주머니에 푹 찔러 넣은 아렌트가 툭 내뱉었다.

"아무래도 놈들이 움직일 준비를 마친 것 같습니다."

한없이 평탄한 어조였지만 그 안에 담긴 의미는 그렇지 못했다.

회의실 안이 순식간에 조용해졌다.

아렌트를 제외한 모두가 심란한 표정으로 입을 다물어 버린 탓이었다.

이 지루한 전쟁의 클라이맥스가 코앞까지 닥쳐 있었다.

* * *

보고를 마친 뒤, 아렌트는 회의실에 칸타레스와 라이오스를 남겨 두고 먼저 자리에서 빠져나왔다.

터덜터덜 생활관을 향해 걸어가자니 뒤에서 쫓아오는 인기척이 느껴졌다.

르웰린이었다.

바로 옆까지 따라붙은 르웰린이 아렌트의 보폭에 맞춰서 걷기 시작했다.

"어째 바람 잘 날이 하루도 없냐, 너는. 새벽에 돌아왔던 거 아니었어?"

아렌트가 그를 쳐다보지도 않고 시큰둥하게 대답했다.

"세상이 잘난 사람을 알아보는 거지."

"……딱히 부정은 안 하겠다만, 진짜 언제 들어도 굉장한 뻔뻔함인데."

"사실을 말하는 게 왜 뻔뻔한 건지 잘 모르겠다만."

쓸데없는 말을 주고받다 보니, 두 사람은 어느새 인적이 거의 없는 곳까지 다다르게 되었다.

"네 거처는 본궁에 있잖아. 왜 따라와?"

"산책."

짧게 대꾸한 르웰린이 잠깐 입을 다물었다.

"아버지랑 어머니가 돌아오라고 하시더라. 오늘 일을 들으셨나 봐."

일국의 왕자가 왕과 왕비를 부르는 데에 사용하기에는 지나치게 편안한 호칭이었다. 그러나 위화감은 전혀 느껴지지 않았다.

"그런데?"

"돌아가지 않겠다고 말씀드렸어."

덧붙이는 목소리가 사뭇 가볍게 들려왔다. 하지만 아렌트는 르웰린이 억지로 홀가분한 모습을 연기하고 있다는 것을 어렵잖게 알 수 있었다.

아직까지 마음속에 미처 덜어 내지 못한 일말의 망설임

이 남아 있는 것이다.

"……지금껏 황성 내부가 공격받은 일은 없어. 갑자기 놈들이 과감하게 나왔다는 건, 이제 거의 준비가 끝났다는 뜻이지."

아렌트가 무심하게 대답했다.

"네 마음대로 해. 개인적인 생각으로는 귀찮게 굴지 말고 돌아갔으면 좋겠다만."

"말하는 싸가지하곤 진짜."

눈을 사납게 치뜨는 르웰린을 향해 시선을 주며, 아렌트가 짧게 덧붙였다.

"네가 꽤 쓸모 있는 전력이라는 것도 사실이라. 그러니까 뜻대로 해."

"……."

예상치 못한 말에 르웰린이 멍청하게 눈만 몇 차례 깜빡였다. 아렌트는 다시 정면으로 고개를 돌렸다.

"제법 싸울 줄도 알잖아, 이젠. 어설픈 병사들이나 치안대원보다 훨씬 낫지. 시키는 일도 곧잘 하고, 세일럼 녀석이랑 연계도 나쁘지 않아."

무심한 듯 이어지는 칭찬에 르웰린의 눈이 점점 더 커졌다.

"하지만 아무리 그래도 전장에 밀어 넣을 수 있는 건 아니란 말이지. 칼리온 제국 사람도 아니고, 너한테는 돌아갈 곳이 멀쩡하게 있는데. 그러니까 네가 골라."

하지만 아렌트의 어조는 시종일관 평탄할 뿐이었다.

"참고로, 돌아갔으면 좋겠다는 건 빈말 아니다. 하지만 남겠다고 한다면 얼마든지 잘 써먹어 주지. 어느 쪽이든 권유하거나 강요할 생각은 조금도 없어."

"나는……."

뭐라 말하려던 르웰린이 다시 입을 다물었다.

또다시 한동안 침묵이 자리 잡았다. 조용한 정원에 두 사람의 나란한 발소리만이 새겨졌다.

그리고 잠시 후.

"……돌아가야겠지, 언젠가는. 하지만 지금은 아니야."

한결 가벼워진 어조가 들려왔다. 아렌트는 르웰린을 흘겨보았다.

"너도 고집 장난 아니게 센 거 아냐?"

"잘 안다, 이 자식아. 그리고 적어도 너한테 듣고 싶진 않아."

르웰린 역시 그를 곱지 못한 눈길로 마주보다, 이내 씨익 웃어 버렸다.

"자꾸 같은 말을 반복하는 꼴이라서 좀 미안하긴 하네. 그래도 어쩔 수 없어. 나도 사람이라."

"반복하면 한 번쯤은 생각이 바뀔 법도 한데 말이지. 그리고 에버란 왕국도 사정이 좋지 못한 것 같고."

이번 무차별 공격으로 에버란 왕국 역시 적지 않은 피해를 입었다.

게다가 왕국에는 구울들을 상대하는 데에 능숙한 인력도 많지 않았다.

아렌트가 어깨를 으쓱했다.

"왕국 내부에서 너를 비판하는 목소리도 작지는 않던데. 본국을 나몰라라한 채로 제국에 붙어 있다고."

노이만 상단의 정보상을 통해 들은 이야기였다.

르웰린이 고개를 끄덕여 긍정했다.

"뭐어, 안 그래도 그런 것 같더라. 제국에서 전장에까지 나선다는 소문도 퍼졌으니 더 그렇겠지."

"네 탐험가들은? 네가 왕자라는 거, 숨기고 있었잖아."

"눈치채고도 남았겠지. 하지만 별로 상관없어. 좀 놀라긴 했겠지만, 딱히 그런데 연연해할 녀석들도 아니고."

아무렇지도 않게 말했지만, 르웰린 역시 그 부분을 꽤 신경 쓰고 있었다.

자유로운 성정을 가진 이들이니, 귀족 사회의 정점에 속한 르웰린을 향해 불만을 드러낼 수도 있었을 것이다.

하지만 그들은 지금까지 사소한 의문조차 표하지 않고 묵묵히 르웰린의 의견을 따르고 있었다.

"잘됐네. 연합의 이름이 아니라 널 따른다는 거잖아, 그 녀석들은."

아렌트가 짧게 툭 내뱉었다. 그제야 르웰린이 다시 씨익 미소 지었다.

"뭐야? 오늘따라 왜 이렇게 후하냐?"

"난 빈말은 안 해."

"그러시겠지. 아주 대단하신 견습 기사 아렌트 경인데."

일부러 뚱하게 대답한 르웰린이 주머니에 손을 푹 꽂아 넣었다.

"켄드릭 단장도 최대한 빠르게 저쪽 전선을 정리하고 복귀하기로 했고. 이 상황에서 적들이 뜬금없이 다른 곳을 습격할 일은 없겠지."

"저쪽도 이제 저력이 슬슬 부족해지고 있을 테니, 그럴 여유는 없을 거야. 그렇다고 해서 이쪽이 여유롭다는 말은 죽었다 깨나도 못하지만."

너덜너덜한 모습으로 그리 말하는 아렌트를 보자니, 르웰린은 어쩐지 입맛이 써졌다.

"그나저나, 진심이야? 아까 회의에서 했던 말."

"하도 많이 지껄여서 뭘 이야기하는지 모르겠는데."

잠깐 주저하던 르웰린이 다시 말했다.

"그, 성녀를 죽여서는 안 된다는 거."

회의의 막바지, 아렌트는 다소 뜬금없는 화제를 꺼내 들었다.

단지 몇 차례 모습을 드러냈을 뿐, 아직도 정체가 거의 베일에 싸여 있는 성녀 이리스에 대한 거였다.

"애초에 몸을 바꿔 가면서 계속 살아간다는 게 가능한 건가?"

"성녀에 관한 정보를 풀어놓은 건 내가 아니야. 아인이지."

아렌트가 덤덤하게 대답했다.

"그리고 난 아인의 증언이 신빙성이 있다고 판단했고."

"순서가 바뀐 것 같은데. 루카인 왕궁 지하 신전에서 먼저 그 정보를 입수한 다음, 아인을 시켜서 그 사실을 불게 만든 거잖아. 지금 와서 그걸 의심한다는 건 절대로 아냐. 별 꼴을 다 보고 있는 와중에 삶을 거듭해서 살아가는 성녀쯤이야."

살짝 시선을 내리깐 르웰린이 말을 이었다.

"그런 이유 때문에 더욱 성녀를 살려둬야 한다는 게 어처구니가 없어서 그래. 반대한다는 게 아니라……."

뭐라 말해야 할지도 제대로 갈피가 잡히지 않았다.

아렌트는 그를 힐끗 보았다.

"생포하는 것보다 죽이는 게 더 쉽지. 게다가 체르니온의 신성력을 가진 성녀를 구금할 수 있는지도 의문이고. 그런 말을 하고 싶은 거 아냐?"

"어어, 그렇지."

르웰린이 떨떠름하게 고개를 끄덕였다.

심지어 드래곤마저도 어쩌지 못하는 존재가 바로 이리스였다.

'드래곤들은 신을 거스를 수 없으니까.'

이리스는 심지어 체르니온이 직접 고른, 인간이 임의로

선출하는 루체 신전의 대신관보다 더 큰 힘을 가지고 있었다.

"방법이야 있겠지. 없다면 만들면 되는 거고. 살려 둔 채 봉인하는 게 최선이겠지만……."

잠깐 뜸을 들인 아렌트가 덧붙였다.

"그게 불가능하다면 일단은 죽인 다음, 또다시 찾아내서 또 죽이면 그만이지."

르웰린이 멈칫했다.

어쩐지 섬뜩하게 들리는 한 마디였다.

어느 순간부터 황금색 눈동자가 얼음 칼을 벼린 것처럼 차가운 빛을 띠고 있었다.

하지만 아렌트는 자신이 살기를 드리우고 있다는 사실조차도 자각하지 못하는 것 같았다.

"그, 그러니까……. 일단은 생포에 주력하는 게 최선이라는 거지? 슈타들러 백작은 지금부터 거기에 관한 연구를 시작할 거고."

한참이나 얼어 있던 르웰린이 간신히 더듬더듬 말했다.

"그렇지."

아렌트가 양손을 주머니에 푹 찔러 넣은 채 시큰둥하게 말했다.

"상당히 들떠 있던데. 인간의 기술로 신의 뜻에 도전하는 것과도 마찬가지니까."

어쩌면 가장 사소한 것이 〈247〉

"……너도 너지만, 백작도 진짜 이상한 사람이라니까."

르웰린이 질린 소리로 대꾸하는 것을 흘려들으며, 아렌트는 가벼운 상념에 잠겼다.

밤공기가 유난히도 서늘했다.

* * *

똑똑.

조심스러운 노크 소리에, 신상을 가만히 만지며 생각에 잠겨 있던 루미엘이 고개를 들었다.

"들어와요."

"실례하겠습니다, 대신관님."

문이 열리고 조용히 들어온 사람은 벤노 신관이었다.

"쉬시는데 죄송합니다. 황궁의 시종 아이들이 찾아왔습니다. 대신관님께 꼭 전해 드려야 한다는 물건이 있다고 해서, 일단은 제가 대신 받고 돌려보냈습니다. 시간이 너무 늦어서요."

"잘했어요. 그나저나 시종 아이들이 무슨 용건으로요?"

루미엘이 의아하게 묻자 잠깐 주저하던 벤노 신관이 대답했다.

"그, 아렌트 경이 보내신 거라고 합니다. 대신관님과 저만 알고 있어야 한다고 신신당부를 하는 것을 보아하니 거짓은 아닌 듯했습니다."

"……."

순간 루미엘의 눈동자에 이채가 돌았다.

"전달해 주셔서 감사합니다, 벤노 신관. 물건을 가지고 왔다고요? 제게 주시겠어요?"

"괜찮으시겠습니까? 어쩌면 위험한 물건일지도……."

당혹스럽게 말을 잇는 그를, 루미엘이 단호하게 불렀다.

"벤노 신관."

"네, 네. 대신관님."

"오늘 아렌트 경께서 싸우는 모습을 똑똑히 보셨겠지요."

벤노는 한순간 말문이 막히고 말았다. 그를 똑바로 바라보며 루미엘이 또박또박 말을 이었다.

"작금의 표면적 관계가 좋다고 결코 말할 수 없을 테지만, 저는 아렌트 경께서 악의를 가지고 있지 않다고 확신합니다."

"……네, 대신관님."

한참 만에 벤노 신관이 고개를 끄덕이고는 그녀에게 작은 꾸러미를 내밀었다.

루미엘은 한 치의 망설임도 없이 물건을 받아 열어 보았다.

"……."

안에는 미묘한 빛을 품은 마정석이 있었다.

선명하게 마법진이 새겨진 모습에서, 루미엘은 그것이 아티팩트라는 사실을 어렵지 않게 알아차렸다.

아티팩트 위에는 짧은 편지 하나도 동봉되어 있었다.

"……그게 무언지 여쭤도 괜찮겠습니까?"

벤노 신관이 조심스럽게 물었지만, 루미엘은 말없이 편지를 꺼내 읽기 시작했다.

편지 내용은 간단했다.

이 물건은 텔레포트를 할 수 있는 아티팩트이며, 드래곤 렉시온의 힘으로 만들었다는 짧은 설명과 함께 아티팩트의 사용법이 적혀 있었다.

필체는 물론 아렌트의 것이었으며, 가장 하단에는 그가 즐겨 사용하는 서명이 새겨져 있었다.

바스락.

루미엘은 편지를 조심스럽게 접어 품어 주름진 손으로 소중히 쓸어내렸다.

"아렌트 경께서 보내신 선물입니다."

그리 대답하는 루미엘의 눈동자에는 부드러운 애정이 충만해 있었다.

마치 어린아이가 서툴게 엮은 꽃반지를 선물받은 평범한 노인처럼.

"대신관님께서는……. 언제나 아렌트 경을 어린아이 대하듯 하십니다."

잠깐 망설이던 벤노가 입을 열었다.

"저는 눈치 없고 둔하기 짝이 없는 사람입니다만, 그럼에도 이제 아렌트 경을 예전처럼 대할 수는 없습니다. 그렇게 하기엔, 그분은 너무……."

건방지다, 악하다. 그 정도로 설명할 수는 없었다.

주저하던 신관의 입에서 솔직한 말이 흘러나왔다.

"너무 이질적입니다. 솔직히 전 그분이 이제 두렵기까지 합니다."

아렌트가 아니었다면 대신전은 완전히 초토화되고도 남았을 것이다.

하지만 대신전은 그를 지원하기는커녕, 전투가 벌어지기 직전 매몰차게 대문을 걸어 잠가 버렸다.

대신전을 지키다가 부상당한 그를 치료해 주지도 않았다.

그런 와중에도 무덤덤하게 자신의 인사를 받아들이던 얼굴이 뇌리에서 떠나질 않았다.

시선을 내리깐 벤노 신관의 귓가에 루미엘의 목소리가 들려왔다.

"그럴지도 모르겠습니다. 저도 종종 그리 느꼈으니까요."

다시 고개를 든 신관은 꼭 먼 곳을 보는 듯, 창문 밖을 응시하는 루미엘을 발견했다.

"하지만 종종 저는 생각한답니다."

한동안 뜸을 들이던 루미엘이 덧붙였다.

"어쩌면 가장 사소한 것이, 다른 무엇보다도 중요할지도 모른다고요."

이 땅에서 인간은 한없이 약한 존재였다.

신과 가장 가까운 드래곤은 물론이고, 그나마 비슷한 종족인 엘프들과도 태생적으로 비교할 수 없는 격차가 있었다.

웨어 울프나 다른 소수 종족도 마찬가지였다.

그들에 비해서 인간은 마력을 품을 수 있는 양도 압도적으로 적고, 신체적 한계도 확실했다.

'그럼에도 영웅 칸의 대부터 인간이 언제나 앞장서 왔던 건……'

그 사소한 것 때문에 많은 것을 할 수 있는 존재가 인간인 탓일지도 몰랐다.

이 편지 역시 그랬다.

아렌트가 보낸 선물의 본질은 텔레포트 아티팩트 그 자체보다, 무뚝뚝한 듯 세심하게 설명을 써 둔 이 편지였다.

"아렌트 경은 특이하고, 괴짜인 데다 종잡을 수 없는 일을 하죠. 이따금은 섬뜩하게 보일 때도 있습니다."

신성모독자, 오만한 천재, 영웅의 오른팔. 황태자의 측근.

아렌트 폰 에크하르트를 수식하는 거창한 말들은 얼마

든지 많았다.

하지만 루미엘은 한참 전에 뒷전으로 밀려나 제대로 보이지도 않는 호칭을 아렌트의 이름 앞에 붙여주고 싶었다.

벤노와 시선을 마주친 루미엘이 부드럽게 미소 지었다.

"그러나 결국에는 정 많은 청년일 뿐이랍니다."

세상이 뒤집혀도 그 사실 하나만큼은 결코 변하지 않을 거라, 루미엘은 확신했다.

* * *

대신전 앞 폭동 사태가 벌어지고 난 며칠 뒤.

"휴가요?"

삼삼오오 모인 어린 시종들이 눈을 휘둥그레 떴다.

"이렇게 갑자기……. 말씀이십니까?"

자신에게 모인 시선을 고스란히 받아들이며, 시종장이 짐짓 아무렇지도 않게 말했다.

"최근 황궁이 안팎으로 소란스러우니, 재정비가 필요하시다는 황태자 전하의 명령이다. 우선은 아직 미성년인 너희들부터."

"재, 재정비라함은, 다시는 궁에서 일하지 못한다는 말씀이신가요?"

누군가가 겁에 질려 물었다.

다른 아이들 역시 비슷한 생각인 듯 얼굴이 창백해져 있었다.

그 모습을 본 시종장은 다소 누그러진 어투로 말했다.

"그럴 리가. 최근 정세가 어지러우니, 베테랑들을 위주로 재교육 및 다시금 기강을 바로잡기 위함이다. 너희들의 휴가 기간 동안에도 봉급은 똑같이 지급될 예정이니 걱정하지 마라."

"……."

그제야 안도한 듯, 아이들은 이곳저곳에서 한숨을 내쉬었다.

그러나 시튼과 에녹, 로지만은 예외였다.

왜 갑자기 자신들에게 황궁을 떠나라고 하는지, 그 이유를 본능적으로 깨달은 것이다.

퍼뜩 정신을 차린 시튼이 입을 열었다.

"저는……."

황궁에 남겠다고 말할 생각이었다. 하지만 시종장이 먼저 그를 불렀다.

"시튼."

덕분에 시튼은 그대로 얼어붙고 말았다.

시튼과 똑바로 눈을 마주치며, 시종장이 차분하게 말했다.

"에녹과 로지를 부탁한다. 두 사람은 갈 곳이 없으니, 너와 함께 갈 수 있도록 해 주면 좋겠다만."

"……."

시튼은 말문이 막혀 입술을 달싹였다.

도망치고 싶지 않았지만, 자신이 남겠다고 한다면 분명 에녹과 로지 역시 그리 말할 것이다.

자신을 두고 떠나라 한들, 시종장의 말대로 그들은 갈 곳이 없었다.

비교적 부유하게 자란 자신이나 다른 시종들과는 달리, 두 사람은 제대로 된 가족조차도 없으니까.

"……예. 물론입니다. 그렇게 할게요. 아버지도 반대하지 않으실 거예요."

한참 만에 시튼이 고개를 끄덕였다. 그러자 에녹이 작은 목소리로 급히 그를 불렀다.

"시튼!"

시튼 역시 목소리를 잔뜩 죽여 대답했다.

"우리가 여기에 있어 봤자 방해만 될 뿐이야. 그러니까 같이 우리 집으로 가자."

"……."

늘 그랬듯 다정했지만, 어떤 반론도 허락하지 않겠다는 듯 단호한 어조였다.

덕분에 에녹과 로지 역시 더 이상 항변하지 못했다.

시종장의 목소리가 이어졌다.

"그동안 각자 정진하며 스스로를 다듬는 것을 게을리하지 않도록. 황궁에서 일한다는 것이 어떤 건지 각자 공

부하고, 필요한 기술을 배우는 것도 괜찮겠지."

잠깐 뜸을 들이던 시종장이 천천히 덧붙였다.

"언젠가 다시 만날 날을 기대하마. 몸 건강히 잘 지내야 한다. 만약 돌아오고 싶지 않은 사람이 있다면 그대로 퇴직 의사를 밝혀도 괜찮아. 아무 이유도 묻지 않을 테니까."

영문을 모르는 시종 아이들도 분위기가 심상치 않음을 알아차리고는 입을 꾹 다물었다.

한참 만에 에녹이 입을 열었다.

"다음에 뵐 때는, 마냥 어린아이로 남아 있지 않을 겁니다. 그러기 위해서 최선을 다하겠습니다."

그의 팔에 매달린 로지는 거의 울기 직전이었지만, 시종장은 애써 외면했다.

'감사합니다, 전하.'

잔심부름을 할 일손이 부족해질 테니, 황궁은 한결 더 바빠질 터였다.

그러나 아무것도 모르는 아이들을 언제 싸움이 터질지 모를 곳에 남겨두는 것은, 어른으로서 할 짓이 못 되었다.

* * *

어린 시종들이 황궁을 떠나고, 상급 시종들 역시 희망

자에 한해 휴가를 받을 수 있도록 조치했다.

덕분에 황궁은 평소보다도 한결 더 조용해졌다.

"이럴 때는 빠르게도 움직이네요."

태연하게 책을 팔락팔락 넘기던 아렌트가 입을 열었다.

"엉덩이가 무거운 줄 알았더니, 그냥 게을러 빠졌을 뿐이었나 봅니다."

물론 그가 지칭하는 대상은 시종들이 아니었다.

소리소문없이 황궁에서 떠나 버린 귀족 관리들에 대한 거지.

"쓸데없는 피해를 줄이라고, 귀에 딱지가 앉도록 지껄인 건 너 아니었던가?"

그의 맞은편 소파에서 아서가 퉁명스럽게 대꾸했다.

아렌트는 여전히 책에서 시선을 떼지 않으며 답했다.

"그거야 그렇지만, 신성모독자니 제국의 안위를 위협하는 배신자니 하고 지껄이던 놈들이 누구보다도 먼저 꽁무니를 빼는 건 좀 아니꼬워서요."

"그 부분은 지극히 동감."

물론 황제나 황태자는 그들에게 책임을 묻지 않을 것이다.

당장 어떻게 될지 모르는 상황에 버티고 있어 봤자 무의미하다는 걸 잘 아는 탓이었다.

그러나 모두가 하나둘씩 안전한 곳으로 피신하는 와중

에도, 정작 황제는 황궁을 벗어나라는 칸타레스의 권유를 무시하고 있었다.

'이럴 때일수록 자신은 자리를 지켜야 한다는 건가.'

아렌트는 종이를 매만지며 가볍게 생각에 잠겼다.

그것이 지금껏 황제로서 누려온 특권과 권력에 대한 책임이라고 여기는 것일 터였다.

'그런 사람이니까.'

황제를 쏙 빼닮은 칸타레스 역시 같은 생각일 테고.

'기껏 만든 아티팩트가 무의미해지지나 않으면 다행이지.'

아까부터 읽지도 않던 책 뒤에서 살며시 미간이 찌푸려졌다.

황궁은 적들을 맞이할 준비에 한창이었다.

비전투원은 최대한 돌려보내고, 타국에 파견 나가 있던 이들을 불러들였다.

운반책은 물론 렉시온이 맡았고, 켄드릭과 엘프 전사들도 모두 복귀한 상태였다.

그러니 다른 이들이 지레 겁을 먹고 도망치는 것도 이상한 일은 아니었다.

이전 대신전 앞 폭동은 적들의 선전포고라는 결론이 내려졌다.

'전면전을 하자는 거겠지.'

황실의 저력을 황궁으로 모은 다음 일망타진하겠다는

뜻일 터였다.

칼리온 제국을 무너뜨리면 다른 왕국을 집어삼키는 것쯤이야, 그들에게는 어렵지 않을 터였다.

게다가…….

'그놈들한테는 공멸하는 것도 방법 중 하나일 테니까.'

이리스는 목숨을 잃어도 돌아올 수 있다.

성검의 선택을 받아야만 활동할 수 있는 루체의 영웅과는 사뭇 달랐다.

환생할 수 있는 게 언제, 어느 시대일지는 이리스 자신도 잘 모르는 것 같았다.

그러나 적어도 자신의 목숨을 바쳐 칼리온 제국을 짓밟아 둔다면 다음 삶에서 세상을 차지하기는 더욱 쉬워질 것이다.

신전에서 등을 돌린 사람들이 점점 늘어나는 지금, 제국마저도 패배한다면 더 이상 루체를 따르는 사람은 그리 많지 않을 테니까.

'전쟁에서 이긴다면…….'

루체 신을 완벽히 배제할 수 있을까.

대신전이 아직도 건재한 이상 쉽지 않을 것이다.

'애초에 지금 이 정도의 성과를 거둔 것도 기적이지.'

자신이 상상도 못 한 방향으로 일이 풀렸으니까.

아렌트는 책의 모서리를 매만지며 생각에 잠겼다.

"야."

그때, 문득 들려온 목소리에 아렌트는 정신을 차리고 고개를 들었다.

그제야 불안한 눈으로 이쪽을 바라보는 아서가 시야에 들어왔다.

"또 무슨 생각을 그렇게 하냐?"

"배고파서. 간식이 방에 있는데, 가지러 가기 귀찮습다. 좀 가져다주던가요."

불안감이 질색으로 바뀌는 데는 딱 대사 한 마디면 충분했다.

어처구니없이 그를 바라보던 아서가 한숨을 푹 내쉬며 몸을 일으켰다.

"난 리히트 선배랑 순찰간다. 어디 가지 말고 생활관 잘 지켜."

"내가 뭔 집 지키는 갭니까?"

"쫄랑쫄랑 돌아다니는 데엔 동네 똥개보다 더 일가견 있잖아. 어쨌든, 난 간다."

손을 휘휘 내저은 아서가 그대로 생활관을 빠져나갔다.

그제야 혼자 남게 된 아렌트는 한숨을 푹 내쉬며 소파에 몸을 파묻었다.

"하여튼 감만 좋아선."

연합국에서 지원이 필요한지 물어 왔지만, 칸타레스는 대부분 거절했다.

물론 아렌트 역시 그 결정에 동의했다.

'도움이 안 될 테니까.'

제국이 온전히 감당하지 못할 적이라면, 연합국의 지원군이 얼마나 오든 무의미할 것이다.

당장 치울 시체나 늘어날 뿐이겠지.

얼핏 오만하다고도 할 수 있는 판단이었지만 그게 현실이었다.

'성검의 푸른 기사'에서 라이오스가 모든 짐을 짊어진 꼴은 가까스로 피했다.

그러나 제국과 다른 왕국의 저력이 크게 차이가 난다는 건 부정할 수 없는 사실이었다.

고개를 젖힌 아렌트는 반짝이는 샹들리에를 멍하니 올려다보았다.

'끝이 나려나.'

이곳은 무대이면서, 동시에 무대가 아니다.

무심코 들어 올린 손이 아직 어색한 진주 귀걸이를 매만졌다.

생각에 잠긴 눈동자가 다시 아래로 내리깔렸다.

그러길 얼마나 지났을까.

문득 아렌트는 유난히도 주변이 조용하다는 것을 깨달았다.

"……."

어쩐지 이질적으로 느껴지는 침묵이었다. 아렌트는 움

직임을 멈추고 가만히 감각을 일깨웠다.

딱히 이상한 것은 아니었다.

시튼을 비롯한 어린 시종들은 이틀 전 모두 황궁에서 빠져나갔다. 그리고 라이오스와 켄드릭, 그리고 엘프 종족의 지휘관들은 현재 황태자와 함께 회의 중이었다.

다른 이들은 대부분 순찰 임무에 나섰거나, 연무장에서 자율 훈련 중이었다.

그러니 지금 이 건물 안에 있는 건 자신과, 휴식을 취하려 개인방으로 들어간 라이더와 글렌뿐이었다.

'처음 있는 일은 아니지.'

원칙적으로 생활관은 비우지 못하게 되어 있으니, 혼자 이곳을 지킨 적도 몇 번 있었다.

하지만 오늘의 침묵은 유난히도 이질적으로 느껴졌다.

잠시 생각에 잠겨 있던 아렌트가 책을 덮은 찰나.

똑똑.

침묵을 깨고 노크 소리가 들려왔다.

"……."

아렌트는 대답하지 않고 가만히 문을 응시하기만 했다.

상대방 역시 문밖에서 조용히 기다리고 있을 뿐이었다.

소리 없이 책을 내려놓은 그는 소파 옆에 세워 둔 검 쪽으로 소리 없이 손을 뻗었다.

똑똑똑.

재차 노크 소리가 들려왔다.

"계십니까? 본궁에서 잠깐 심부름을 왔습니다."

어쩐지 익숙하게 들리는 시종의 목소리도 들었다. 이번에 피난길에 나서지 않은, 경력이 꽤 된 녀석이었다.

진짜 심부름을 왔다고 해도 위화감이 없을 상황이었다.

그러나 아렌트는 바로 목소리를 듣자마자 검을 뽑아 들었다.

쩌어억.

동시에 서리 어린 손길이 발동하며, 대리석 바닥에 살얼음이 앉았다.

새하얀 서리가 검을 휘감았다.

자리를 박찬 아렌트가 자리를 박차고 굳게 닫힌 문을 향해 크게 검을 내려쳤다.

그리고 아렌트가 행동을 개시한 순간, 문틈 너머에서 눈이 부실 정도로 새빨간 빛이 터져 나왔다.

"힉, 힉, 히힉, 하, 하하하!"

광기 어린 웃음소리 역시 함께였다.

"흐하하하학! 어둠께서, 어둠께서 오실 시간이다!"

물론 아까 정중하게 말을 건네던 음성과는 전혀 다른 이질적인 목소리였다.

콰아아앙!

아렌트의 일격이 문을 크게 내려쳤다. 하지만 문은 박

살 나기는커녕, 약간의 흠집도 남지 않았다.

"빌어먹을."

결국 아렌트의 입에서도 욕설이 튀어나왔다.

뭔가가 단단히 잘못 돌아가고 있었다.

"어둠께서 거짓된 빛의 세상을 파멸시킬 것이다."

화아아악!

핏빛이 사방으로 퍼지며 문 전체에 거대한 소환진이 화려하게 피어났다.

곧이어, 푸욱.

밖의 불청객이 스스로 배를 가르는 기척이 느껴졌다.

그것이 신호라도 된 듯, 문의 소환진에서 혈귀를 닮은 구울들이 하나둘씩 걸어 나오기 시작했다.

문 너머의 광신도는 꿀럭꿀럭 피를 토하면서도 광소를 멈추지 않았다.

"그 첫 제물은 바로 너와 나다, 아렌트 폰 에크하르트."

* * *

"황궁을 순찰하면서 기분이 이렇게 찜찜했던 적은 단 한 번도 없었는데 말입니다."

아서가 불현듯 던진 한 마디였다. 그의 옆에서 걷던 리히트가 무뚝뚝하게 대답했다.

"아무래도 정세가 뒤숭숭하니 어쩔 수 없지."

언제나 소란스럽고 활기찬 황궁이었지만, 오늘은 조용하다 못해 을씨년스럽기까지 했다.

이곳에 남기를 선택한 시종과 하인들도 적지 않았다.

딱히 돌아갈 곳이 없거나, 만일 죽는다더라도 황궁에 뼈를 묻기로 결심한 이들이었다.

그러나 어린 시종들은 모두 자리를 비운 데다 평소 공무로 바쁘게 오가던 귀족들도 다수가 황성을 떠났다.

그나마 황궁에 남은 이들은 기척이라도 낼세라 조용히 생활했다.

이따금 눈에 띄는 사람이라곤 완전무장을 갖춘 채 눈을 부릅뜨고 순찰하는 병사들과 기사들뿐이니, 분위기가 살벌한 것도 당연한 일이었다.

"……뭐랄까. 묘하네요. 솔직히 황궁은 정 붙일 곳이 못 된다고 생각해 왔습니다만."

처음에는 명예와 충성심, 그리고 기사가 되었다는 자부심으로 황궁을 지켜 왔다.

그때만 해도 황궁은 한없이 빛나고 찬란해 보였다.

평민 출신이라면 원래는 꿈도 못 꿀 위치라는 것을 잘 아는 탓이었다.

그러나 최근 들어 약간 생각이 달라졌다.

황궁이라는 장소 자체에 큰 애정을 느끼지 못한다는 것을 새삼 자각한 거였다.

"솔직히 단장님과 선배님들이 아니었다면 기사단에 정

착하지도 못했을 겁니다. 아시잖습니까. 이런 번듯한 곳 이랑은 별로 안 어울리는 놈이라는 거."

"알다마다. 이래저래 발목 잡혀서 유감이군."

"그러게나 말입니다. 진즉 떴어야 하는 건데."

리히트의 농담 같지 않은 농담에 아서가 투덜거렸다.

"선배님도 제법 변한 거 아십니까? 예전에는 꽤 멋있으셨습니다만."

"지금도 나쁘지 않다만, 나는. 그리고 너는 아닌 줄 아나?"

"그래서 유감이십니까?"

"상당히 유감이다."

살벌한 분위기와는 상관없이, 두 사람은 실없는 농담 따먹기를 주고받기 시작했다.

이조차도 아렌트에게서 옮은 습관이라는 걸 깨닫고는 곧 그만두었지만.

아서가 화제를 바꿨다.

"노이만 상단이 황성 밖으로 거점을 옮겼답니다. 임시로 이스트 상단과 함께 연합해서, 황성과 가까운 도시에 자리를 잡았대요."

황성에 문제가 생기더라도 전장에 물품 공급을 원활히 하기 위해 내린 결정이었다.

"전황이 안정되면 황성의 본단으로 다시 돌아오신답니다."

황성은 제국의 중심지로 원래 가장 안전해야 할 곳이었으나, 지금은 들쑤신 벌집과 다르지 않았다.

 불안감을 느낀 사람들도 하나둘씩 황성을 떠나기 시작했다.

 남은 이들도 외출을 최소화하고 생업만 간신히 이어 갈 뿐이었다.

 덕분에 언제나 붐비던 상가며 번화가, 대신전은 쥐 죽은 듯 고요하기만 했다.

 "괜찮은 선택을 하셨군. 이스트 상단과 연합하셨다는 이야기는 얼마 전에 들었다만."

 "본단에도 자원한 직원들을 많이 남겨 두셨다고 합니다. 그러니 황성 내부에도 별문제는 없을 거라더군요."

 "그렇겠지."

 리히트가 고개를 끄덕였다.

 노이만의 일 처리에 빈틈이 있을 리가 없었다. 뭐라 더 말하려던 아서가 문득 입을 다물었다.

 자신들의 정면으로 다가오는 한 관리 무리를 발견한 거였다.

 리히트 역시 같은 이들을 발견하고 걸음을 멈췄다.

 "란슬롯 공작님."

 리히트가 부르는 소리에, 수하들과 진지한 대화를 나누던 란슬롯 공작이 고개를 들었다.

 "오, 리히트 경. 그리고 아서 경이로군."

"오랜만에 뵙습니다, 공작님. 황궁에 계셨군요."

자연스레 합류해 온 란슬롯 공작 일행에게 아서가 묵례했다. 란슬롯 공작이 너털웃음을 터뜨렸다.

"아무래도 일손이 부족해서 말이네. 젊은이들이야 아직 살날이 많으니, 이 늙은이가 자리를 지켜야지. 내 수하들도 많이들 휴가를 보냈더니, 바빠서 눈코 뜰 새가 없군."

"너무 무리하지는 마십시오. 건강 해치십니다."

리히트의 염려스러운 말에 공작이 고개를 끄덕였다.

"걱정 고맙네. 자네들도 건강 챙기고."

짧은 대화가 끝나고, 두 사람은 공작 일행이 지나갈 수 있도록 자리를 비켜 주었다.

그들에게 눈인사를 건넨 공작이 수하들을 데리고 다시 걸음을 옮기기 시작했다.

하지만 그때.

멍하니 그들을 보던 아서가 눈을 조금 크게 떴다.

그는 자신도 모르게 손을 뻗어 제 옆을 스쳐 지나가던 관리의 팔을 잡아챘다.

덥석.

"……."

난데없이 붙들린 그가 눈을 크게 떴다.

"아서 경? 왜, 왜 그러십니까?"

"아서?"

리히트 역시 의아하게 물었다. 하지만 아서는 당장 대답하는 대신, 남자를 빤히 바라보기만 했다.

꽤 자주 마주치던 자였다.

그는 란슬롯 공작을 진심으로 믿고 따르는, 어느 작은 백작가의 가주였다.

평소 황궁에서 우연히 만나기라도 하면 짧게나마 인사를 주고받기도 했다.

"아서 경?"

그가 재차 아서를 불렀다. 그제야 아서가 입을 열었다.

"……백작님. 외람된 말씀이지만."

리히트는 아서의 눈에 서린 강한 경계심을 알아보았다.

"원래 무릎 관절이 안 좋으셔서, 약간 걸음을 절지 않으셨습니까? 오늘은 괜찮아 보이십니다만."

잔뜩 낮아진 목소리에 현장 분위기가 순식간에 얼어붙었다.

그와 동시에.

콰아아앙!

사람들이 휘청일 정도로 엄청난 폭음이 터져 나왔다.

"공작님!"

퍼뜩 정신을 차린 리히트가 급히 란슬롯 공작을 와락 감싸 안았다. 한차례 진동이 멎은 다음에 아서가 황급히 소리가 들려온 쪽을 확인했다.

"……."

그는 잠시 할 말을 잃어버리고 말았다.

소리의 근원지가 바로 제 3기사단의 생활관이라는 사실을 깨달은 탓이었다.

가까스로 고개를 든 란슬롯 공작도, 상황을 파악하려 주변을 둘러보려던 리히트도 그 자리에 뻣뻣이 굳어 버렸다.

피처럼 새빨간 결계가 3기사단의 생활관을 완전히 뒤덮은 채였다.

"저게 무슨……."

입술을 달싹이던 란슬롯 공작의 뒤로 이질적인 소리가 들려왔다.

"욱. 우우욱."

아서에게 붙잡혔던 백작이 상체를 접은 채 연신 헛구역질을 해대고 있었다.

누가 봐도 정상적인 상태가 아니었다. 란슬롯 공작은 아연해지고 말았다.

공작을 보호하며 리히트가 낮게 물었다.

"저자가 공작님 곁을 떠난 적이 있습니까?"

"어제저녁에 자택으로 돌아갔다가……. 오늘 오전에 다시 만났지. 그 뒤로는 계속 함께 있었네."

당황한 와중에도 애써 침착하게 답하던 공작은, 구역질 소리가 곧 비웃음으로 바뀌어 간다는 것을 알아차렸다.

"끄윽, 끄으윽······. 킥······."

그가 손으로 틀어막은 입에서, 그리고 코와 눈에서도 새빨간 피가 줄줄 흘러나오기 시작했다.

번쩍 고개를 든 사내가 아서를 똑바로 노려보며 히죽히죽 웃었다.

"체르니온 님의 저주가······. 영원히 함께하리."

꿀럭꿀럭 피를 토하고 피눈물을 쏟아 내며 지껄이는 모습이 기괴하기 짝이 없었다.

그러나 넋을 놓고 있을 틈은 없었다.

"도망치십시오!"

아서가 검을 뽑자마자, 남성의 몸이 기괴한 형태로 부풀기 시작했다. 얼이 빠진 채 그 광경을 지켜보던 다른 사람들 역시 뒤돌아 달리기 시작했다.

"공, 공작님! 얼른 이쪽으로!"

리히트의 보호를 받던 공작을 부축한 관리들이 급하게 자리를 벗어나기 시작했다.

"이 더러운 신성제국의 누구도 체르니온 님의 심판을 피할 수는 없을 것이다!"

체르니온교의 신관이 피에 얼룩진 이빨을 드러내며 광기에 찬 외침을 토해 냈다.

"어둠의 은총이 나와 함께하신다!"

콰아아앙!

남자의 사지가 찢어지며 폭발했.

사방으로 튄 살점이 기이한 형상으로 꿈틀대고, 바닥에 젖은 피가 모여 새빨간 소환진을 형성했다.

곧 구울들이 쏟아져 나온다는 의미였다.

란슬롯 공작 일행을 등지고 전투태세를 잡은 리히트가 소리 질렀다.

"누군가, 전하께 가서 이 사태를 알려라! 그리고 모두 황궁 밖으로 피하도록 유도해!"

"선배, 생활관에 아렌트가 있습니다! 글렌 선배랑 라이더 선배도요!"

아서가 다급하게 외쳤다.

황궁의 다른 어느 곳도 아닌, 3기사단 생활관이 가장 먼저 습격당했다.

게다가 아렌트와 몇몇 기사들만이 남아 있을 때를 노렸다는 것은 곧, 놈들의 목표가 아렌트라는 뜻이었다.

"……괜찮을 거다."

리히트가 굳은 얼굴로 대답했다.

아서를 안심시키려는 것보다, 스스로에게 다짐하는 것과 같은 어조였다.

"우리는 이곳에 집중해야 해. 그렇지 않으면 이곳의 모두가 다 죽는다."

"제길, 이 망할 새끼들!"

아서 역시 욕설을 내뱉을 뿐, 더 이상 토를 달지는 않았다.

마법진이 붉은빛을 터뜨리며 살점들을 매개로 구울을 소환하기 시작했다.

지옥에서 가까스로 기어 올라온 듯한 형상의 구울들이 하나둘씩 몸을 일으키기 시작했다.

"케에에에에엑!"

입을 쩍 벌린 인간형 구울이 끔찍한 비명을 토해 냈다.

* * *

글렌과 라이더가 급하게 로비에 내려왔을 때는, 이미 아렌트와 구울들 간의 전투가 시작된 참이었다.

구울들이 뿜어내는 짙은 혈향이 코를 찔렀고, 뼈를 시리게 하는 한기가 파고들었다.

"이게 도대체 무슨……."

"놀랄 시간이 어딨어?"

라이더가 황당하게 읊조리는 틈에, 글렌이 기함을 터뜨리며 급히 검을 뽑아 들었다.

엄청난 수의 구울들을 홀로 상대하는 아렌트는 척 보기에도 위태로워 보였다.

새하얀 서리 폭풍이 구울들을 집어삼켰다.

얼어붙은 구울들은 극한의 저온을 견디지 못하고 그대로 한 줌의 은빛 서리가 되어 허공에 흩어져 버렸다.

"카아아아악!"

입을 커다랗게 벌린 구울이 아렌트를 물어뜯으러 달려들었다.

아렌트가 곧장 응대하려 했지만, 퍽!

곧장 날아든 글렌의 검이 적의 아가리에 틀어박혔다.

"야, 이게 도대체 무슨 일이야?"

"보면 모릅니까? 습격당한 거죠."

짜증스레 대꾸한 아렌트는 글렌과 교대하듯 급히 뒤로 물러섰다.

"생활관 전체가 결계로 뒤덮였어요. 창문 안 깨지고, 문도 꼼짝도 안 합니다. 부술 수도 없어요."

"결계를 깨는 건?"

꾸역꾸역 밀려드는 구울들을 경계하며 글렌이 물었다.

"되겠냐고요. 이미 몇 번이나 시도해 봤는데, 약간의 틈도 안 생겨요."

니케포르가 작정하고 만든 결계라는 뜻이었다.

파괴하는 게 불가능하지는 않겠지만, 이렇게 많은 수의 적을 상대하면서 결계를 부수려는 건 자살 행위나 마찬가지였다.

그러는 사이, 단장실에 뛰어 들어갔던 라이더가 외쳤다.

"통신구가 먹통입니다!"

결계 때문에 외부와 연락할 방법도 완전히 차단된 것이다

"빌어 처먹을, 진짜!"

글렌이 결국 신경질을 터뜨렸다.

적들을 모조리 처리하기 전까지는 탈출할 방법도 없다는 뜻이었다.

지금 당장 갇혔다는 것보다, 바깥의 상황을 확인할 수 없다는 게 그를 더욱 초조하게 했다.

하지만 글렌의 곁에 있는 견습 기사의 반응은 사뭇 달랐다.

검을 한 번 다잡은 아렌트는, 달려드는 적을 향해 깔끔하게 검을 휘둘렀다.

"끄으으……!"

구울이 괴성을 내지르던 자세 그대로 새하얗게 얼어붙었다.

군더더기 없는 일격은, 그야말로 '아렌트 폰 에크하르트'다운 움직임이었다.

파사삭!

구울은 순식간에 얼음 가루가 되어 소멸해 버렸다.

황금색 눈동자가 서늘하게 식어 있었다.

"빨리 정리하죠. 여기가 이 꼴이 됐으니, 밖도 조용하진 않을 겁니다."

섬뜩할 정도로 차분한 음성은 아수라장이 된 생활관과 전혀 어울리지 않았다.

덕분에 글렌과 라이더 역시 평정심을 되찾을 수 있었다.

당장 어찌할 수 없는 일 때문에 동요하는 건 멍청한 짓이었다.

지금 중요한 것은 아렌트의 말대로 적들을 최대한 빠르게 토벌하는 거였다.

6장. 제일 성질 더러운 놈이 누군지 아나?

제일 성질 더러운 놈이 누군지 아나?

　문득 낯선 기척이 느껴졌다.
　반사적으로 뒤를 돌아본 렉시온은, 엘프의 것을 가장한 초록빛 눈동자와 정면으로 시선을 마주쳤다.
　언제 다가온 것인지, 고작 몇 걸음 떨어진 곳에 니케포르가 우뚝 서 있었다.
　"안녕, 렉시."
　엘프의 것을 가장한 눈동자가 다정히 휘었다.
　잠시 굳어 있던 렉시온이 헛웃음을 터뜨렸다.
　"어딜 그렇게 꽁꽁 숨어 있나 했더니, 드디어 기어 나오셨군."
　"그리 말하는 것 치곤 썩 반가운 기색은 아닌걸."
　니케포르가 빙그레 미소 지었다.

언젠가 아렌트의 술수에 당해 분노에 휩싸였던 때와는 짐짓 다른 모습이었다.

그에 반해 렉시온의 미간은 살며시 구겨질 수밖에 없었다.

찾아내기도 전에 스스로 자신의 앞에 나타났다는 건, 결코 바라지 않았던 사태가 벌어졌다는 뜻일 테니까.

'젠장.'

렉시온은 감각의 저편에서 황궁에 남아 있을 아렌트를 찾았다.

그러나 그의 기척은 전혀 느껴지지 않았다.

'젠장.'

설마 벌써 죽어 버렸을 리는 없을 테고.

모종의 이유로 그와 연결되어 있던 마력이 차단되었다는 뜻이었다.

"무슨 꿍꿍이지?"

결국 렉시온은 참지 못하고 사납게 쏘아붙였다. 그러자 니케포르가 느긋하게 대답했다.

"꿍꿍이라니. 네가 하도 애타게 찾아다니기에, 한번 얼굴을 비춰 준 것 뿐이다만."

그가 고개를 기울이자, 황금색 머리칼이 폭포처럼 쏟아졌다.

"하지만 그런 보람도 없이, 별로 반갑지도 않은가 보구나. 그 점은 좀 아쉬운데."

"왜 그렇게 생각하지?"

빈정거림이 가득 녹아든 목소리에 렉시온이 비틀린 미소를 지었다.

"아주 반가워 미치겠는데. 드디어 네놈을 찢어 죽여 버릴 수 있을 테니까."

눈앞에 니케포르가 있다는 건, 지금 당장 황궁으로 돌아갈 수 없다는 뜻이었다.

물론 이것 역시 상정했던 상황이긴 했다.

드래곤을 감당할 수 있는 것은 오직 드래곤뿐.

니케포르와 렉시온은 결국 각자의 아군을 위해 모든 것을 걸고 맞서 싸워야 하는 운명이었다.

'그렇다면.'

아렌트의 기척이 돌아올 때까지, 이곳에서 저놈을 물고 늘어져야만 했다.

어차피 니케포르의 목적 역시 렉시온을 이곳에 묶어 두는 것일 테니까.

"오랜만에 의견이 서로 맞아떨어지는걸, 렉시. 내 모든 것은 이리스 님과 체르니온 님을 위해 존재하는 것이라."

뒷짐을 진 니케포르가 빙그레 미소 지었다.

"그렇기에 더욱, 너를 단죄할 수 있는 영광이 내게 주어졌다는 것이 그저 기쁠 뿐이란다."

* * *

　수하들을 따라 급히 피난하면서도, 란슬롯 공작은 작금의 상황을 당장 이해할 수 없었다.
　'도대체 이게 무슨……'
　고작 며칠 사이에 변절했을 리는 없으니, 간밤에 바꿔치기 당했다 보는 게 더 타당할 터였다.
　희생된 것은 그 수하만이 아니었다. 황궁에서 빠져나가기 위해 급히 움직이는 동안, 여기저기에서 찢어지는 비명소리가 터져 나왔다.
　"이봐! 왜 그래? 잠깐만!"
　"으아아아악!"
　황궁 사람으로 위장해 들어온 체르니온 교단의 신관들이 자폭하는 것과 동시에 구울을 쏟아 내고 있었다.
　끔찍한 광경에 잠깐 발걸음을 멈췄더니, 일행이 공작을 재촉했다.
　"공작님, 이쪽입니다!"
　"아, 미안하군."
　황급히 움직이면서도 공작은 생각을 멈출 수가 없었다.
　'분명 방비는 완벽했을 텐데.'
　란슬롯 공작 역시 황궁의 경비 현황에 대해서는 꾸준히 공유받아 왔다.

경비는 어느 때보다도 삼엄했고, 운용할 수 있는 모든 인원이 황궁과 황성을 지키는 데에 사력을 다하고 있었다.

게다가 지금은 드래곤 렉시온마저도 황궁을 보호하고 있었다.

적들의 낌새를 살피기 위해 자리를 비울 때가 잦긴 했지만, 그럴 때도 렉시온은 언제나 황궁 쪽으로 감각을 곤두세우고 있었다.

'아렌트 경이 그리 말했지.'

순찰을 나선다고 해도, 모종의 사태가 벌어졌을 때는 5초 안에 돌아올 수 있을 거라고.

하지만 황궁 내부 인원이 적과 바꿔치기당한 것을 눈치채지 못한 것도 모자라, 렉시온은 아직까지도 돌아오지 않았다.

뭔가 차질이 생긴 게 틀림없었다.

"케에에에엑!"

그런 상념에 빠져 있던 사이, 어디선가 튀어나온 구울이 일행을 향해 갑작스레 달려들었다.

"공작님!"

급히 달려온 수행원이 공작을 감싸안았다.

바로 그 순간, 퍽!

어디선가 날아온 화살이 구울의 머리를 그대로 터뜨렸다.

"……!"

공작은 급히 고개를 들어 화살이 날아온 곳을 확인했다.

르웰린이 2층 테라스에 서서 활을 들고 있었다. 은은한 미풍이 르웰린의 결 좋은 머리칼을 한바탕 흔들었다. 그가 가진 아티팩트의 효과였다.

공작이 무사하다는 것을 확인한 르웰린이 안도한 표정을 지었다.

하지만 그것도 잠시, 그는 다시 건물 안으로 사라졌다. 그리고 르웰린과 교대하듯 엘프들이 테라스를 채웠다.

셰키나의 엘프 궁수들이었다.

"공작님, 얼른! 이러실 때가 아닙니다!"

수하가 다시 한번 공작을 재촉했다. 란슬롯 공작은 고개를 끄덕이면서 몸을 추슬렀다.

"……아무래도 뭔가 이상해. 황궁을 빠져나가자마자 바이트 백작의 집으로 가 보세."

"예?"

바이트 백작은 아까 아서와 리히트 앞에서 첫 번째로 자폭한 자였다.

아수라장이 된 황궁을 가로지르며 란슬롯 공작이 빠르게 말을 이었다.

"분명 경계 태세는 빈틈없었어. 이리 쉽게 돌파당할 만한 게 아니었단 말일세."

황궁 출입구에서는 마력 탐지가 가능한 엘프들이 직접 경계를 섰다.

외부에서 들이는 물건까지 하나하나 꼼꼼하게 확인했다. 만에 하나 소환석이 섞여 들어오는 것을 방지하기 위해서였다.

게다가 황궁 밖에서 들어오는 자들은 누구든 예외 없이 몸수색을 해야만 했다.

그런데도 저들은 아무런 의심도 사지 않고서 황궁 내부 깊숙한 곳까지 침투할 수 있었던 것이다.

심지어는 렉시온의 감각까지 완벽히 피해 내고서.

"우리가 생각지 못한 문제가 발생한 게 틀림없어. 일단 바이트 백작에게 무슨 일이 생겼는지부터 확인해야 해."

"알겠습니다!"

수행원이 급히 고개를 끄덕였다.

"발사!"

본궁의 높은 곳에 오른 엘프들이 셰키나의 호령에 맞춰 일제히 화살을 퍼부었다.

"케에에에엑!"

"크으으으엑!"

비처럼 쏟아진 화살들은 사람들을 노리던 구울들의 목과 머리를 정확히 꿰뚫었다.

물론 구울들은 잠시 휘청이기만 할 뿐, 곧바로 태세를 정비하고 재차 사람들에게 달려들려 했다.

그러나 다음 순간.

콰아아앙!

몸에 박힌 화살들이 폭발하며 숱한 구울들이 순식간에 화염에 휩싸였다.

"케에에에엑!"

"크에에엑! 케에에에엑!"

구울들이 비명을 지르며 몸을 비틀기 시작했다. 그러는 사이, 사람들은 허둥지둥 안전한 곳으로 대피하기 시작했다.

살아남은 구울들은 곧장 다음 희생자를 찾아 날카로운 이빨과 손톱을 뻗었다.

그러나 미처 채 몇 걸음 움직이기도 전.

서걱!

햇살 아래 번뜩인 검이 놈들의 목을 깔끔하게 베어 냈다.

라그날드와 자카르가 나선 거였다.

"한 놈도 남겨두지 마라! 사람들을 지켜!"

"예!"

자카르의 호령에 엘프 전사들이 일제히 적들을 향해 쇄도했다.

그들 틈에는 황실 기사단 소속의 인원들 역시 섞여 있었다.

몇몇은 비전투원들이 피난할 수 있도록 지켜 주고, 누

군가는 적들을 사정없이 베어 내며 머릿수를 줄였다.

누군가가 지시한 게 아닌데도, 그들은 저마다 해야 할 일을 찾아 일사불란하게 움직이고 있었다.

"란슬롯 공작님!"

마침 공작 일행을 발견한 2기사단의 헬렌이 급히 달려왔다.

"이곳은 위험합니다. 건물 안으로 들어가셔야……."

"헬렌 경, 나를 황궁 밖으로 내보내 줄 수 있겠나?"

란슬롯 공작은 그녀가 말을 끝내기도 전 급하게 물었다.

"설명할 시간은 없지만, 당장 알아봐야 할 것이 있네. 할 수 있겠나?"

"……."

헬렌의 얼굴에 한순간 강렬한 갈등이 서렸다. 지금 당장 황궁을 가로질러 탈출하는 것은 너무 위험한 일인 탓이었다.

하지만 그녀는 이내 굳은 얼굴로 고개를 끄덕였다.

"알겠습니다. 제가 호위해 드리겠습니다."

"고맙네."

짧게 감사 인사를 마친 란슬롯 공작은 곧장 헬렌의 뒤를 따라 움직이기 시작했다.

아직 황제와 황태자가 궁 안에 있었다. 그리고 그토록 믿던 렉시온마저도 어디 있는지 보이지 않았다.

발걸음을 잡아채는 요소는 그 밖에도 얼마든지 많았지만, 공작은 더 이상 뒤를 돌아보지 않았다.

엘프들과 후배 기사들이 움직이기 시작한 지금, 영웅이라는 이름이 전혀 아깝지 않을 그가 가만히 있을 리 없었으니까.

아니나 다를까.

"라이오스 단장님!"

먼 곳에서 희망에 가득 찬 외침이 터져 나왔다.

* * *

창밖을 내다보던 칸타레스의 입에서 결국 욕설이 튀어나왔다.

"진짜 환장하겠군."

살벌한 긴장감이 돌던 황궁은 순식간에 전장 한복판이 되어 버렸다.

그의 손에는 당장이라도 텔레포트를 할 수 있는 아티팩트가 쥐여져 있었다.

언젠가 아렌트가 건네준 거였다.

"전하. 몸을 피하셔야 합니다."

등 뒤에서 들려오는 제레온의 목소리에서 초조함이 묻어나고 있었다.

칸타레스는 입을 다문 채 한동안 대답하지 않았다.

"아아아아악!"

"치료사님, 치료사님은 어디에 계십니까? 팔이 절단됐습니다!"

구울에게 물어뜯긴 어깨를 붙잡고 절규하는 시종과 그를 부축하는 귀족 관리, 끊임없이 사람들을 공격하려는 구울들과 적을 막으려 애쓰는 아군들.

아수라장이 따로 없었다.

"전하!"

제레온이 다시금 그를 재촉했다.

아티팩트를 꾹 쥔 칸타레스가 그제야 뒤를 돌아 제레온을 마주 보았다.

"젠. 폐하를 모시고 먼저 황궁을 빠져나가."

"예?"

갑작스러운 명령에 제레온이 멍하게 되물었다. 황태자의 새파란 눈동자와 시선을 마주친 제레온이 퍼뜩 정신을 차렸다.

"전하, 그게 무슨 말씀이십니까?"

"물론 위험한 상황인 건 맞아. 하지만 그렇다고 해서 황궁을 함부로 비울 수는 없는 노릇이니."

하지만 칸타레스는 이미 결심을 굳힌 채였다.

"렉시온 님이 아직 돌아오지 않으셨다는 건, 어딘가에서 발목이 잡히셨다는 거겠지."

황궁을 습격한 것은 단지 구울들 뿐, 아직 요주의 인물은 코빼기도 비치지 않았다.

섣불리 황궁을 비워버렸다가 놈들이 다른 마수를 드러내기라도 한다면, 제국 전체가 위태로워질지도 모를 상황이었다.

"적어도 놈들의 목적을 알아내기 전까지, 난 움직이지 않겠다."

"전하……."

제레온이 아연실색해 중얼거렸다.

칸타레스가 절대로 뜻을 꺾지 않을 거란 사실을 깨달은 탓이었다.

얼굴을 한 번 쓸어내린 제레온이 한숨을 푹 내쉬었다.

"몇 번이나 말씀드렸듯이, 제 자리는 오직 전하의 옆뿐입니다."

"폐하를 모시고 떠나라고, 내가 방금 명령하지 않았던가? 네 몫의 텔레포트 아티팩트를 챙겨서……."

"전하."

칸타레스가 미간을 찌푸리는 순간, 제레온이 싸늘하게 말허리를 잘라 버렸다.

"절 주군을 두고 도망치는 머저리로 만들지 마십시오."

황태자가 멈칫했다. 제레온은 그를 똑바로 보며 천천히 말을 이었다.

"폐하는 보리스 보좌관님이 잘 모셔 주실 겁니다. 전하께서 탈출하시기 전까지, 저 역시 한 발짝도 움직이지 않을 겁니다. 그것이 제 의무니까요."

"······종종 느끼는 거지만."

잠깐 입을 다물고 있던 칸타레스가 헛웃음을 터뜨렸다.

"네 고집도 정말 장난 아니야."

"적어도 전하께서 그리 말씀하실 자격은 안 된다고 생각합니다."

제레온의 대답을 들으며, 칸타레스는 다시 창밖으로 시선을 옮겼다.

라이오스는 종횡무진 전장을 누비며 희망의 불씨를 키워 나가고 있었다.

적들은 그의 성검 앞에서 속수무책으로 쓰러져 갔다.

제 3기사단의 생활관은 여전히 불온한 결계에 휩싸인 채였다.

라이오스는 그쪽으로는 시선도 주지 않은 채 눈앞의 적에게 집중하고 있었다.

하지만 그 속이 얼마나 타들어 가고 있을지는 굳이 확인하지 않아도 알 수 있었다.

'무사해라.'

아티팩트를 꾹 쥔 칸타레스가 속으로 중얼거리던 그때.

시야에 전장을 벗어나 급히 움직이는 익숙한 실루엣이 보였다.

르웰린과 세일럼이었다.

모두가 구울과 맞서 싸우는 곳에서 등을 돌린 그들은 3 기사단 생활관을 향해 똑바로 달려가고 있었다.

그제야 칸타레스는 어깨에서 힘을 조금 풀 수 있었다.

* * *

서로 등을 맞대고 싸우는 데에는 이골이 났다. 그러니 전투하는 모습을 보는 것도 익숙했다. 하지만 오늘, 글렌과 라이더는 새삼스럽게 깨닫고 있었다.

아렌트 폰 에크하르트는 정상이 아니었다.

'미친 새끼.'

눈앞의 적을 베어 내면서도 글렌은 속으로 욕을 퍼부었다.

가벼운 움직임은 평소보다도 더욱 절제되어 있었다. 무표정한 얼굴은 얼핏 지루해하는 것처럼 느껴지기도 했다.

그러나 두 사람은 잘 알고 있었다.

아렌트는 눈이 돌아갈수록 차분해지는 놈이라는 것을.

그를 호위하는 듯한 은빛 폭풍과 적을 사정없이 베어 내는 검 끝에서 느껴지는 살기는 정제되었기에 오히려 더욱 섬뜩했다.

서리 어린 손길의 냉기 때문에 가까이 접근하기도 힘들

었다.

 아렌트가 한 걸음 움직일 때마다, 구울들의 피와 살점으로 얼룩진 바닥에 하얀 서리의 꽃이 피어났다.

 지금 이 순간에도 소환진에서는 끊임없이 구울들이 쏟아져 나왔지만, 아렌트는 그에 비등한 속도로 적을 줄여 나가고 있었다.

 덕분에 라이더와 글렌 역시 그와 보조를 맞추느라 필사적으로 움직일 수밖에 없었다.

 "야, 이 새끼야! 몸 좀 사려!"

 결국 참지 못한 라이더가 소리를 질렀다. 그러나 차분하기 짝이 없는, 그래서 더욱 싸가지 없이 느껴지는 대꾸만이 돌아올 뿐이었다.

 "오래 끌면 이쪽이 불리해요."

 한 발을 앞으로 내디딘 아렌트는 다시금 서리 어린 손길의 힘을 강하게 끌어올렸다.

 검이 그리는 궤적을 따라 은빛 서리가 흩뿌려지며, 구울들이 달려들던 자세 그대로 얼어붙었다.

 아렌트는 얼음 감옥에 갇힌 적들을 내버려둔 채 소환진을 향해 나아갔다.

 쩌억.

 냉기를 버티지 못한 구울들의 신체에 크게 금이 가더니, 곧이어 퍽 소리를 내며 허공에 흩어져 버렸다.

 "위험하다고!"

글렌이 재차 버럭 외쳤지만 아렌트는 들은 척도 하지 않았다.

"시끄럽고, 등 뒤나 좀 봐 줘요."

"아오, 이 싸가지 없는 새끼!"

글렌은 욕을 퍼부으면서도, 아렌트의 뒤에 따라붙을 수밖에 없었다.

라이더 역시 끈덕지게 달려드는 구울을 산산조각 내 버리고 급히 두 사람의 뒤를 따랐다.

아렌트는 적들을 보지도 않고 한 손으로 베어 나가며, 앞으로 나아갔다.

침착한 겉모습과는 달리, 아렌트는 상당히 분노한 상태였다.

피부에 달라붙는 피비린내와 냉기가 이제는 익숙해질 법도 하건만, 오늘따라 유난히도 불쾌하게 느껴졌다.

아마 지금 전장이 된 배경이 생활관인 탓일 거라, 아렌트는 생각했다.

"아오, 비켜 봐!"

짜증을 터뜨린 글렌이 아렌트와 교대하듯 앞으로 박차고 튀어 나갔다.

글렌이 쥔 검이 선명한 검기를 머금었다.

소환진 쪽으로 접근하려는 아렌트의 의도를 바르게 알아차린 거였다.

눈치 빠르게 아렌트가 뒤로 한 걸음 빠지는 동안, 빈자리는 라이더가 대신 채워 주었다.

서걱!

라이더가 휘두른 검에 구울의 목이 깔끔하게 잘려 나갔다.

"케에엑! 케에에에엑!"

바닥에 툭 떨어진 두부(頭部)가 비명을 질러댔다.

머리를 잃은 몸통은 뒤이어진 라이더의 공격에 재생할 수 없을 정도로 산산조각 나 버렸다.

끔찍한 절규를 토해 내던 머리 역시 곧 서리 어린 손길이 영향으로 뻣뻣하게 얼어붙어 버렸다.

두 후배의 엄호를 받은 글렌이 강하게 앞으로 치고 나갔다.

그리고는 두 손으로 검을 쥐고 강하게 도약했다.

콰직!

글렌에게 짓밟힌 구울이 그대로 퍽 소리를 내며 바닥에 쓰러졌다.

"성가시게 해, 진짜!"

욕을 퍼부으며 허공에 몸을 띄운 글렌은 입을 쩍 벌린 채 달려드는 구울들을 향해 검을 휘둘렀다.

콰드드드득!

한꺼번에 쓸려나간 구울들의 뼈와 살점들이 사방으로 튀었다.

바닥까지 깊은 상흔이 남을 정도로 강한 일격이었다.

"크윽……!"

손에 느껴지는 시큰한 통증에 글렌이 얼굴을 일그러뜨렸다.

하지만 무리한 보람이 있었다.

소환진까지의 길이 열린 거였다.

쿠웅!

다시 자리에 착지한 글렌이 뒤로 빠지고, 아렌트가 빠르게 교대하듯 앞으로 나섰다.

"감사!"

"좀 진정성 있게 말할 수는 없냐?"

글렌이 짜증을 터뜨리는 것을 무시하고, 아렌트는 재생하려는 놈들을 한꺼번에 얼음덩어리로 만들어 버렸다.

쨍그랑!

구울들이 은빛 서리가 되어 흩어졌다. 뒤에서 또 다른 적이 달려들기 시작했지만, 라이더가 한발 먼저 움직여 적들을 가로막았다.

카아아앙!

라이더의 검과 구울의 이빨이 정면으로 맞부딪쳤다.

"뭘 할 건지 모르겠지만, 최대한 빨리 해!"

그러는 사이, 아렌트는 문에 다가가 빠르게 소환진을 살펴보기 시작했다.

'이건…….'

지클린이 사용하던 것과는 완전히 다른 모양이었다.

그녀의 마법진도 니케포르가 만들어 주었던 거라는 점을 생각하자면 다소 이상한 점이었다.

'텔레포트인가?'

렉시온이 비상 탈출 아티팩트에 새겨 주었던 것과 오히려 더 비슷해 보였다.

'그거랑도 완전히 같은 형태는 아닌데.'

아렌트는 서리 어린 손길을 발동한 채 마법진 위에 손을 얹어 보였다.

하지만 그 순간.

파직!

손가락이 닿자마자 화끈한 통증과 함께 손이 튕겨 나갔다.

"……!"

뒤로 물러선 아렌트가 얼굴을 구겼다.

쉽게 파괴할 수 없도록 니케포르가 단단히 수를 쓴 것 같았다.

보아하니 렉시온은 니케포르에게 발목이 잡혔을 확률이 컸다.

"빌어 처먹을."

아렌트의 입에서 드디어 욕설이 흘러나왔다.

이번에야말로 놈들이 단단히 작정한 것 같았다.

제국의, 그리고 더 나아가 이 땅의 명운을 건 싸움을 걸어온 것이다.

"야, 꾸물댈 여유 없어!"

구울들을 상대하던 라이더가 초조하게 외쳤다. 아렌트는 그제야 쯧 혀를 차며 몸을 돌리고 검을 다잡았다.

그가 다시금 전장에 합류하려던 그때.

쿠우우웅!

갑작스러운 진동에 아렌트가 움직임을 멈췄다. 정신없이 싸우던 라이더와 글렌 역시 한순간 고개를 들었다.

"뭐야?"

라이더가 얼떨떨하게 읊조린 순간.

쿠우우웅!

재차 커다란 울림이 들려왔다. 분명히 생활관 밖에서 비롯된 소음이었다.

"공격인가?"

"아뇨."

글렌의 말에 아렌트가 짧게 대꾸했다.

생활관 전체를 함정으로 삼아 버리는 엄청난 수를 둔 상황에서 또 이쪽을 향해 공격을 퍼부을 것 같지는 않았다.

'그렇다면……'

콰아아앙!

이번에는 조금 더 강한 진동이 공기를 뒤흔들었다.

내부에서는 절대 파괴할 수 없도록 설계된 결계가, 외부의 충격에는 비교적 약한 모양이었다.

머릿속으로 한 가지 결론을 내린 아렌트의 입가에 씨익 미소가 스쳤다.

아무래도 바깥에서 도움의 손길이 뻗어온 모양이었다.

"빨리 움직이죠. 최대한 빨리 이 망할 것들을 정리해야 합니다."

"뭐?"

뜬금없는 말에 라이더와 글렌이 동시에 되물었다.

"이대로 결계가 깨지면 황궁에 이 빌어 처먹을 괴물들이 풀려날 거라고요."

한층 더 거친 서리 폭풍이 아렌트를 휘감았다.

"그러니까, 나중에 시말서 쓰기 싫으면 빨리 그 손 움직여요."

"……!"

그제야 라이더와 글렌은 후배의 말을 제대로 이해할 수 있었다.

* * *

콰아아앙!

검붉은 결계에 정령의 힘을 실은 화살이 강하게 충돌했다.

화살은 금세 튕겨 나왔지만, 고요하기만 하던 결계의 표면에 한순간이나마 균열이 생겼다.

"효과가 있는 것 같습니다! 역시 정령의 힘으로는 닿을 수 있는 거예요!"

세일럼의 낯에 화색이 돌았다.

"알겠습니다! 그럼 속행할게요!"

고개를 끄덕인 르웰린은 다시금 아티팩트를 발동하며 활시위를 당겼다.

강한 바람이 그의 머리칼을 한바탕 뒤흔들고는 강철 화살촉에 응집되었다.

피이이잉!

화살이 시위를 떠나는 순간, 레이와 루나가 기다렸다는 듯 함께 날갯짓해 날아올랐다.

드래곤 본으로 만든 아티팩트의 힘과 정령의 금빛 마력까지 실은 화살은, 이번에도 정확히 결계의 정중앙을 맞췄다.

콰아아앙!

이번에는 르웰린의 눈에도 결계가 흔들리는 것이 똑똑하게 보였다.

"젠장, 이게 도대체 뭐 하는 짓인지……!"

다음 화살을 꺼내며 르웰린이 욕설을 짓씹었다.

열 번이 넘는 시도 끝에 드디어 유효타를 먹일 방법을 찾아낸 거였다.

르웰린의 이마에 송골송골 땀이 맺힌 것을 본 세일럼이 급히 외쳤다.

"무리하지 마세요, 르웰린 님!"

"저도 그러고 싶은데 말이죠······!"

그러나 르웰린은 멈추지 않고 다시 활을 들었다.

"빨리 안 꺼내 주면 저 밉상 자식이 나중에 무슨 염병을 떨지 모르잖아요."

이런 와중에도 입으로는 농담을 지껄일 수 있다는 사실이 스스로도 놀라웠다.

급한 대로 마정석을 잔뜩 집어 왔으니 다행이지, 그러지 않았다면 벌써 나가떨어지고도 남았을 터였다.

이번에도 르웰린이 같은 방식으로 화살을 발사하자 정령들이 다시금 힘을 실어 주었다.

피이이잉!

강한 파공음을 내며 날아간 화살이 이번에도 결계를 강타했다.

하지만 좀처럼 결계가 파괴될 기미는 보이지 않았다.

"쳇······!"

"르웰린 님!"

그때, 세일럼이 급하게 르웰린의 옷자락을 잡아당겼다.

"저기, 입구 쪽을 노리실 수 있겠습니까?"

"네?"

무심코 되물은 르웰린은 곧 한 가지를 깨달았다.

그는 엘프이자 정령사였다.

방금 결계가 흔들린 순간, 세일럼은 르웰린이 미처 발견하지 못한 뭔가를 찾아낸 것이다.

"문 앞에 인간이 쓰러져 있는 것처럼 보였어요. 아마 죽은 것 같은데……."

세일럼이 빠르게 말을 이었다.

"숨이 끊어진 채로 결계를 지지하고 있어요. 아무래도 마정석 역할을 하는 것 같아요."

"그러니까, 저 시첸지 뭔지에 타격을 입히면 결계를 파괴할 수 있다는 거죠?"

아마 저자가 결계를 펼친 장본인일 터였다.

르웰린의 말에 세일럼이 고개를 크게 끄덕였다.

"네! 장담할 수는 없지만, 일단은 시도해 볼 가치는 있을 거예요! 레이와 루나도 저쪽을 노리게 유도할게요!"

"알겠어요."

다시 화살을 뽑아 든 르웰린이 생활관의 입구가 있을 곳을 겨누기 시작했다.

그러나 막 다시 아티팩트를 발동하려던 순간.

"케에에에엑!"

먹잇감을 찾아 떠돌던 한 무리의 구울들이 두 사람을 포착해 내고 말았다.

한창 전투가 벌어지던 본궁에서 도망친 무리였다.

르웰린은 결국 시위의 방향을 바꿀 수밖에 없었다.

"아오, 이 빌어 처먹을 구울 새끼들!"

"루나, 레이! 적들을 막아!"

세일럼 역시 표적을 바꿔 정령들에게 명령했다.

아무래도 싸움이 쉽게 끝날 것 같지는 않았다.

구울들과 세일럼, 르웰린 사이의 전투가 재차 벌어지기 직전.

쿠우웅.

본궁 쪽에서 어마어마한 울림이 터져 나왔다.

* * *

"피해! 피해라!"

병사들이 악을 쓰며 급히 후퇴하기 시작했다. 그나마 구울과 맞서 싸우던 근위병들 역시 사정은 마찬가지였다.

그들은 아직 미처 채 대피하지 못한 시종들과 귀족들을, 그리고 부상자들까지 질질 끌다시피 하며 급히 건물을 향해 달려갔다.

혼란스러운 와중, 라이오스는 홀로 물의 흐름을 거스르기라도 하듯 그 자리에서 미동도 하지 않았다.

라이오스의 심유한 눈은 새로 나타난 적에 똑바로 꽂혀 있었다.

아름답게 다듬어진 본궁의 정원을 짓밟고, 새빨간 소환진 한가운데에 우뚝 선 호문쿨루스가 라이오스를 조용히 내려다보고 있었다.

추하거나 기이한 모습을 한 다른 호문쿨루스들과는 사뭇 달랐다.

연기와 어둠. 그 사이의 무언가로 이루어진 신체가 일렁이며 신의 모습을 흉내 내려 하고 있었다.

호문쿨루스는 아름다운 신의 모습을 취했다가, 이내 금세 흩어지며 갈피를 잡지 못하는 진흙더미처럼 무너지기를 반복했다.

"정말……."

호문쿨루스에게서 눈을 떼지 않으며, 라이오스는 조용히 마력을 운용했다.

영웅이 등진 신의 성검에 강한 검기가 깃들었다.

과거 체르니온 교단을 지키기 위해 제작된 성물, '강한 자의 그림자' 역시 발동하며 라이오스에게 힘을 실어 주었다.

"역겨워서 봐 줄 수가 없군."

라이오스의 입에서 살기 가득한 한 마디가 흘러나왔다.

* * *

기사단을 내보낸 뒤, 켄드릭이 가장 먼저 향한 곳은 황제의 집무실이 있는 곳이었다.

황궁 내부의 싸움은 이미 심화되어, 황제가 있는 본궁의 가장 깊은 곳까지 외부의 소란이 들려올 정도였다.

쾅쾅쾅!

집무실 앞에 선 켄드릭이 급히 문을 두드렸다.

"폐하, 켄드릭 폰 레안드로스입니다. 비상 사태가 발생했습니다. 계십니까?"

잠시 후, 상황과는 전혀 어울리지 않게 느긋한 대답이 돌아왔다.

"들어오게."

마치 일상적인 보고를 위해 방문한 자를 맞이하는 것 같은 태도였다.

문을 열고 들어가자, 평소처럼 느긋한 자세로 앉은 황제가 그를 맞이했다.

그림자처럼 곁을 지키고 선 보좌관, 보리스 역시 함께였다.

"폐하……."

"이것 참."

켄드릭이 급한 걸음으로 다가서려던 찰나, 황제가 먼저 입을 열었다.

"살다살다 별일이 다 생기는군. 안 그런가?"

"……."

기사단장과 눈을 마주친 황제가 빙그레 눈웃음을 지었다. 이렇게까지 소란이 벌어졌으니 바깥이 어떤 지경이 되었는지 모를 리 없었다.

그런데도 황제는 그저 초연하기만 한 태도였다.

"폐하. 황궁 내부에 호문쿨루스가 소환되었습니다. 라이오스 단장이 응대에 나섰으나, 만에 하나의 경우를 생각해야 해 피신하셔야 합니다."

이제 더 이상 황궁과 황성은 안전한 장소가 아니었다.

하지만 황제의 자리에 있는 자로서, 쉽게 황궁을 뜨는 것은 쉬운 일이 아닐 터였다.

켄드릭은 황제를 설득할 각오까지 마친 상태였으나, 그는 의외로 스스럼없이 고개를 끄덕였다.

"그래야겠지. 황태자는?"

"……."

되돌아온 물음에, 켄드릭은 잠시 말문이 막히고 말았다. 그 대답에서 황제는 답을 충분히 예상한 듯했다.

"그 애는 황궁에 남는 거군."

"그렇습니다. 적의 의도를 파악하지 못한 지금, 황궁을 완전히 비우는 것은 위험하다고 판단하셨습니다."

켄드릭이 무겁게 대답하자 황제가 부드러운 미소를 지었다.

"그렇군. 이제 칸도 어른이 다 되었어."

"……정말 괜찮으시겠습니까?"

결국 켄드릭은 그리 묻고 말았다. 정사에 사사로운 감정을 끼워 넣어서는 안 된다는 건 잘 알지만, 그가 평소에 외아들을 얼마나 아끼는지 잘 아는 탓이었다.

그러나 황제는 이번에도 고개를 끄덕였다.

"괜찮지 않으면 어찌할 텐가. 세상은 변하는 것이고……. 난 이미 내 역할을 끝냈다네. 그러니 슬슬 물러나야지."

이제 황제가 칼리온 제국의 지존으로서 수행해야 하는 의무는 딱 하나. 생존뿐이었다.

"현재가 지독한 겨울인지, 아니면 겨울이 지난 뒤 찾아오는 혹독한 꽃샘추위인지는 잘 모르겠네만."

루체 신의 비호 아래 있던 고요한 평화의 시기와 혹은 온갖 시련이 몰아치는 현재.

둘 중 어느 쪽이 겨울인지, 지금은 알 수 없었다.

전쟁을 버텨 내 새로운 꽃을 피워 낼 것인가, 루체라는 온실을 포기한 죄로 대가를 치를 것인가.

그것을 결정하는 것은 이제 칸타레스를 비롯한 후대가 될 터였다.

"그것은 젊은이들의 몫으로 남겨 둬야지. 이제 나는 새로운 시대를 맞이하기엔 늙었으니까."

혼란스러운 시기, 황궁에서 피난한다는 건 칸타레스에게 나머지 권한마저도 모두 물려준다는 의미였다.

"칸은 잘 해낼 걸세."

황제의 다정한 목소리에 켄드릭이 쓴 미소를 지었다.

"어림없는 말씀이십니다, 폐하. 폐하께서는 아직 하실

일이 많으십니다."

"어허. 뿌리를 온전히 지켜 냈으면 이제 되었지, 줄기와 꽃은 알아서 피워 내라고 하게. 자네도 이제 가 봐. 떠날 준비는 이미 마쳤어."

농담처럼 대답한 황제가 품에서 선명한 빛을 머금은 마정석 아티팩트를 꺼냈다.

아렌트가 건네 준 비상 탈출용 아티팩트였다.

"나와 보리스는 이것으로 도망쳐 볼 테니 이만 가 보게. 싸우고 싶어서 몸이 근질근질하겠지? 자네는 아직 현역 아닌가. 나 같은 퇴물을 지킨답시고 은근슬쩍 몸을 빼기엔 10년은 일러."

"……외람된 말씀이지만, 폐하."

결국 켄드릭 역시 힘빠진 미소를 짓고 말았다.

"폐하께서도 한동안 더 현역으로 머물러 주셔야 합니다. 전하께서는 지나치게 혈기왕성하신지라. 폐하께서 적당히 수습해 주시지 않으신다면 곤란합니다."

"히히히. 그건 그렇지. 최근 못된 녀석이랑 어울리더니 더욱 그리된 것 같아."

너털웃음을 터뜨린 황제가 켄드릭에게 부드러운 시선을 보냈다.

"무운을 비네, 켄드릭 단장. 다른 이들에게도 그리 전해 주게. 부디 칸을 잘 보조해 주게."

"염려 마십시오."

켄드릭이 쓴 미소를 지으며 고개를 끄덕였다. 대화가 마무리되자, 대기하고 있던 보리스가 황제에게 다가섰다.

"폐하. 슬슬 이동하실 시간입니다."

"알았네. 그럼 다음에 보지, 켄드릭."

가볍게 고개를 끄덕인 황제가 켄드릭에게 인사를 건넸다.

"평화로워진 세상일지, 아니면 한결 더 시끄러운 세상이 될지는 모르겠지만."

"아마 후자일 듯 합니다."

장난스레 대답한 켄드릭이 이내 표정을 바꿔 진지하게 말했다.

"부디 무사하시길."

황제 역시 장난기를 잠시 내려 둔 채 쓴 미소를 지었다.

"자네야말로."

* * *

전장을 벗어난 구울 무리를 추격하던 다이아나는, 적과 교전 중인 르웰린과 세일럼을 발견했다.

"왕자님! 세일럼 님!"

그 목소리를 들은 두 사람이 반색하며 고개를 들었다. 다이아나는 앞을 막는 구울들을 단칼에 베어 버린 뒤 급히 합류했다.

"무사하십니까?"

"다이아나 단장!"

르웰린이 반색하며 그를 불렀다. 그녀가 데리고 온 2기사단의 인원들이 두 사람을 노리던 구울들을 차례대로 처리하기 시작했다.

"상황은 어떻습니까?"

"안에 있는 녀석들을 꺼낼 방법을 찾은 것 같아. 세일럼 님이랑 내가 어떻게든 해 볼 테니, 엄호해 줘!"

르웰린의 말에 다이아나가 한 치의 망설임도 없이 고개를 끄덕였다.

"맡겨 주십시오. 기사단! 왕자님과 세일럼 님을 보호하는 것을 최우선으로 한다!"

"예!"

명령을 받은 기사단이 일사불란하게 움직였다.

덕분에 세일럼과 르웰린은 다시 생활관을 뒤덮은 결계를 공략하는 데에 집중할 수 있었다.

쐐애애액!

정령의 힘까지 실은 화살이 재차 결계를 향해 날아들었다.

콰아아앙!

정면으로 부닥친 화살촉으로부터 정령의 금빛 파동을 일으키며 결계 전체로 번져 나갔다. 그제야 르웰린 역시 결계 안에 쓰러진 한 인간을 발견할 수 있었다.

"오호라. 저 새끼란 말이지?"

비릿한 미소를 지은 르웰린이 화살을 연달아 시위에 걸었다.

손아귀에 쥔 마정석이 힘을 잃어 가고 있었고, 이마에 맺힌 땀방울이 턱을 타고 흘러내려 바닥에 뚝뚝 떨어졌다.

하지만 르웰린은 다음 일 따위는 생각하지 않았다.

그저 평소의 유감을 아낌없이 담아, 사력을 다한 공격을 퍼부을 뿐이었다.

* * *

쿠르르릉.

조용하던 평야가 순식간에 태풍에 휩싸였다.

이따금 공격적인 천둥 번개가 번쩍이고, 소용돌이치는 마력 폭풍이 바닥을 뒤흔들었다.

들짐승이며 몬스터들이 재앙을 피해 사방팔방 도망치고, 회오리바람이 굵은 나무를 뿌리째 뒤흔드는 것으로도 모자라 단단한 바위까지 박살 냈다.

사람들과 마차가 다니던 길은 흔적도 없이 사라진 지 오래였다.

두 드래곤의 싸움에 휘말린 자리에 남은 것이라곤 오직

폐허뿐이었다.

콰드드득!

아래로 내리꽂힌 검은 번개가 지면에 커다란 균열을 만들어 냈다.

그러나 렉시온은 자신이 만들어 낸 참상은 돌아보지도 않고 다시금 마력을 일으켰다.

인간을 가장하던 모습은 더 이상 찾아볼 수 없었다.

피에 젖은 것처럼 새빨간 눈동자의 동공은 날카롭게 세로로 찢어졌고, 손등과 팔은 날카로운 비늘로 뒤덮인 채였다.

등 뒤에는 칠흑보다도 더 어두운 날개가 뻗어 나와 거센 돌풍을 만들어 내고 있었다.

"패배했으면 그저 꼬리를 말고 조용히 숨어 지내면 되었을 것을."

렉시온의 한쪽 손에 검은 소용돌이가 맺히기 시작했다.

"다 늙은 목숨에 죽음을 자처하는구나, 니케포르."

금방이라도 눈을 멀게 할 것 같은 천둥에 휩싸인 니케포르 역시 마찬가지였다.

"렉시. 너는 아직 지나치게 젊지."

아름다운 엘프의 모습은 사라지고 반쯤 폴리모프가 풀린 모습으로, 니케포르는 기꺼이 렉시온의 도발을 받아들이고 있었다.

"그러니 아직 모르는 것이 많을 수밖에."

콰르르릉!

검은 먹구름 사이에 금빛 번개가 내려쳤다.

"연장자로서 네게 가르침을 내리는 것이 옳겠으나, 유감스럽게도 네겐 그럴 뜻이 없는 듯하니."

니케포르가 광소를 터뜨렸다.

"마지막 남은 동족의 숨통을 끊는 한이 있더라도……."

콰아아앙!

한꺼번에 몰아친 번개가 정확히 렉시온이 있던 자리에 내려쳤다.

그러나 다음 순간, 렉시온이 모습을 드러낸 곳은 니케포르의 한 걸음 뒤였다.

검은 마력으로 형성된 검이 니케포르의 머리를 노리고 날아들었다. 그러나 니케포르는 한 손으로 그것을 무난히 막아냈다.

카아아앙!

"체르니온 님을 위해, 이 땅을 깨끗이 청소해야지."

니케포르의 초록색 눈동자가 아름다운 곡선을 그려냈다.

챙그랑!

금빛 비늘을 두른 손이 렉시온의 검을 간단히 부러뜨렸다. 렉시온이 눈을 크게 뜨려는 찰나, 몸을 빙글 돌린 니케포르가 그의 명치에 강한 일격을 꽂아 넣었다.

"……!"

콰아아앙!

한순간 주변에 파장이 일 정도의 충격이 렉시온을 덮쳤다.

"커헉!"

입에서 울컥 피가 쏟아져 나왔다. 한순간 정신이 혼미해질 뻔했으나, 억지로 버텨 냈다.

그는 발톱이 드러난 손을 뻗어 아직 제 명치에 처박힌 팔을 붙잡아 당겼다.

우드득.

손아귀에 붙잡힌 니케포르의 팔이 흉한 소리를 내며 팔의 뼈가 분쇄되었다.

렉시온은 몸을 뺄 틈도 주지 않고, 곧장 주먹을 휘둘러 니케포르의 얼굴을 후려쳤다.

빠드득!

단 일격만으로 아름답던 얼굴의 절반이 완전히 으스러졌다.

"……!"

떨어져 나간 피부와 근육 아래로, 부서진 안면의 뼈가 흉하게 드러났다.

급히 거리를 벌린 니케포르가 얼굴을 감싸쥐었다.

금빛 날개가 한층 더 크게 뻗어나가며 마력이 한차례 니케포르의 몸을 휘감았다.

잠시 후 그가 손을 뗐을 때, 얼굴의 상처는 완전히 회복된 뒤였다.

"야, 노친네."

렉시온 역시 짧은 시간동안 회복을 마친 상태였다.

"미쳐도 곱게 미쳐야지. 그런 식으로 허세 떨다간 젊은 놈한테 따귀나 맞는 거다."

렉시온이 이죽대자 니케포르가 비릿한 미소를 지었다.

"건방진 놈."

우드드득.

니케포르의 체구가 한 차례 더 부풀었다.

매끄럽던 이마에 굵은 뿔이 돋아나고, 이제는 파충류의 것처럼 변한 거대한 손의 발톱 역시 더 두껍고 날카롭게 변했다.

"드래곤 주제에 겨우 인간 아이의 감언이설에 홀리다니, 아주 꼴 좋구나. 그래도 예전에는 주제 파악 정도는 하는 듯 했다만."

그에 응대하기 위해 렉시온 역시 날개를 더욱 크게 뻗어냈다.

"글쎄. 그 인간 애새끼의 손에 몇 번이고 엿을 처먹은 게 누구더라."

손에는 다시금 마력이 응집되어 형성된 칠흑색의 검이 자리 잡았다.

"결국 너희들은 이번에도 패배를 맛보게 될 거다. 그렇다고 루체 님 역시 승리를 거머쥘 수는 없겠지."

흰자도 거의 보이지 않게 된 붉은 눈이 노골적인 비웃음을 드러냈다.

"세상에서 제일 성질 더러운 놈이 누군지 아나?"

렉시온이 이죽이는 말에 니케포르의 낯이 설핏 굳었다.

"돼지 새끼처럼 무엇이든 제 발 아래 두려 하는 신도, 패배한 개새끼처럼 어떻게든 한 번 물어 보겠다 짖어대는 신도 그 망할 애송이한테는 못 비벼."

니케포르가 지금 자신을 막고 있다는 건, 황궁에서도 모종의 소란이 벌어졌다는 뜻일 터였다.

"얼마 전에 깨달은 게 있다만. 신이든 규칙이든 다 필요 없어."

그리고 아렌트 폰 에크하르트는, 제 영역이 흙발로 짓밟히는 꼴을 보고서 가만히 있을 녀석이 아니었다.

"결국엔 성질 더러운 놈이 이기더라고."

렉시온은 강하게 확신했다.

온갖 거창한 이유를 갖다 대며 세상을 뒤집으려 해 봤자 의미 없었다.

무슨 수를 써도, 빛이든 어둠이든 다 마음에 안 든다며 발광해대는 정신 나간 광대 놈을 어찌해 볼 수는 없을 테니까.

* * *

쿵, 쿠우우웅!

밖에서 연달아 결계를 강타하는 진동이 울려 퍼졌다. 그동안 생활관 안에 갇힌 세 사람 역시 숨 돌릴 틈도 없이 적들을 베어 갔다.

얼마나 많은 구울들을 베었는지도 알 수 없었다.

점점 손끝의 감각이 둔해지고, 온몸에 달라붙은 적의 피와 살점에도 익숙해져 가고 있었다.

구울들이 뿜는 지독한 악취와 피비린내에 머리가 아파 올 지경이었지만, 그조차도 점차 느껴지지 않게 되었다.

좋은 징조는 아니었다.

체력이 마모되며 집중력이 끊어지고 오감이 둔해진다는 뜻이었으니까.

콰드드득!

결국 라이더는 뒤에서 달려든 구울에게 한쪽 어깨를 내어 주고 말았다.

"크윽!"

얼굴을 일그러뜨린 라이더는 지체 없이 검을 휘둘러 적을 떨쳐 냈다.

그를 공격한 구울이 쓰러지며, 물린 어깨의 살점 역시 한 움큼 떨어져 나갔다.

그렇잖아도 엉망이 된 제복 상의가 피로 빠르게 물들어

가기 시작했다.

서걱!

앞을 가로막는 적을 베어 낸 글렌이 외쳤다.

"야, 괜찮냐?"

"멀쩡합니다! 저는 신경 쓰지 마시고 본인이나 잘하십쇼!"

"아오, 저 싸가지 없는 말본새 하곤 진짜!"

짜증을 터뜨리는 글렌 역시 썩 멀쩡한 모습은 아니었다. 그의 제복은 자신의 피와 구울의 피로 붉게 물들어 있었다.

입씨름을 해대던 두 사람은 문득 바로 옆에서 느껴진 한기에 움직임을 멈췄다.

"아주 여유가 넘치시나 보네."

무심하기 짝이 없는 음성 역시 함께였다. 은빛 머리칼이 가볍게 흔들리나 싶더니, 곧 서리 폭풍이 그의 뒤를 따랐다.

사아악.

괴성을 내지르며 달려들던 구울들이 한순간에 흰 서리에 뒤덮였다. 라이더와 글렌은 그 틈을 놓치지 않고 적들을 한꺼번에 베어 냈다.

챙강!

후드득 쏟아진 구울들의 파편을 짓밟은 글렌이 신경질을 터뜨렸다.

"마력 아끼라고, 미친놈아!"

"어쩌라고요. 불만 있으면 선배가 아티팩트 쓰시던가."

언제나 그렇듯 싸가지 없는 대꾸가 돌아왔다.

하지만 아렌트 역시 썩 멀쩡한 몰골은 아니었다.

한 번 숨을 몰아쉴 때마다 흰 입김이 피어오르고, 이따금 마른기침을 뱉을 때마다 얼어붙은 피 조각이 함께 튀어나왔다.

겉으로는 비교적 멀쩡해 보이지만, 그 역시 한계에 달하고 있다는 증거였다.

쿠우우웅!

외부에서 가해진 묵직한 충격이 생활관을 뒤흔들더니, 쩌어억. 뭔가가 갈라지는 소리가 뒤이어 들려왔다.

'아무래도 저쪽은 공략법을 찾은 것 같은데.'

화살 특유의 간헐적인 충격을 보아하니, 아무래도 르웰린이 사투를 벌이고 있는 듯했다.

아렌트는 빠르게 눈동자를 굴려 남은 적들의 수를 확인했다.

'아직 꽤 남았어.'

게다가 산산조각 냈던 구울들 중 몇몇은 끈질기게 재생해서 다시 형체를 잡아 가고 있었다.

이전의 개체들보다 재생력이 월등히 좋다는 뜻이었다.

저마다 흩뿌려진 살점들이 꿈틀거리며 합쳐져 다시 인간형의 모습을 취하는 모습은 썩 보기 즐거운 꼴은 아니었다.

결계가 흔들릴 지경이라면, 이제 내부에서도 타격을 줄 수 있을지도 몰랐다.

'저 두 사람도 슬슬 나가떨어지기 직전이고.'

그는 빠르게 머리를 굴렸다.

쿠우우웅!

그러는 사이, 재차 진동이 울렸다. 아렌트는 정신없이 적들을 베어 내는 글렌과 라이더에게 외쳤다.

"20초만 벌어 줘요!"

"뭐라고?"

글렌이 기함하며 되물었지만, 아렌트는 벌써 자신이 상대하던 구울을 죽인 뒤 몸을 뒤로 빼고 있었다.

반사적으로 움직인 라이더가 급하게 빈자리를 채웠다.

카아아앙!

아렌트를 노리던 기다란 손톱이 라이더의 검에 가로막혔다.

"야, 어디 가?"

하지만 아렌트는 뒤도 돌아보지 않고 방이 있는 2층으로 뛰어 올라가고 있었다.

"아오, 저 싸가지 없는 놈!"

글렌이 욕을 퍼부었지만, 이미 벌어진 일은 어쩔 수 없었다.

두 사람은 한동안 더 버거운 사투를 이어 가야만 했다.

콰드득!

글렌의 검이 구울을 양단했지만, 놈은 쓰러지는 대신 잠시 휘청거리다 그 자리에 멈춰 섰다.

"뭐야?"

당황한 글렌이 저도 모르게 외쳤다. 체력이 빠지며 놈을 완전히 처치하는 데 실패한 거였다.

쩌어억. 놈의 갈라졌던 살이 끔찍한 소리를 내며 다시 원래대로 붙었다.

몸의 한가운데에 글렌의 검이 꽂힌 그대로였다.

잠깐 얼어 있던 글렌은 이를 악물고 검을 뽑으며, 적을 몸 안에서부터 헤집어 다시 산산조각 내 버렸다.

"정신 차려요, 선배!"

라이더가 소리를 지르자 글렌이 버럭 외쳤다.

"나도 알고 있어! 빌어 처먹을!"

손이 덜덜 떨리고 심장이 쿵쾅거렸다. 평정심이 고갈되고 있다는 증거였다.

'젠장, 젠장!'

속으로 욕을 퍼부으며, 글렌은 다시금 몰려드는 구울들을 향해 거칠게 검을 휘둘렀다.

"케에에에엑!"

목과 가슴이 찢어진 구울이 비명을 지르며 바닥을 뒹굴었다.

단 두 번의 공격 만에 죽지 않았다는 것에 라이더와 글렌은 심리적으로 압박감을 느낄 수밖에 없었다.

쿠우우웅.

다시금 외부에서 진동이 느껴졌다. 결계가 갈라지는 소리가 아까보다 더욱 크게 들려왔다.

덕분에 두 사람의 마음은 더욱 급해졌다.

당장 살아남기도 벅찬 와중에, 탈출하기 전 이 괴물 새끼들을 다 죽여야 하는 상황이었으니까.

인간인 이상 본능적인 두려움을 느낄 수밖에 없었다.

그러나 라이더는 모든 잡념을 떨쳐 버리고 외쳤다.

"아오, 선배! 먼저 나가떨어지는 사람이 술 사는 겁니다!"

"건방 떨지 마, 새꺄! 아주 한 달 치 녹봉을 뜯어먹어 주마!"

그러자 곧장 신경질적인 응대가 돌아왔다.

하나가 무너지면 다 죽는다.

그리고…….

함께 갇힌 놈 하나는, 인간 정도야 가볍게 뛰어넘는 정신력의 소유자였다.

콰아아앙!

방해되는 문짝을 걷어차 버린 아렌트는 자신을 쫓아 올라온 구울들을 모조리 처리해 버렸다.

콰직.

그가 난간을 강하게 짓밟고 도약하자, 반짝이는 은빛 서리가 허공에 흩뿌려졌다.

다음 순간, 아렌트가 착지한 곳은 글렌과 라이더가 치열하게 구울과 맞서 싸우던 바로 그곳이었다.

쿠우웅.

갑자기 모습을 드러난 표적을 향해 구울들이 일제히 시선을 돌렸다.

아렌트는 그들에게는 신경도 쓰지 않고, 서리에 뒤덮인 검을 바닥 깊이 박아 넣었다.

콰드득!

검이 박힌 자리에서부터 흰 서리가 천천히 영역을 넓혀 가기 시작했다.

"휘말리고 싶지 않으면 알아서 피해요."

음산한 경고가 흘러나왔다. 그 직후, 단 한 번도 겪어보지 못한 혹한이 생활관을 가득 메웠다.

* * *

카아아앙!

성검과 호문쿨루스의 검은 연기가 정면으로 맞부딪쳤다. 연기는 잠깐 흩어지나 싶더니, 이내 형체를 갖춰 다시 라이오스를 향해 달려들었다.

라이오스가 뒤로 훌쩍 피한 순간, 방금까지 그가 서 있던 자리에 커다란 구멍이 생겼다.

콰드드득!

짙은 먼지가 피어나고, 재차 호문쿨루스의 공격이 이어졌다. 라이오스는 응대하는 대신 뒤로 몸을 피하며 면밀하게 적을 살폈다.

'역겹군.'

눈을 감은 아름다운 얼굴과 마주한 순간, 라이오스는 다시금 본능적인 거부감을 느끼고 말았다.

그 까닭도 어렴풋이 짐작할 수 있었다.

저건 체르니온 신을 단순히 모방한 괴물 따위가 아니었다.

악신의 모습을 취하고, 그의 신성력을 짙게 품은 괴물에게서 라이오스는 자연히 한 번도 본 적 없는 체르니온 신의 본질을 엿볼 수밖에 없었다.

호문쿨루스는 이내 신의 모습을 흩어 버리고 다시 연기와 진흙, 그 사이 무언가쯤 되는 기괴한 모습으로 허물어졌다.

그렇다고 해서 라이오스가 느끼는 거부감마저도 사라진 것은 아니었다.

어쩌면 저 추한 모습 역시 신의 일부일지도 모르겠다는 판단이 들었다.

"너희들은 도대체 뭘 원하는 거지."

초점 없는 눈동자를 드러낸 호문쿨루스를 향해, 라이오스가 조용히 물었다.

하지만 그것에게서 제대로 된 답이 돌아올 리 없었다.

애초에 말을 제대로 이해하는 것 같지도 않았다.

'자아가 없군.'

지클린이 부리던 다른 호문쿨루스들과는 사뭇 다른 양상이었다.

라이오스는 성검의 힘을 일깨웠다.

신을 거부하겠다 선언한 참이었지만, 성검은 여전히 그의 의지를 따르고 있었다.

딱히 놀랍지는 않았다.

루체 신에게도 다른 선택지가 없었을 테니까.

신성력에 반응한 듯, 호문쿨루스가 텅 빈 시선을 라이오스에게 옮겼다.

하지만 라이오스는 더 이상 그 자리에 없었다.

다음 순간 영웅이 모습을 드러낸 곳은, 호문쿨루스의 텅 빈 두 눈이 자리한 바로 거기였다.

"……!"

호문쿨루스가 미처 반응하기도 전, 검이 섬광을 내뿜었다. '강한 자의 그림자'와 성검의 힘이 합쳐진 일격이 호문쿨루스에게 쇄도했다.

콰아아앙!

파공음이 하늘을 뒤흔들고, 라이오스의 검이 닿은 곳이 폭발하듯 사방으로 터져 나갔다.

호문쿨루스의 몸이 크게 휘청였다. 하지만 그것도 잠시, 라이오스를 향해 반격이 날아들었다.

카아아앙!

검과 칠흑의 줄기가 정면으로 맞부딪쳤다.

라이오스는 어떻게든 버텨내려 했지만, 허공에서 호문쿨루스의 힘을 온전히 받아내는 것은 불가능한 일이었다.

결국 그는 강한 힘으로 튕겨 나가고 말았다.

"큭······!"

검을 고쳐 쥔 라이오스는 곧장 낙법을 취해 바닥에 착지했다.

하지만 미처 숨 돌릴 틈도 없이 재차 공격이 날아들었다.

한 번 더 몸을 굴리자, 방금까지 그가 있던 자리에 굵은 줄기가 파고들었다.

콰드드득!

라이오스는 그 틈을 놓치지 않고 다시 적을 향해 달려들었다.

지면에 박힌 줄기를 발판 삼아 짓밟은 라이오스는 다시금 호문쿨루스의 안면부를 향해 돌진했다.

그 짧은 시간 동안, 괴물체는 다시 아름다운 신의 모습을 흉내 내려 형태를 바꾸고 있었다.

'도대체 이게······.'

라이오스의 낯이 다시금 일그러졌다.

놈들의 의도를 이해할 수가 없었다.

자신들이 그토록 신성시하는 존재의 모습을 본떠 만든 것이 저런 추한 괴물이라니.

심지어 신을 닮은 존재를 전장에 내보내 전투에 임하도록 하기까지 했다.

루체 신의 진영에서 똑같은 일이 벌어졌다면 신성모독이라며 들고 일어나도 결코 이상하지 않을 상황이었다.

거기까지 생각이 미치자 몇 가지 가능성이 머릿속에 떠올랐다.

'신이 그리워 그 모습을 모방해 만들었거나.'

혹은 적들 역시 호문쿨루스가 이런 형태를 취하는 것을 예상치 못했다거나.

'그것도 아니라면, 신의 형상을 띠는 저 괴물에는 다른 의도가 있다는 뜻이겠지.'

그리고 자신 앞에 나선 호문쿨루스는 실패작 내지는 시험작일 테고…….

놈들이 진짜 만들어 내려 한 것은 따로 있을 터였다.

서걱!

검이 빛을 발하며 체르니온을 닮은 얼굴에 큰 상흔을 남겼다.

툭.

잘려 나가 지면에 떨어진 호문쿨루스의 파편은 곧장 흰 연기를 내며 타들어 가기 시작했다.

다시 괴물과 거리를 벌린 라이오스는 재가 되어 흩어지

는 적의 파편을 힐끗 보았다.

'신성력을 온전히 감당할 수 있을 정도로 견고한 것은 아니군.'

쿠우우웅!

그때, 멀리 아득한 곳에서 커다란 울림이 퍼져 왔다. 3기사단의 생활관 쪽이었다.

그에 반응하듯, 호문쿨루스가 다시 기괴하게 꿈틀대며 라이오스를 향해 달려들기 시작했다.

"……!"

잡생각은 잠시 접어둔 채, 라이오스는 다시금 상대에게 집중했다.

영웅의 새파란 눈동자가 호문쿨루스를 똑바로 담아 냈다.

'뭐가 됐건 상관없나.'

라이오스는 자신의 앞을 가로막는 호문쿨루스 너머의 더욱 거대한 존재를 향해 여과 없는 증오를 드러냈다.

호문쿨루스든 괴물이든 신이든…….

아끼는 사람들을 위협하는 모든 것들은 그저 베어 버리면 그만이었다.

* * *

신과 가까운 존재, 드래곤.

그 별칭은 드래곤의 강함을 뜻하는 말이기도 했지만, 한편으로는 사실 그 자체를 묘사하는 것이기도 했다.

신은 곧 이 세상을 구성하는 자연이었다.

신과 가깝다는 것은 곧 자연물과 가장 흡사한 존재라는 의미였다.

그리고 자연은 모든 생물을 포용하는 한편, 모든 것을 파괴할 흉포함 역시 지니고 있었다.

드래곤은 자연의 거친 면을 닮아 있었다.

그들이 다른 종족 흉내를 내는 것 역시 그 때문이었다.

무료함을 달래려 인간이나 엘프 무리에 쉽게 섞여 들려는 까닭도 있었지만, 폴리모프 마법의 진정한 의미는 야생성을 제어해 약한 존재들을 보호하려는 데 있었다.

그런 존재가 온전한 모습을 드러낸다는 것은 곧 절제력을 점차 상실해 간다는 뜻과 다르지 않았다.

렉시온 역시 마찬가지였다.

거부하기 힘든 해방감에 뇌가 녹아 버릴 것만 같았다.

하지만 완전히 자제력을 잃기 전, 머릿속에서 뭔가가 그의 발목을 잡아챘다.

"······!"

흠칫한 렉시온이 퍼뜩 정신을 차렸다.

그리고는 자신을 향해 쇄도하는 니케포르의 공격을 한 손으로 쳐내 버렸다.

콰아아앙!

강한 폭발이 일며 시뻘건 흙을 드러낸 지면에 또다시 깊은 구덩이가 생겼다.

 잠깐의 여유가 생긴 틈에 렉시온이 사납게 으르렁거렸다.

 "스텔, 함부로 움직이면 가만 안 둔다."

 그림자 속에서 금방이라도 뛰쳐나올 것처럼 굴던 스텔이 멈칫했다.

 스텔이 감당할 수 있을 만한 싸움이 아니었다.

 지금 끼어든다면 이번에야말로 흔적도 없이 소멸당할 게 틀림없었다.

 '젠장.'

 짙은 먹구름 속에 홀연히 선 니케포르가 눈에 들어왔다.

 빙그레 미소 짓는 낯짝을 보자니 머리에 얼음물이 끼얹어진 것 같았다.

 나부끼는 금빛 머리칼을 한꺼번에 쓸어 넘긴 니케포르가 빈정거렸다.

 "왜 그러니 렉시? 벌써 지친 것은 아닐 테고."

 머리에 열이 올랐던 렉시온과는 달리, 니케포르는 여전히 침착한 모습이었다.

 거침없이 도발하며 전투를 유도하던 모습과 비교하자니 위화감이 들 지경이었다.

 뭔가 렉시온이 모르는 꿍꿍이가 있다는 뜻이었다.

"아니면 혹시 흥이 깨졌니?"

니케포르가 고개를 비스듬히 기울이며 되묻자 렉시온이 헛웃음을 터뜨렸다.

"흥이라고?"

돌이켜 보니, 니케포르는 지금껏 저돌적으로 달려들면서도 렉시온을 관찰하듯 살펴보았다.

즉, 추한 꼴로 흥분해 달려든 것은 자신뿐이라는 의미였다.

그것을 자각한 순간, 렉시온은 한결 더 기분이 더러워지고 말았다.

"미친 노친네 같으니……. 도대체 무슨 꿍꿍이야?"

니케포르의 목적이 자신을 이곳에 묶어두는 데 있다는 건 이미 잘 알고 있었다.

하지만 그것을 차치해 두고서라도, 묘한 이질감이 느껴졌다.

놈의 손아귀에서 놀아나고 있다는 기분을 떨쳐낼 수가 없게 된 것이다.

"지금 중요한 것은 그게 아닐 텐데."

니케포르가 흥얼거리듯 대답했다. 그가 양팔을 벌리자 한층 더 강한 폭풍이 사방에 몰아쳤다.

콰르르릉!

금빛 번개가 위협적으로 울부짖으며 하늘을 갈라놓았다.

렉시온을 내려다보며, 니케포르가 비웃음을 흘렸다.
"아직 나와 제대로 회포를 풀지 못했잖아. 안 그래?"
"……."
그와 똑바로 시선을 마주치며 렉시온이 살벌하게 으르렁댔다.
"좋은 말로 할 때 대답해. 무슨 속셈이지?"
"내 속셈이 뭔들, 달라지는 건 없지 않니?"
그의 어조는 여전히 태연하기만 했다.
"어차피 네가 할 수 있는 것은 딱 하나, 이곳에서 나를 막아서는 것뿐인걸."
"……."
꿈틀.
렉시온의 눈썹이 구겨졌다. 단지 니케포르의 말에 속이 긁힌 탓만은 아니었다.
그를 둘러싼 위화감의 정체를 어렴풋이 깨달은 탓이었다.
저 구역질 나는 몸짓과 여유는 분명 니케포르 고유의 것이었지만, 하나하나가 묘하게 부자연스러웠다.
마치 철저한 계산 속에서 움직이는 것처럼.
즉……
니케포르는 지금 연기를 하고 있었다.
"……이 새끼."
새빨갛게 물든 렉시온의 눈동자가 한층 더 노골적인 살

기를 드리웠다.

"감히 누구 흉내를 내는 거지?"

자세한 사정은 알 수 없었지만, 딱 한 가지는 확실해졌다.

체르니온 교단은, 자신들을 지독히도 괴롭혀 왔던 '아렌트 폰 에크하르트'의 방식을 따라 하고 있었다.

* * *

칠흑 같은 어둠이 고인 방.

이리스는 자신만을 위한 소파에 편안히 몸을 기댄 채 가만히 상념에 잠겨 있었다.

가볍게 감긴 눈꺼풀 탓에 마치 잠든 것처럼 보이기도 했다. 하지만 규칙적으로 팔걸이를 톡, 톡 두드리는 새하얀 손끝이 그녀가 깨어 있다는 사실을 알려 주었다.

"……."

그녀를 방해라도 할세라, 로저는 무릎을 꿇은 채 가만히 침묵했다.

얼마나 지났을까. 이리스가 한참 만에 입을 열었다.

"그러고 보니, 진의 유품은 챙겼니?"

상당히 뜬금없는 물음이었다. 그러나 로저는 충직하게 대답해 주었다.

"실험체들과 관련된 용품 외에는 남은 것이 그다지 없

었습니다. 시신을 거두지 못했으니, 옷을 태워 장례를 대신했습니다."

"그렇구나."

이리스가 천천히 고개를 끄덕였다. 여전히 로저는 그녀의 의중을 읽을 수 없었다.

그러나 함부로 질문하거나 말을 얹는 행동은 하지 않았다.

그녀는 체르니온 신을 대리해 이 땅에 내린 성녀였다.

위대한 존재인 그녀의 뜻을, 감히 한낱 인간일 뿐인 자신이 전부 다 헤아릴 수 있을 리 없을 테니까.

재차 짧은 침묵이 흐르고, 이리스가 다시 운을 뗐다.

"아렌트 폰 에크하르트 경의 입버릇이……."

그녀가 고개를 기울이자 검은 머리칼이 보기 좋게 쏟아졌다.

"모든 것은 다 연극일 뿐이라는 거였던가."

부서진 심장의 검 일원은 모두 그 '연극'에 당했다. 그리고 이리스는 그 과정을 모두 지켜보았다.

이리스가 작게 웃음을 터뜨렸다.

"……내가 연출한 시나리오는 그 배우의 마음에 들까? 솔직히 자신 없는걸."

잠깐 입을 다물고 있던 로저가 딱딱한 대답을 내어 놓았다.

"이번이 마지막입니다. 분명 더러운 빛의 신을 끌어내

리고, 적을 섬멸할 수 있을 것입니다."

"그리해야지. 중간에 불신자가 끼어들어 어처구니없는 삼파전이 되었다만."

분명 처음에는 루체와 체르니온의 한판 승부였을 터였다. 정해진 규칙 내에서 각자 선택한 말을 움직이며, 호시탐탐 서로의 진영을 노리는 내기.

그러나 건방진 어린애가 한창 게임이 벌어지던 탁자를 걷어차 버렸다.

덕분에 위대한 신들마저도 자신의 패들과 함께 진창을 구르게 되었으니.

'오히려 잘된 일일지도.'

톡. 이리스의 손끝이 한 번 더 팔걸이를 두드렸다.

체르니온 신과 교단은 잃을 게 별로 없었다. 패배해도 다시 시작하면 그만이었다.

"우리는 반드시 해낼 거란다."

하지만 세상을 거머쥔 루체 신은 달랐다.

세계를 억지로 차지한 뒤로, 이런 모욕은 단 한 번도 겪어 보지 못했겠지.

루체 신이 분노에 치를 떠는 동안, 그 흰 옷자락을 짓밟고 다시 한번 세상을 향해 손을 뻗으면 그만이었다.

"내가 진만큼 솜씨가 좋지는 못하지만……. 그 애가 남겨준 것과, 니케포르 님 덕분에 그럴듯한 작품을 만들어 낼 수 있었으니."

이리스가 느긋하게 물었다.

"준비됐니, 로저?"

"물론입니다."

로저는 더욱 깊이 고개를 숙였다.

"모든 것은 체르니온 님의 뜻대로 될 것입니다."

* * *

쩍. 쩌적.

이제 결계의 균열은 눈에 보일 정도로 커졌다. 르웰린은 덜덜 떨리는 손을 다시 움직여 화살을 움켜쥐었다.

터진 손가락 끝에서 피까지 흐르고 있었지만, 그는 아랑곳하지 않았다.

상처를 발견한 세일럼이 화들짝 놀라 팔을 붙들었다.

"르웰린 님! 그만 쉬세요, 너무 무리하셨습니다!"

"괜찮아요. 이 정도는 익숙합니다. 제가 누구라고 생각하세요?"

그러나 르웰린은 세일럼을 마주 보며 창백해진 얼굴로 씨익 웃어 보일 뿐이었다.

"저, 탐험가입니다. 이 정도 고생은 간지럽지도 않다고요. 이 값은 나중에 아렌트 녀석한테 몇 배로 돌려받을 거니 걱정 마세요."

"르웰린 님……."

세일럼이 신음처럼 읊조렸다. 그러나 꾸물댈 시간은 없었다.

다이아나가 이끄는 기사단이 주변을 지켜 주고 있었지만, 그들 역시 시간이 흐를수록 눈에 띄게 지쳐 가는 것이 보였다.

빨리 결계를 처리하고 그들을 돕는 것이 차라리 나을지도 몰랐다.

"세일럼 님, 가요."

"……네."

굳은 얼굴로 고개를 끄덕인 세일럼은 두 정령에게 한층 더 강한 힘을 실어 주었다.

르웰린 주변의 공기가 강하게 요동치더니 화살 끝이 푸르스름하게 빛나기 시작했다.

마정석의 힘을 최대한으로 쏟아부은 결과였다.

"아마 이게 마지막 공격일 겁니다."

르웰린이 침착하게 말했다. 마정석도 지금 손에 쥔 게 마지막이었다. 그조차도 단 한 발을 끝으로 완전히 힘을 잃어버릴 게 분명했다.

"그걸로 충분해요."

굳은 얼굴로 고개를 끄덕인 세일럼이 루나와 레이를 불러들였다.

레이와 루나가 르웰린의 화살에 녹아들듯 스며들었다. 그러자 푸르스름한 빛을 띠던 화살에 정령들의 금빛 마력이 선명하게 감돌기 시작했다.

갑작스러운 마력 소모에 세일럼의 낯빛 역시 파리하게 질렸다.

하지만 그는 꿋꿋하게 말했다.

"일격으로 정리하죠."

르웰린은 대답하는 대신 시위를 강하게 당겼다. 표적은 검붉은 결계에 생긴 균열의 중심이었다.

주륵.

손끝의 살이 찢어지며 손바닥을 적셨다. 그러나 르웰린은 집중력을 잃어버리지 않고, 끝까지 아티팩트의 힘을 유지했다.

그리고 마침내, 화살이 시위를 떠나갔다.

쐐애애액!

금빛 섬광을 내뿜으며 날아간 화살이 정확히 균열 한가운데에 명중했다.

콰아아앙!

둔탁한 소리를 내며 화살이 결계에 박혀 들었다. 충격만 주고 튕겨 나가던 지금까지와는 사뭇 다른 결과였다.

"……!"

르웰린이 눈을 크게 뜨려는 찰나, 화살을 중심으로 황금빛 마력이 빠르게 퍼져나가기 시작했다.

쩍. 쩌적.

정령들은 이미 갈라진 부분을 한 번 더 후벼파고, 결계